Andrea Karimé

Zum Sterben nach Kairo

Kriminalroman

Querverlag

Die Autorin dankt dem Sächsischen Ministerium für Wissenschaft und Kunst, der Denkmalschmiede Hoefgen sowie dem International Writers' and Translators' Center of Rhodes für die Unterstützung bei der Arbeit an diesem Buch.

Erste Auflage März 2010

Umschlag und grafische Realisierung von Sergio Vitale
unter Verwendung eines Fotos von Norbert Heuler.
Gesamtherstellung: Norhaven A.S.
ISBN 978-3-89656-173-2
Printed in Denmark.

Bitte fordern Sie unser Gesamtverzeichnis an:
Querverlag GmbH und Salzgeber & Co. Medien GmbH
Mehringdamm 33, 10961 Berlin
www.querverlag.de • www.salzgeber.de

Mehr über die Autorin: www.akarimee.blogspot.com

„Warum ging ich in den Osten?
Um aufgehende Sterne zu töten?“
Annemarie Schwarzenbach

„Welche Liebe! *Hubb eh'*!“
Abdel Wahab Mohammad für Um Kulsum

„Wie kann man Allahs
Lieblingsmensch werden, Mutter?“
Emine Sevgi Özdamar

1.
Aufgehende Sterne

Als Kairos Blut auf die Straße floss,
warf Hala einen Blick in fremde Betten,
sah Mina eine tote Katze vor der Haustür,
warf Philemon einen Blick in den leeren Morgen,
fiel Anastasia ein Stein auf das Herz.

Ich heiße Kairo und ich sage nichts mehr. Ich lausche lieber. Dem Wind zum Beispiel, wie er Dinge durch die Gegend trägt und sich im Staub verfängt. Der wilde Wind. Ich kenne euch alle. Und ich streife durch die vertrocknete Stadt oder fahre mit der Metro. Das kann ich jetzt endlich tun, früher hat man mich abgehalten. Vor allem meine Schwester. Nur einkaufen gehen, das ist mir erlaubt. Vor allem Brot. Das Brot, das mir meine Ehre raubte.

In der Metro kann ich einfach nur zuhören und beobachten. Wie die Eingänge Gesichter einsaugen und auswerfen wie ein Automat Münzen. Kein Gesicht sieht mich. Die Metrostation ist nicht in meinem Viertel. Schon lange ist eine in unserem Stadtteil geplant, eine, die uns mit dem Midan Tahrir *verbinden soll, dem kranken Herzen Kairos, doch sie ist nicht gebaut worden. Immer noch muss man viele Schritte tun, um die Station zu erreichen. Ach, ich bin viel gelaufen in meinem Leben, unzählige schwere Schritte, vielleicht so viele wie Sterne am Himmel sind? Jeder Schritt ist nun ein Stern. Ja! Und wenn ich durch meine Straße gehe, ziehe ich eine Spur, ich leuchte, nur bin ich ein roter Engel. Und ich suche.*

Seit ich ein Engel bin, besuche ich, wen ich will. Heute ist es die nette Lehrerin, die mir an der Straße des 26. Juli immer begegnet. Sie sagt jedes Mal: „Warum gehst du nicht mehr in die Schule?"

Die Lehrerin hat keine Ahnung vom Leben. Meine Schwester hat mich aus der Schule gerissen: „Ab heute gehst du mit mir Taschentücher verkaufen."

Hefte und Stifte sind zu teuer. Ich beginne meiner Schwester zu helfen.

Das war vor sechs Jahren. Heute bin ich vierzehn.

Meine Schwester bestimmt mein Leben. Ich suche sie, sie ist eine kleine magere Hündin geworden, und sie läuft vor mir davon. Sie ist die Einzige, die das kann, denn die Dschinnija *hat Macht über sie.*

Meine Mutter hätte mir das niemals angetan. Sie hätte mich an ihr Herz gezogen, dort hätte ich mich ausruhen können.

Meine Schwester ist neidisch, aber sie kann doch sichergehen, dass im wirklichen Leben die Dschinnija *immer zu spät ist. Heute ist die* Dschinnija *Anastasia gekommen. Sie hustet durch unser verschleiertes Viertel und fragt nach mir. Auf die Treppenabsätze spuckt sie krankes Wasser. Sieht sie denn nicht den großen Blutfleck auf der Straße? Es ist der Teufel gewesen. Ich muss sie warnen, denn nun ist er hinter ihr her.*

Wie nach einer lustvollen Rauferei richteten Anastasia und der junge Mann ihre Kleider. Anastasia zog sich eine frische Bluse über und begann ihre Frisur erneut herzurichten.

„Was ist nun, brauchst du Geld? Ich hätte einen Auftrag für dich."

Frisch toupiert trat sie in den Wohnraum.

Aber das Herz lässt sich nicht toupieren.

„Was für einen Auftrag?"

Von Ferne erklärte er ihr, was sie für ihn tun sollte, aber sie hatte das Gefühl, dass es nur die halbe Wahrheit war.

Er war aufgestanden, auf ihren winzigen Balkon gegangen und zündete sich nun eine Zigarette an. Er hielt ihr das Päckchen hin.

Anastasia fühlte sich, als hätte sie eine eiskalte, zähe Flüssigkeit geschluckt.

„Was für eine Behandlung?"

Sie begann ebenfalls zu rauchen, blieb aber mit der Zigarette dort stehen, wo sie war. Walid ging gar nicht auf ihre Frage ein.

„Du hast doch sonst nichts mehr zu tun."

Er soll gehen und zwar sofort, dachte Anastasia und griff sich nervös ins Haar. Außerdem fühlte sie einen Druck im Magen, irgendetwas wollte da den Hals hoch.

„Mir geht es ausgezeichnet, danke, und jetzt geh bitte", sagte sie mit fester Stimme und ließ vor Aufregung Asche auf den Boden fallen.

„Wir könnten zusammen sehr viel Geld machen."

Es half nichts, sie musste sich übergeben, und zwar genau da, wo sie stand. Und die bittere Fontäne landete auf seinen italienischen Schuhen.

„Pass doch auf!", rief er und verschwand in ihrem Bad.

Anastasia spürte, dass er sie in dunkle Geschäfte hatte hineinziehen wollen. Der Sex zwischen ihnen hatte die süße Fessel werden sollen, das ersehnte Zuckerbrot, das Bestechungsgeld. Aber Walid hatte sich geirrt. Der Sex bedeutete Anastasia nichts.

Seit diesem Vorfall wagte sie nicht mehr, nach Kairo zu fliegen.

Sie wollte nicht einmal wissen, welcher Art Walids Geschäfte genau waren. Anastasia verfluchte den Moment der Schwäche, in dem sie sich erlaubt hatte, die Kontrolle über ihr Verhalten zu verlieren.

Noch etwas anderes drohte kurze Zeit später, Kontrolle über ihr Herz zu gewinnen. Es wurde krank.

Am Tag danach bemerkte sie ein Ziehen in den Beinen, das sich den ganzen Tag über verschlimmerte. Abends hatte sie geschwollene Fesseln, schwer und dick wie mit Wasser gefüllte Luftballons. Über Nacht wurde es besser, aber auch am nächsten Tag schwollen die Fesseln wieder langsam und stetig an. Anastasia unterließ es allerdings, den Arzt aufzusuchen. Sie war es nicht gewohnt; als Apothekertochter hatte sie immer genügend Medikamente im Haus gehabt. Außerdem hätte jeder Mediziner ihr geraten, das Rauchen aufzugeben. Sie beschloss, es mit einem harntreibenden Tee zu versuchen.

Und sich in das, was man Altwerden nannte, zu ergeben.

Anastasia besuchte ihre Familie nicht mehr. Sie gab vor, einen der Flüge verpasst und einen anderen vergessen zu haben. Ihre Schwester Nadja begann sich Sorgen zu machen und fragte sie aus.

„Wie alt bist du? Wo wohnst du? Wie viel wiegst du? Wo bist du geboren?"

Offenkundig dachte Nadja, sie sei an Alzheimer erkrankt. Anastasia bemühte sich nicht, sie aufzuklären, beantwortete lediglich geduldig ihre Fragen.

Ein andermal gingen Nadjas Fragen in eine deutlich andere Richtung.

„Willst du nicht doch irgendwann heiraten? Hast du einen Freund? Wohnt noch jemand bei dir?"

„Was soll die Fragerei?“, rief sie aufgebracht ins Telefon, aber in Wahrheit beschlich sie die irrationale Angst, Nadja könnte etwas von ihrer kurzen falschen Leidenschaft gehört haben. Er war viel jünger als sie und hatte keine Heiratsabsichten – was unter ägyptischen Gesichtspunkten inakzeptabel war.

Etwa zu dem Zeitpunkt, als der Dauerhusten begann, schickte ihre Schwester ihren Sohn Philemon, der ein herzensguter, weicher Junge war, öfter zu ihr. Er war denkbar ungeeignet für den Spitzeldienst und beichtete sofort, dass seine Mutter ihn gebeten hatte, sie auszuhorchen.

Was ihm furchtbar leid tue.

„Ich weiß nicht, was sie hat, Tante Anastasia, du bist doch ganz in Ordnung. Nur zum Arzt solltest du mal gehen. Und das Rauchen …“

Anastasia war ihrem Neffen sehr dankbar, dass er sie so häufig besuchte, sie sprachen ägyptisch, was herrlich war, auch für ihn. Die Muttersprache ließ ihr Herz aufgehen, selbst wenn sie längst auf Deutsch träumte.

Ihr Husten wurde immer schlimmer und dazu plagten sie immer größere Ängste. Sie wusste nicht, wovor, ahnte aber, dass sie mit Walid zu tun hatten. Nachts wachte sie schweißgebadet auf und hörte ihr Herz rasen. Wieder und wieder träumte sie von seinem kalten Blick.

Philemon drängte sie schließlich, einen befreundeten Arzt aufzusuchen.

„Es ist das Herz“, sagte der Mediziner bedauernd, verschrieb ihr starke Medikamente, empfahl eine Kur und regelmäßige Kontrolluntersuchungen. Von einem Kairobesuch riet er ihr ab.

Nun hatte sie der Schwester gegenüber eine noch bessere Ausrede.

Eine Kur kam überhaupt nicht in Frage.Die Vorstellung, sich in eins dieser Gesundheitszentren einsperren zu lasen und mit dem Rauchen aufhören zu müssen, lösten bei Anastasia neue Ängste aus.

Die Medikamente beschwichtigten das schlimmste Symptom, die Angst. Doch das reichte nicht.

Der Herzinfarkt erreichte sie auf der Treppe zu ihrer Wohnung. Mit letzter Kraft schaffte sie es, einen Notarztwagen zu rufen.

Sie sah Walid nur von weitem. Vor einem Ärztehaus am Neumarkt stand er und suchend schaute er umher. Anastasia schloss die Augen, um zu überprüfen, dass sie sich nicht täuschte. Doch beim Wiederöffnen musste sie feststellen, dass er wirklich dort stand.

Sie zündete sich eine Zigarette an. War er wegen seiner schmutzigen Geschäfte in Deutschland? Hatte er eine andere Verbündete gefunden? Eine Araberin? Wenn ja, kannte Anastasia sie mit Sicherheit.

Sie warf die Zigarette weg und eilte in die Bibliothek gegenüber, er durfte sie nicht sehen, und an der Art, wie die Bilder vor ihren Augen schwankten, nur ganz leicht, wusste sie, dass sie bald scheußliche Gewissheit haben würde. In ihrer Brust stolperte das Herz mit schweren Schritten aufwärts. Anastasia dachte für einen kurzen Moment an den Herzinfarkt und die damit verbundenen Strapazen. Sie setzte sich in eine versteckte Ecke im Zeitungsraum, tat so, als würde sie lesen, und schloss die Augen wieder.

Ihr Herz war wie in einem Käfig; sie bekam kaum Luft.

Dann begann sie zu sehen. Und das, was sie da voraussah, war grauenhaft.

Ein blutiges Verbrechen.

Anastasia unterdrückte einen Schrei und versuchte die Lider zu öffnen, doch es war nicht möglich.

Der Tatort war Kairo. Das Opfer ein Mädchen.

Blut.

Irgendwann, es schien eine Ewigkeit zu sein, wurden ihre Lider leichter. Und es ging vorbei. Sie verfluchte ihre Hellsichtigkeit. Ihr war hundeübel geworden. Sie öffnete die Augen und schaute sich um.

Sie war nicht in Ägypten, und wie ein Pfeil schoss die Erkenntnis in ihr Hirn, dass Walid es auch nicht war. Dafür gab es nur zwei Erklärungen:

Er hatte das Verbrechen bereits begangen.

Oder er würde es noch begehen.

Das durfte nicht geschehen. Anastasia musste das verhindern.

Nein, nicht sie, jemand anders musste es für sie tun, denn Anastasia wusste, dass sie einen Kairobesuch eventuell nicht überleben würde.

Doch wie? Sollte sie ihre Schwester anrufen, ihr von der Vorhersehung berichten und von der ganzen Geschichte mit Walid? Das war unmöglich, Nadja würde nichts mit diesen Dingen zu tun haben wollen, auch wenn sie, Anastasia, ihr von all ihren Vorhersehungen erzählt hätte. Es war ein sehr schöner Abend gewesen, kurz nach dem Tod ihres Vaters. Aber Nadja hatte sie dennoch nur ungläubig angeschaut. Nadja kam nicht in Frage, überhaupt konnte es niemand aus Kairo sein.

Anastasia erhob sich schwerfällig vom Stuhl und lief zum Eingang der Bücherei. Mit letzter Kraft schleppte sie sich in ihre nahe gelegene Wohnung und legte sich aufs Sofa. Kleine Blitze schossen vor ihren Augen vorbei. Es war lächerlich. Sie hatte den Schneid und die Ehre, ein Menschenleben zu retten. Sie war keine Heldin, aber das Bild des blutenden Mädchens ließ sie nicht mehr los. Nachdem sie ihr Spray genommen und ihr Herz sich beruhigt hatte, überlegte sie mit mehr Besonnenheit.

Wer wollte in der nächsten Zeit nach Kairo fahren? Es musste jemand sein, der unauffällig genug war, um diese Aufgabe zu übernehmen. Und karitativ genug.

Erst am Abend fiel es ihr ein. Sie suchte die Telefonnummer einer Studentin heraus, die dringend Ägyptisch lernen wollte, bevor sie nach Kairo fuhr. Anastasia hatte überlegt, ob sie nicht doch mit dem Unterrichten anfangen sollte, jetzt, wo sie auch ihre letzten Aufträge beim Radio verloren hatte. Dann hatte sie die Idee wieder verworfen, aber den kleinen Zettel, den sie vom schwarzen Brett im *Café Goldmund* abgerissen hatte, behalten.

Es meldete sich eine Frau namens Sal, und sie verabredeten sich für den nächsten Tag. Doch das Gespräch verlief anders, als Anastasia es sich vorgestellt hatte. Statt ihr zu helfen, reagierte Sal geradezu hysterisch auf Anastasias Erscheinen und auf ihre

Bitte, in Kairo nach dem Mädchen zu suchen, bevor ein Unglück geschähe.

Anastasia war irritiert. Sah sie so heruntergekommen aus? Machte sie der Studentin Angst?

„Sie sind eine Betrügerin, verschwinden Sie oder ich hole die Polizei!“, schrie Sal.

So schnell sie geglaubt hatte, eine Lösung gefunden zu haben, so schnell fand sie sich wieder auf der Straße. Allerdings schlauer als zuvor.

Niemand würde die Verantwortung, die auf ihren Schultern lastete, von dort hinunterstoßen, geschweige denn sich selbst aufbürden.

Sie, Anastasia, musste nach Kairo zu fliegen, ob sie wollte oder nicht.

Die Warnungen ihres Arztes, nicht zu fliegen, hallten ihr im Ohr, als sie zum Friseur ging und sich gegen ihren eigenen Geschmack die Haare blond färben ließ. Dann kaufte sie neue Kleider. Sie beschloss, von nun an eine Jeans zu tragen, in die sie einen braunen Rollkragenpulli stopfte. Auch der Schmuck sollte dezent sein, genau wie bei ihrer deutschen Nachbarin. Kleine hässliche Goldringe im Ohr und eine Kunstperlenkette über dem Pulli.

Nur die hauchdünnen Goldreifen am Arm konnte sie nicht lassen.

Üblicherweise wohnte sie bei ihrer Schwester in *Mohandissin* und konnte daher problemlos über die Brücke des 26. Juli nach *Zamalek* laufen. Dort mietete sie sich diesmal für eine Woche in ein Hotel ein. Weder ihrer Schwester noch sonst jemandem hatte sie von ihrem Besuch erzählt. Das, was sie zu tun hatte, musste geheim bleiben. Sie nahm ein Taxi und fuhr zu einem Teehaus, in dem hauptsächlich Touristen verkehrten.

Um Kulsum sang dort aus den Boxen von den Wassern des Nils, den die Kairoer ihr Meer nennen. Anastasia trank einen Milchkaffee und blätterte in der Tageszeitung. Gerade wollte sie sie weglegen, als ihr Blick auf die Überschrift eines kleinen Artikels fiel.

Mädchen auf offener Straße verblutet. Arzt gesucht.

Anastasia wusste sofort, dass es das Mädchen war. Und das Schlimmste: Sie es hätte verhindern können.

Das, was sie jetzt noch tun konnte, war jämmerlich. Sie musste für Gerechtigkeit sorgen. Sie musste die Wahrheit, die in ihrem Inneren hauste, ans Licht bringen. Musste Walids Nummer herausbekommen und ihn zur Rede stellen.

Davon würde das Mädchen allerdings nicht mehr lebendig werden.

Walid zog mit zwei Fingern seine Haare nach hinten, als Anastasia ihm den Zeitungsausschnitt unter die Nase hielt.

Was zum Teufel wollte sie hier?

„Das warst du!", sagte sie.

„Was war ich?"

Zuerst hatte er sie überhaupt nicht erkannt. Die Haare hatte sie blond gefärbt, die Augen waren gespenstisch eingefallen und die Falten waren mit Make-up gefüllt wie mit Kitt. Wann hatte er sie zuletzt gesehen? Sie und ihre letzten Feuer? War ihm denn da gar nicht aufgefallen, wie alt sie aussah? Jetzt umgab sie ein Hauch von Asche. An ihren Armen klimperten dünne Goldreifen, die alles, was sie sagte, dramatisch unterstrichen.

Sie hustete und begann in ihrer Handtasche nach etwas zu suchen. Dann zog sie ein rotes Spray hervor. *Nitrospray*, registrierte Walid.

Es schien schlecht um sie zu stehen.

„Das Mädchen: Du hast sie verstümmelt und getötet."

Sie saßen in ihrem Hotelzimmer um einen klapprigen Tisch herum und tranken Kaffee. Walid ließ bei dem Wort „verstümmelt" die Tasse auf den Teller fallen. Seine Kinnlade fiel herunter.

„Bist du verrückt geworden? Ich weiß nicht, wovon du sprichst."

„Du bist ein Mörder. Das Mädchen ist verblutet."

Er sah, wie Anastasia die Arme auf den Sessel stützte, damit das Atmen leichter würde. Sie war schwer krank. Aber ihre Anschuldigungen waren lächerlich. Selbst wenn er derjenige gewesen wäre, woher hätte sie das wissen sollen?

Trotzdem spürte er etwas wie Schweiß auf der Haut. Nur klebriger. Er nahm den Zeitungsausschnitt unter die Lupe.

„Du musst verrückt sein, Walid. Wozu hast du studiert, die Schule besucht?"

Sein Stuhl begann zu schwanken.

Irgendwann hatte es ja so kommen müssen. Viele starben daran. Er hatte das bisher allerdings noch nicht erlebt. Verdammt, die Kuh hatte recht. Oder?

Der Ort stimmte nicht. Kein Mädchen aus Kairo! Das wäre viel zu gefährlich gewesen.

Die Polizei geht davon aus, dass die Beschneidung in Kairo stattgefunden hat. Auch wird vermutet, dass ein Arzt den Eingriff vorgenommen hat. Der Vater will von dem Eingriff nichts gewusst haben.

„Meine älteste Tochter hat sich um solche Dinge gekümmert. Sie hat die Kleine umgebracht!" Doch die Schwester des Opfers ist spurlos verschwunden. Der Vater wurde vorläufig verhaftet.

„Walid, ich werde der Polizei von dir erzählen. Es sei denn, du übernimmst das selbst. Wie du weißt, ist das strafmildernd."

Jetzt erst verstand er, was sie wirklich wollte. Seine Hände zitterten.

„Willst du Geld?"

„Du gibst es also zu?"

„Nein! Also willst du Geld?"

Wieder kramte sie in ihrer Handtasche nach dem Spray. Dabei fiel eine Tablettenschachtel heraus. *Clopidogrel.* Sie muss einen Herzinfarkt gehabt haben, dachte Walid.

„Ich möchte, dass du dich selbst anzeigst, du Schwein."

Das Zittern verstärkte sich, doch dann wurde er ruhig. Wahnsinnig ruhig. Er schaute sich um. Was tat er hier?

Plötzlich hustete sie wieder, begleitet von pfeifendem Atem.

Er lachte.

„Ich soll ein Mädchen umgebracht haben? Du träumst, Anastasia."

Sie hustete stärker und ihr Gesicht lief rot an. Das war das Symptom, vielleicht hatte er Glück.

„Ich will nicht, dass noch ein Mädchen sterben muss. Ich habe schon viel zu lange gewartet."

Wieder hustete sie. Ihr Atem war röchelnd. Sie stand auf und schenkte sich Wasser ein.

Am nächsten Tag lief Anastasia über die Straße des 26. Juli, um sich etwas Obst zu besorgen und einen Tee in ihrem Lieblingsbuchladen zu trinken.

„Anastasia?"

Es war ein spitzer Schrei aus einem Auto heraus. Ihre Schwester hatte sie trotz ihrer Verkleidung erkannt.

Hysterisch zog Nadja sie in den Wagen und brachte sie zu sich nach Hause.

„Ich wusste, dass du krank bist, ich wusste es!"

Ihre Schwester bestand darauf, noch einmal nach *Zamalek* zu fahren, um sich um das Gepäck der Schwester zu kümmern und die Hotelrechnung zu zahlen.

Anastasia legte sich schlafen. Einige Stunden später wurde sie von einem Klingeln geweckt.

Walid spürte den Keim der Erleichterung, als er vom Tode Anastasias hörte. Gerade noch rechtzeitig. Heute war der dritte Tag. Sie musste wahnsinnig gewesen sein, ihm nachzustellen.

Damals hatte ihn das erregt, diese Irrationalität, dieses leise, hohe, irre Lachen. Er hatte sie haben wollen, ganz. Und dabei störte es ihn nicht, dass sie älter als er war. Ganz im Gegenteil. Verdammt, er hatte sich selbst nicht verstanden, damals.

Etwas störte ihn an seinen Gedanken. Ah, er war dabei, zu Mittag zu essen. Wie war das Lamm in seinen Mund gekommen?

Sich selbst hatte er vormachen wollen, dass er es nur aus beruflichen Gründen mit ihr getrieben hatte. Er war sich damals so sicher gewesen, dass sie mitmachen würde. Stattdessen war er bei ihr sofort unten durch gewesen.

Immer packte er es falsch an. Nur die Eingriffe klappten wie am Schnürchen. Sifri hatte ihm damals angeboten, in seiner Praxis mitzuarbeiten, auch ohne Abschluss.

Das Lamm schmeckte vorzüglich. Plötzlich schien er Schreie zu hören, doch welche? Es war scheußlich, wenn die Mädchen wach wurden. Er musste dann immer sehen, dass er Land gewann.

Anastasia war also tot.

Was für Walid von Vorteil war. Doch da war etwas, was ihn zutiefst beunruhigte. Konnte es sein, dass Anastasia noch am Leben gewesen wäre, wenn er nicht die Tabletten entwendet hätte? Hatte er nicht gehofft, dass sie der Schock darüber töten würde? Töten? Nein, gewiss nicht. Er hatte nicht wirklich dran geglaubt. Ihr Angst einjagen wollte er. Sie konnte sich das Zeug in jeder Apotheke bestellen. Was hatte sie sich dabei gedacht, ihn zu verdächtigen? Zugegeben, er hatte das Mädchen beschnitten. Aber dennoch war es eine Frechheit, was diese Frau sich herausgenommen hatte. Gedemütigt hatte sie ihn. Strafmildernd. Unverschämtheit!

Doch nun konnte sie ihn nicht mehr anzeigen. Sein Schwager hatte den Tod festgestellt. Außer ein paar blonden Haaren war ihm nichts aufgefallen.

Tot. Nicht ermordet. Und trotzdem quälten ihn seine Schuldgefühle.

Hala Habidi war gerade beim Besichtigen eines Büroraums in Ehrenfeld, als ihr Handy klingelte. Nummer unterdrückt. Vielleicht unverhoffte Kundschaft, dachte Hala, die gern fremde Betten observierte. Zumindest von außen. Der Ausblick des Raums war sehr gut. Die Elstern wilderten in der Weide auf dem Hof, die Äste sahen aus wie Verlängerungen ihrer Federn, eine grüne Königin. Ein idealer Tag eigentlich, um sich in ein Café zu setzten und vorbeilaufende Kölner in Hektik zu beobachten. Aber sie brauchte das Büro dringend. Seit einiger Zeit hatte Hala Habidi Fälle zugetragen bekommen: „Kannst du nicht mal meine Freundin …?“ „Ich glaube, er betrügt mich.“

Hala liebte das Schnüffeln. Schon von jeher. Nie würde sie vergessen, wie sie einmal als Kind in einem Pornoheft des Vaters dessen Schwager erkannt hatte, in einer ihr unerklärlichen Pose, nackt, mit schmerzverzerrtem Gesicht. Was hatte das zu bedeuten? Es hatte tagelang Hausarrest gegeben und unter Androhung schlimmster Strafen hatte man ihr das Versprechen abgerungen, nie ein Sterbenswörtchen darüber zu verlieren. Aber gelauscht hatte sie. „Ein Schwein", sagte ihre Mutter, „der kommt nicht mehr in unser Haus." Hala wusste, wer gemeint war. Ihr netter Onkel Brahim, der schon häufiger von Mama beschimpft worden war. Mal war er ein Schwein, mal ein Hammel. Und auf keinen Fall ihr Bruder. Hala fand das gemein, denn sie mochte den Onkel. Nur, dass er seine kleine Tochter, Halas Cousine, an einen Freund in den Libanon verschenkt hat, störte sie dann doch. Das war auch eine ihrer Aufgaben. Verschwundenes Leben wieder auffinden.

Hala hatte eine untrügliche Nase für das, was sie nicht wissen sollte. Geheimnisse. Sofern sie eines witterte, kam eine Neugierde in Gang, die geradezu übernatürliche Formen annahm. So war das immer gewesen. Zum Leidwesen ihrer Eltern, Kollegen und schließlich auch Freundinnen.

Nichts konnte man vor ihr verbergen, kein Weihnachtsgeschenk, keinen Versicherungsbetrug, keinen unbedeutenden Seitensprung.

Deswegen war es für Hala auch besser gewesen, wieder allein zu sein.

Mit der Liebe hatte sie abgeschlossen, zumindest hatte sie sich das nach der letzten Katastrophe vorgenommen. Hier und da eine ungefährliche heiße Liebschaft, dagegen war nichts einzuwenden. Zumal sie sich dafür nicht besonders anstrengen musste. Die Liebschaften flatterten ihr zu wie die Amseln ihrem Balkon. Obwohl nicht das zu holen war, was sie suchten. Nicht dass Hala besonders hübsch gewesen wäre. Wenn sie genau überlegte, sah sie aus wie hunderte andere Frauen auch. Kurzhaarfrisur, ansehnliche dunkle Augen, sportliche Kleidung. Nur war sie vielleicht ein wenig größer, und alles, was an durchschnittlichen Frauen grau und gelb und rosa war, war an ihr milchkaffeebraun. Mehr nicht. Hala achtete peinlich darauf, sich nicht zu verlieben. Nach zwei, drei Treffen brach sie den Kontakt ab. Bisher war ihr das blendend gelungen, worauf sie stolz war.

„Hier ist Philemon aus dem Zentrum."

Ah, einer von unserer Fakultät, würde ihre Kollegin sagen.

Unsereiner. Die Elstern kreischten sehr laut. Blasiertes Vogelvieh.

„Einen Moment, bitte", sagte Hala zu dem Vermieter.

„Ich muss dich sprechen. Können wir uns in einem Café treffen?"

Ich wüsste eigentlich nicht, wieso, dachte Hala irritiert, doch irgendetwas ließ sie unsinnig nicken.

Das, was er Zentrum nannte, war das Rubicon, ein Treffpunkt und Beratungszentrum, in dem sie kürzlich den aus Ägypten stammenden Philemon kennengelernt hatte. Er hatte einen Vortrag über die Lage der Homosexuellen in Ägypten gehalten und sie danach angesprochen. Er war ein feiner Pinkel. Ein Ingenieur. Zu fein, meinte Hala.

Eigenartige Stimmung, die durchs Telefon kletterte. Hala sagte ja. Dieser Anruf hat ungeahnte Konsequenzen, dachte sie plötzlich. In einer halben Stunde im *Goldmund*. Vorher fiel der Blick wieder ins Büro. Es war passend, aber zu teuer. Hala hatte sich zwar entschlossen, ihr geregeltes Berufsleben aufzugeben und ihre bisher unterdrückte Neigung zum Schnüffeln voll auszuleben. Nur Geld war keins vorhanden. Also musste ein billigeres Büro her.

In diesem Augenblick fiel Regen auf die Äste ihrer Überlegungen und Fragen, ertränkte sie fast und gab dann auch noch vor, ihnen Gutes zu tun. Unfreundliche Wasser!

Im Café sprach Philemon leise, als hätte er Angst, dass ihn jemand hören könnte.

„Meine Tante Anastasia ist tot. Angeblich an Herzversagen gestorben."

Hala bestellte Hähnchenkeule, obwohl sie wusste, dass sie sich bei deren Ankunft für den Genuss eines vom Teller ragenden gebräunten Tierbeins schämen würde. Auf dem Tisch lagen in metallischer Rüstung Pillen von Philemon.

„Ein Antibiotikum“, sagte er entschuldigend. „*Mashaallah*!“ Die Kellnerin beugte sich zu ihnen; sie war sehr gemustert. Das heißt, ihre Arme und das Dekolleté. Rosetten, Totenköpfe, Schlangen und sogar Schriften überzogen die Haut. Da war ein Tintenfisch. Als Hala sagte, dass sie das Hühnchen gern ohne Hühner- oder Schweinegrippe hätte, wackelten die Arabesken im Dekolleté.

„Ich weiß nicht, ob sie wirklich eines natürlichen Todes gestorben ist.“

Hala dachte: Was habe ich damit zu tun?

„Ich brauche jemanden, der nach Kairo fliegt, um Nachforschungen anzustellen.“

Der Groschen wollte fallen, weiß Gott.

„Du bist doch Detektivin.“

Aha!

„Angehende. Aber Mord, *habibi la'*!“

Das Bein kam und sah nicht mehr aus wie ein Bein.

Hala konnte es nicht verhindern, aber bei Philemons Worten sprang ihre Spürnase an.

„Bitte, ich zahl auch alles. Inklusive Flug und einer anständigen Pauschale.“

Mord. Hallo?

Der letzte Fall war der Seitensprung der Katzenliebhaberin. Drei Katzen und zwei Frauen auf fünfzig Quadratmetern. Ein wenig Beschattung. Es war nicht schwer gewesen, das geräumige Haus der gelangweilten Geliebten ausfindig zu machen, in das die eine mit einem gekonnten Seitensprung hin und wieder auswich.

Aber vor Mördern hatte Hala Habidi Angst.

„Und was ist, wenn es kein Mord war?“

„Es war Mord!“

Sie biss in das Bein. Auch kauend war sie nicht in der Lage, die nächste Frage aufzuhalten.

„Und warum bist du dir so sicher, dass sie nicht an Herzversagen gestorben ist?“

Hala schaute Philemon erwartungsvoll an.

Gleich würde er *sie hatte kein Herz* sagen, dachte sie.

„Ich wusste nicht mal, dass sie in Kairo ist. Vor ungefähr zwei Jahren war sie das letzte Mal dort. Ich weiß nicht, was in der Zwischenzeit geschah, mir sagte sie nur: ‚Ich werde nie wieder nach Kairo fliegen. Frag mich nicht, mein Sohn.' Sie schwieg aus Rücksicht auf mich."

Das Hühnerbein war sehr lecker. Trotzdem hatte Hala plötzlich keinen Appetit mehr.

„Aber das Merkwürdigste ist, dass Anastasia nun doch wie überstürzt nach Kairo gereist ist. Ohne mir Bescheid zu geben. Ich habe in ihrer Wohnung gesehen, dass sie mit der Lufthansa telefoniert hat. Am selben Tag ist sie von Frankfurt losgeflogen."

Philemon zupfte mit drei Fingern an seinem Ziegenbärtchen, als wollte er es zerreiben. Hala dachte an ihre Papageiendame Fatima, der sie später alles erzählen würde.

Aha, würde sie sagen, oder *fang mich* oder *mach ich*! Und das würde Hala zu neuen Überlegungen inspirieren.

„Hatte sie denn einen Rückflug gebucht?"

„Ja, eine Woche später. Was auch komisch ist, normalerweise verbringt meine Tante immer einen Monat in Kairo und nie im Januar, weil ihr das zu kalt ist. In Kairo ist meine Tante dann nicht wie gewohnt zu meiner Mutter gefahren, sondern in einem Hotel abgestiegen. Meine Mutter hat sie zufällig in *Zamalek* getroffen und hätte sie beinahe nicht erkannt. Auf der Straße des 26. Juli. Mit blond gefärbten Haaren. Sie wollte meiner Mutter nicht zur Last fallen, wo sie doch so kurzfristig Sehnsucht nach ihrer Heimat gehabt hätte."

„Könnte doch wirklich sein", sagte Hala nachdenklich.

„Nein, Mann, das könnte es eben nicht. In arabischen Ländern ist man immer willkommen. Und gerade wenn man lang nicht da war. Das müsstest du doch wissen. Meine Mutter hielt die gefärbten Haare für einen weiteren Beweis ihrer Verrücktheit, aber ich glaube, meine Tante wollte nicht erkannt werden."

Die Schlangenarme kamen wieder. Hala ertappte sich bei dem Impuls, sie zu berühren. Da! Schon zuckten sie zurück.

Stimmt. Das war plausibel. Die Straße vor dem *Goldmund* stand Kopf. Mord?

Philemon wartete, bis die Schöne verschwunden war.

„Sie wollte irgendetwas Bestimmtes dort erledigen. Vielleicht hatte es etwas mit dem zu tun, was sie bis dahin von Kairo ferngehalten hatte."

„Hat sie sonst noch mit irgendwem telefoniert?"

„Ja, eine weitere Nummer war angegeben. Da habe ich aber niemanden erreicht. Nur den Anrufbeantworter. Irgendeine Frau."

„Das wäre natürlich gut, wenn du herauskriegen würdest, wer das ist."

Hala glaubte nicht wirklich an Mord, hatte aber Feuer gefangen. Die Bezahlung war lukrativ und die Geschichte klang interessant.

„Ich überlege es mir."

Was so viel bedeutete wie: Ich mach's.

Walid packte seine Tasche.

Soeben hatte er mit Sifri telefoniert.

„Was sollte das, ein Mädchen aus Kairo?", hatte Walid ihn aufgebracht angeschrien. „Du hast gesagt, dass nur Mädchen aus den Dörfern kommen würden. Alles andere ist doch viel zu gefährlich!"

„Mach dir keine Sorgen darum. Meinst du, ich will auffliegen?"

Walid fragte sich insgeheim, ob er nicht selbst das wesentlich größere Risiko an der ganzen Sache trug. Mittlerweile war die Beschneidung ja in Ägypten verboten, aber viele Familien wollten das nicht akzeptieren. Und denen half Sifri nach besten Kräften.

„Aber das Mädchen ist tot. Wir müssen damit rechnen, dass die Polizei ..."

„Lass das mal meine Sorge sein."

„Trotzdem, noch ein Mädchen aus Kairo und ich bin draußen!"

Sifri hatte schallend gelacht. Gehässig und laut.

„Mann, warum lachst du? Hör auf damit!"

„Du bist der Gesuchte, mein Schatz, hast du verstanden? Du bist sowieso aus meiner Praxis draußen. Lass dich hier nicht mehr blicken. Ausschließlich Außendienste wirst du ab jetzt verrichten, kapiert?“

Und dann beschrieb er ihm seinen nächsten Einsatz. Eine Familie im Nildelta. Und er sollte hinfahren.

Du bist der Gesuchte.

Was wollte er damit sagen?

Doch Sifri hatte längst aufgelegt.

Er war der Gesuchte. Die Polizei war hinter ihm her und Sifri hatte es ihm nicht gesagt. Erst durch diese Irre war er gewarnt worden. Würde man ihm auf die Schliche kommen? Nein. Walid schüttelte den Gedanken ab. Niemand würde reden, und war er nicht besonders unauffällig? Das war schon immer so. Es dauerte sehr lange, bis man merkte, dass er da war, und genauso lang brauchte man, um seine Abwesenheit festzustellen. Als Kind schon war er schweigsam und unsichtbar gewesen. Vielleicht hatte er gehofft, so seiner nicht anwesenden Mutter nah sein zu können.

Nun bereitete er sich auf einen neuen Auftrag in Oberägypten vor. Er fragte sich, wo die Leute von dort nur das Geld hernahmen.

Meistens waren es die Frauen, die auf der Beschneidung bestanden. Schwestern, Mütter, Tanten, sie alle lieferten die Mädchen ans Messer. Beim Zuklappen der Tasche wischte er über das Leder. Solche Gedanken kannte er nicht von sich. Was gingen ihn diese Mädchen an? Wenn die eigenen Mütter es doch so wollten? Seinem Vater sagte er, dass er in Alexandria aushelfen müsse, für alle Fälle. Niemand aus seiner Familie wusste, was er wirklich tat.

„Ich arbeite in einer Praxis für arme Leute!“, erzählte er. Manchmal hatte er allerdings das Gefühl, dass seine Schwester ihn mit einem argwöhnischen Blick bedachte. Möglicherweise ahnte sie etwas. Deshalb war er noch vorsichtiger geworden. Umso mehr ärgerte ihn die Sache mit dem Mädchen aus Kairo. Wie konnte Sifri ihn nur dermaßen betrügen?

Die Dschinnija *ist tot. Sie versteht mich nicht. Ich stehe an ihrem Hotelbett und sage: „Lass den Teufel nicht rein. Auch hinter dir ist er nun her." Er kann machen, was er will. Sie versucht, ihn einzuräuchern, doch macht sie nur ihr Herz schwach damit. Nun kann ich nichts mehr tun.*

Hala verließ Köln an einem Tag, an dem Regen und Stadt vor ihrem Haus gehässig murmelten. Ihr Papagei Fatima wollte natürlich auch wieder mitreden, reimte aber nur schwach dagegen.

„Klong klong klong."

Das hatte Fatima manchmal.

In diese sanften und sahnigen Tortentöne rumpelten Philemons Imperative, die, so war sie sicher, wenigstens Fatima auswendig lernen würde.

Anrufe nach Deutschland nur über *Skype*!

Rede mit niemandem über deine Absichten!

Sei vorsichtig, schau, ob dich jemand verfolgt!

Sitze im Taxi stets hinten!

Sag meiner Mutter nicht, dass du mich näher kennst.

Ägyptische SIM-Karte kaufen!

Küsse keine Ägypterin!

Sonst noch was? Als hätte Hala keine anderen Sorgen.

Philemon hatte ihr ein Appartement im Haus seiner Mutter besorgt. Dort, wo man die Tote gefunden hatte. Was Hala bisher über Anastasia erfahren hatte, besprach sie mit Fatima, der Papageiendame: „Anastasia ist vor vierzig Jahren nach Deutschland gekommen und geblieben. Sie hat viele Jahre als Journalistin für verschiedene Radiosender gearbeitet. Früher hat sie Kairo drei- bis viermal im Jahr besucht. Bis vor etwa zwei Jahren. Warum sie die Besuche abgebrochen hat, dafür gibt es keinen Anhaltspunkt. Anscheinend hat sie sehr zurückgezogen gelebt. Nicht einmal ein Haustier. Es gab nur zwei Nummern auf ihrem Telefon gespeichert: die von Lufthansa und die von Sal, wie die Anrufliste verriet. Sie war aber bisher nicht zu erreichen gewesen. Nach Ägypten war Anastasia möglicherweise mit blond gefärbten Haaren geflogen. Offenbar wollte sie etwas erledigen. Sie ist nachts in der Wohnung im Haus ihrer Schwester gestorben. Die Schwester sagte: Herzversagen, und wahrscheinlich hatte sie darüber hinaus Alzheimer."

„Lass es sein“, fand Fatima.

Philemon behauptete, dass Anastasia herzkrank gewesen sei und ansonsten klar bei Verstand. Den wahren Grund ihres Fernbleibens von Ägypten hätte sie der Schwester verschweigen wollen. Er glaubte sogar, dass sie ihr eine gewisse Verwirrtheit vortäuschte. Vielleicht stand der wahre Grund im Zusammenhang mit ihrem Tod.

Halas Handy klingelte.

Verflucht, wie oft hatte sie sich schon geirrt. Das war natürlich wieder mal Fatima, die den Ton perfekt nachahmen konnte.

„Guten Tag, Philemon.“

Das hatte Fatima nach ihrem letzten Treffen aufgeschnappt.

Aber etwas verschroben scheint die Tante ja wohl gewesen zu sein, überlegte Hala.

Auf Anastasias Anrufbeantworter waren genau zwei Anrufe der Schwester aus Ägypten. Zwei Tage vor ihrem Tod hatte Nadja das letzte Mal versucht, ihre Schwester zu erreichen. Da war Anastasia jedoch schon in Kairo gewesen.

Hala schaute auf ihren Koffer und den Käfig. Fatima sollte mitreisen. Wer wusste, wozu das gut war.

„Prima“, meinte der Vogel. Es war zwar kompliziert gewesen, aber Philemon hatte das arrangiert. Und so flog Hala jetzt mit *Egypt Air* in der ersten Klasse. Der Mann musste Geld haben. Fatima war in einem sehr kleinen Käfig untergebracht. Aber in Ägypten würde sie ja wieder im Zimmer fliegen dürfen.

Auf Halas Konto war ein herrlicher Vorschuss. Den Rückflug würde sie selbst buchen.

Im Taxi fuhren Hala und Fatima durch moosfarbene Pfützen, die das Licht mild färbten, als sie am Flughafen ankamen.

Vor ihrer Abreise hatte sie gemeinsam mit Philemon die Kölner Wohnung von Anastasia untersucht. Die Zimmer waren eine Art Urwald aus Büchern und Zeitungen in vier Sprachen. An der Wand hingen Bilder von Matisse und Modotti. Auf dem Tisch stapelweise Papiere. Zeitschriften, Prospekte von Kulturveranstaltungen, Philharmonieprogramm, Kinoübersicht. In der Luft hing kalter Rauch von Zigaretten.

Totales Chaos aus Halas Sicht. Sie durchsuchte alles gründlich, doch fand sie nichts Aufschlussreiches. Nur eine Notiz in Anastasias Handschrift auf einem Zettel war interessant.

Er hat mir so viel blauen Kajal unter die Augen gerieben, dass ich blind gewesen war.

Ein ägyptisches Sprichwort.

Hala dachte lange darüber nach. Anastasia selbst hatte es geschrieben. Seltsam. Wann und wozu hatte sie das auf einen einzelnen Zettel geschrieben? Im DIN-A4-Format? Hala steckte ihn in die Hosentasche. Dann fragte sie Philemon nach einem Foto. Merkwürdig, nicht ein Fotoalbum war zu finden gewesen.

Der Satz auf dem Zettel verfolgte sie noch am Abend, als sie sich in eine Kirche setzte, um ein Konzert zu hören.

Bad aus Orgeltönen. Blind, sie hat etwas nicht gesehen oder sehen wollen. Halas Tasche wurde zur Artistin, fiel vom Stuhl, schlug einen Salto und landete elegant auf ihrem Fuß, ohne etwas von ihrem Inhalt zu verlieren.

Was war es gewesen? Irgendetwas musste Anastasia so unvorbereitet nach Kairo geführt haben. Irgendwer. Vielleicht ein Mann? Anastasia hatte sich auf jeden Fall entschlossen, die Augen zu öffnen.

Wovor?

Am Tag vor ihrer Abreise hatte Philemon ihr ein Foto in den Kasten geworfen.

Und beinahe hätte sie doch alles abgesagt. Anastasias Alter war sehr schwer zu schätzen, sie war etwa sechzig Jahre alt und hatte gefärbtes rötliches Haar, das sie hochgesteckt trug. Ihr Kleid war nicht das teuerste, das konnte Hala erkennen, doch schien sie eine Vorliebe für Golddurchwirktes zu haben.

Aus irgendeinem Grund ließ das Bild Hala erschauern.

Das Gesicht der Tante war hager und kraterähnlich eingefallen

Sie isst kaum etwas, dachte Hala und wollte Augenlider mit Wimpern, dicht wie bei Kamelen im Sandsturm, blickdichte Vorhänge, ja!

Ein plötzlicher Kopfschmerz überfiel sie.

„Lass es sein“, sagte Fatima wenig hilfreich.

Die Augäpfel der Tante wirkten wie zwei in den Augenhöhlen künstlich befestigte Vogeleier, aus deren Schale sich der Nachwuchs blicken ließ. Sie sah furchterregend aus.

Irgendwo in den Wolken kramte jemand nach Halas Panik. Sie hatte diese Vogeleieraugen schon einmal gesehen, aber wo?

In ihrem Kopf hallte ein Schrei, ohne dass sie ihn zuordnen konnte. Gefahr, Gefahr, du bist eine von uns.

Die Vogeljungen pickten grausam gegen ihre Schläfen.

Leg doch das Bild mal weg!

Hala hatte es ja gewusst. Für Mord war sie nicht geschaffen.

Oder war da noch mehr?

Sie dachte an die Todesangst, die sie als Kind empfunden hatte, als sie in der Nacht aufwachte, ihre Eltern nicht da waren und sie die Verse des Struwwelpeter um sich herum hörte. *Miau mio. Miau mio,* der Schneider sprang mit der riesigen Schere aus der Tür und drohte auf sie zuzustürzen, und ein scheußlicher Suppenkasper verschwand einfach von der Bildfläche.

„Fahre nie wieder in ein arabisches Land!“

Hala stürzte aus der Küche und verließ noch in Hausschuhen die Wohnung. Wie besessen rannte sie aus ihrem Haus. Es regnete in Strömen, eimerweise Wolkenausguss, Halas Hausschuhe saugten nach Herzenslust Wasser ein und hingen wie dicke Schwämme von ihren Füßen herunter, wenn sie sie zum Laufen anhob.

Doch die Dusche hatte gutgetan. Wieder klar im Kopf, ging Hala zurück. Ein Mord hebt mich aus den Angeln, dachte sie. Das ist nicht ungewöhnlich. Doch sie wurde das Gefühl nicht los, dass sie dabei war, etwas aufzuspüren, was mit ihr selbst zu tun hatte.

In Kairo war es nicht ganz so warm, wie Hala es sich vorgestellt hatte. Fatima krähte sorglos wie ein Hahn. Das Haus stand vor einer Riesenbaustelle. Die Sonne lockte golden auf den Balkon und dann lachte sie Hohn, denn die Luft war kalt und hässlich. Es war Winter.

Halas Zimmer ging nicht direkt zur Straße, sondern in einen Hinterhof, der Verkehr blökte nur leise.

In meine Ohren werden Basaltsteine gekippt. Doch das Herz hat keine Ohren, dachte sie.

Hala musste sich in eine Wolldecke einwickeln und schaltete den kleinen Heizlüfter an, den sie aus Deutschland mitgebracht hatte. Ein unerklärliches Gefühl der Enge ergriff sie.

Die Vermieterin, Philemons Mutter, hatte ihr abgenommen, dass sie Sprachstudentin war und ihre Telefonnummer von einem Bekannten hatte, der in der Firma ihres Sohnes arbeitete. Tatsächlich hatte sie gefragt: „Kennen Sie meinen Sohn?"

Misstrauisch. Erleichtert, als Hala den Kopf schüttelte. Was hatte das zu bedeuten?

Wie verabredet war Hala auch vorher in der Sprachschule gewesen. Nachdem sie die scheußliche Taxifahrt überstanden hatte. Ein Papagei schützt einen nicht vor Taxifahrern. Mit einem Gefühl des Schwankens dachte sie, auf ihrem neuen Balkon stehend, an ihn zurück.

Geradezu ruppig hatte er Hala am Flughafen in etwas geschubst, das eigentlich nicht aussah wie ein Taxi. Hala flog wie betäubt durch Häusermeere und Autoströme, über Brücken und Wasser, betend, dass er sie zur richtigen Adresse bringen möge. Der Taxifahrer bot ihr ein quadratisches Kaugummi an, das enttäuschend seltsam nach Salbei schmeckte, und zählte dann seine Lieblingssänger auf: Nummer eins natürlich Um Kulsum, zwei Abdel Halim Hafez und Nummer drei aus dem großartigen Libanon: Fairuz. Da konnte Hala nur schwach zustimmen. Aber die Sonne warf Schattenarabesken und ihre Stimme flüsterte: *Oh janhar abjad*, welch weißer Tag!

Nachdem sie sich in der Sprachenschule eingeschrieben hatte, was ziemlich lang gedauert hatte, da jeder, der an ihnen vorbeilief, sich mit Fatima unterhalten wollte, bestellte ihr eine der Damen vom Schulsekretariat ein weiteres Taxi.

„*Oh, please, will you bring your parrot to the lesson tomorrow?*", kicherte jemand hinter ihr.

Hilfe, eine Nacht mit tausend Silbersternen stand plötzlich im Raum.

Küsse keine Ägypterin! Philemon, es gibt Gefährlicheres als einen Kuss.

„I am Mina, your teacher."

Etwas an ihrem Anblick hielt Hala weiterhin auf den Beinen. Das mittelmeerblaue Kopftuch. Was darunter zum Vorschein käme, hätte Hala vermutlich umgeworfen.

Das kann ja heiter werden, dachte Hala, kaum dass sich ein weibliches Wesen mir zuwendet, schon ist Hala Habidi rosengebogen. Auf Risikotrab.

Die Lehrerin duftete nach etwas Süßem. Mandeln vielleicht. Unter ihren Augen schwebte aber ein Schatten.

„Von wo kommst du? Ah, Deutschland? Herzlich willkommen! Ich freue mich, dass du in meinem Kurs bist."

Sie schien nahezu perfekt Deutsch zu sprechen.

Später stellte Hala fest, dass man sie an einem Tag mindestens zehn mal willkommen geheißen hatte. Beim Aussteigen aus dem Flugzeug, auf dem Flughafen, irgendwelcher fremder Leute Gast war sie plötzlich, im Taxi, in der Sprachenschule, mehrmals.

Und nun von selten schönen Augen.

Der Schatten verhieß etwas Trauriges.

Diese hatten es bedauerlicherweise eilig, von den Papageienfedern wegzukommen. Fatima flatterte unruhig hin und her.

„Leider muss ich weg, aber wir sehen uns ja morgen, oder?"

Und dann verabschiedete sie sich mit zwei Mandelküssen auf Halas kochende Wangen.

Ankunft in Ägypten. Vielversprechend.

„Fang mich", sagte Fatima.

In der neuen Wohnung flüsterten die Wände und gleich nachdem der Koffer verstaut war, gab es unerwartet ein Gewitter mit waschechten Blitzen, dazu ernst zu nehmenden Regen.

Hala konnte es nicht ändern, aber Minas Augen waren an den Wänden und Minas Fingerspitzen klopften regenlaut ans Fenster.

Es kamen noch andere Augen dazu. Gescheiterte Beziehungen. Sie hatte lächerliche, tragische und seltsame Geheimnisse herausgefunden und war zu dem Schluss gekommen, dass es nicht eine Frau ohne ein Geheimnis dieser Art gab. Oder war sie es, die ausgerechnet jene Frauen anzog, die etwas zu verbergen hatten? Sie merkte es nie sofort. Erst nach einem halben Jahr, wenn die Liebe auf Hochtouren gefahren war, bemerkte sie ausweichende Antworten, plötzlich abbrechende Telefonate, akribisches Verstecken des Handys, kleine Unregelmäßigkeiten in Verabredungen, Ungereimtheiten in Angaben zum Tageslauf. Manchmal merkte sie es erst später.

Die letzte, Nora, war mit einer Urlaubsbekanntschaft fremdgegangen. Nach vier Jahren Beziehung gab sie vor, ein wenig mehr Abstand von Hala haben zu wollen und forderte den Schlüssel zur Wohnung zurück. Bei gleichzeitig beginnender Psychoanalyse erschien Hala die Erklärung zunächst plausibel. Nora wollte eben nur ihr Leben ändern und eingefahrene Beziehungsmuster aufbrechen, dachte sie. Doch ein eigenartiges Eingefrorensein scheuchte Hala eines Tages auf. Und gemäß ihrer Natur, Geheimnisse aufspüren zu müssen, begann sie in Noras Tagesabläufen herumzuschnüffeln. Sie beschattete sie. Niemals hatte sie dabei je versagt. Ihr Talent ließ sie Nora mit einer Frau im Café sitzend aufspüren, Händchen haltend. Nun das muss nichts bedeuten, schwatzte die Stimme der Bagatelle. Doch dann meldete sich Hala instinktiv für ein Wochenende ab, ohne dass sie Köln verließ, und siehe da. Nora verschwand für eine ganze Nacht und zwar im hübsch teuren Eigenheim der Dame, mit der sie im Café gesessen hatte.

Das Thema Beziehung war für Hala seit dieser Entdeckung beendet. Zudem nagte das Alter an ihrer Attraktivität. Dachte sie zumindest. Dennoch schaffte sie es immer, Frauen anzulocken.

Eine traurige Geschichte, wie andere in Halas Leben auch, und sie hatte sie Fatima alle erzählt.

In Ägypten lief sie keine Gefahr. Sie wusste, dass über die gleichgeschlechtliche Liebe geschwiegen werden musste, ja, sie schien nicht einmal zu existieren. Außerdem war Hala ja schließlich keine fünfzehn mehr. Trotzdem fühlte sie sich ein wenig verwirrt, als sie am Haus von Philemons Mutter ankam, in dem sie nun eine Weile wohnen würde. Vor dem Haus saßen zwei Männer auf Stühlen. Einer der beiden trug die klassische Galabeya, ein graues kleidähnliches Gewand.

„Unser Türhüter", sagte Philemons Mutter, die sie herzlich in ihrem Haus empfing, und meinte den Alten. Der jüngere der beiden Männer stand auf und verabschiedete sich kühl. Es wirkte so, als möge er Nadja nicht.

„Mein Sohn", sagte der Türhüter stolz. Hat denn hier jeder so schöne Augen?, dachte Hala, und sie schalt sich gleich für den einfältigen Gedanken und dafür, dass die beiden sie an die gerade kennengelernte Lehrerin erinnerten. Nadja zog sie hinter sich her ins Haus. Der Sohn des Türhüters war ohne ein Wort zwischen den Autos vor dem Haus verschwunden.

„Hier in Ägypten hat fast jedes Haus einen Türhüter", sagte sie.

„Ja?", wunderte sich Hala.

„In der Regel sitzen sie am Eingang und passen auf, wer hier ein- und ausgeht. Er kann für Sie aber auch gern einkaufen gehen, wenn Sie möchten."

Na, das wollte Hala ganz sicher nicht. Sie schüttelte den Kopf.

„Aber denken Sie daran, Sie bezahlen für ihn mit den Nebenkosten."

Trotzdem, dachte Hala. Der Mann war offensichtlich wesentlich ärmer als Nadja.

„Sie wollen Arabisch lernen? Das finde ich ganz toll. Machen Sie das in der Schule in der *Azmi*-Straße?"

Hala nickte und fragte völlig unangebracht, wieso es denn in Ägypten regne. Nadja verstand die Frage natürlich nicht, aber das lag nicht an Halas womöglich schlechtem Arabisch. Ohnehin schien auch sie perfekt Deutsch zu sprechen. Schließlich sagte sie lachend: „Damit wir was zu trinken haben."

„Kommen Sie morgen Abend zu mir zum Essen. Ich werde Ihnen Ägypten und seine Eigenheiten erklären. Aber dass Sie eines wissen: Dieser Winter spielt verrückt."

Nadja wirkte angeschlagen, und sie erklärte Hala, während sie ihr die Wohnung zeigte, dass ihre Schwester kürzlich gestorben war.

„Das tut mir leid", sagte Hala in der Hoffnung, mehr zu erfahren.

„Ach, die Arme, aber wissen Sie?", sie senkte ihre Stimme, „sie war ein wenig verrückt. Das Ausland macht die Leute verrückt. Sie hat in Deutschland gelebt."

Den letzten Satz flüsterte sie.

„Ach so?", fragte Hala und folgte Nadja in den Hausflur, wo sie an eine andere Tür tippte.

„Das ist Anastasias Wohnung. Sie steht noch immer leer. Ich schaffe es nicht, sie zu vermieten."

Dabei wischte sie sich schnell zwei Tränen aus den Augen.

Zweiter Stock.

Danke schön, dachte Hala, setzte sich dann an den Schreibtisch und kaute auf ihren Aufgaben herum. Sie hatte keine Ahnung wo, sie anfangen sollte. Bei dem Hotel, in dem Anastasia zuletzt gewohnt hatte? In ihrer Wohnung? Bei der Schwester?

Ihr Kopf war plötzlich leer wie die Wasserflasche, die vom Heizlüfter immer wieder umgepustet wurde. Hala entschied sich, mit dem Besuch bei Nadja zu beginnen. Bis dahin würde sie sich ein wenig in der Gegend orientieren.

Langsam kroch die Kälte von den Füßen hoch, obwohl die Sonne wieder auf einer traurigen Hauswand voller Kabel und verschlossener Fensterläden lachte. Kälte war einfach nicht das, was Hala erwartet hatte.

Walid fuhr los. Er hatte sich eine günstige Zeit ausgesucht. Am Vormittag wurde es zwar langsam wärmer, aber es würde nur eine Stunde dauern, um aus der Stadt herauszukommen. Immer wieder musste er an das tote Mädchen denken. Hatte er wirklich nicht gewusst, dass der Eingriff tödlich enden kann? Nein, nicht wenn er es selbst tat.

Was, wenn noch ein Mädchen starb, was, wenn die Polizei ...?

Walid dachte den Gedanken nicht zu Ende, denn ein Eselkarren hatte den Zugang zur Ausfallstraße blockiert. Er drückte wie alle anderen Fahrer gewohnheitsgemäß auf die Hupe, als ob der Karren dann schneller verschwände.

Der Esel war anscheinend nicht zu bewegen

Walid stieg aus und begann mit dem Alten, dem der Karren gehörte, zu debattieren.

„Onkel, wach auf, das ist keine Straße für dich."

„Misch dich nicht ein, mein Sohn, hilf mir lieber, den Esel zu bewegen!", schrie der Alte. „Was sind das für Manieren, los, schieb, ich ziehe!"

Walid seufzte. Das konnte Stunden dauern. Mittlerweile waren mehrere Autofahrer ausgestiegen, um dem Alten zu helfen, den Esel auf die andere kleine Straße unter der Brücke zu ziehen.

Das Tier gab kurze Zeit später nach und wollte umkehren. Doch nun musste eine Lücke im stehenden Autostrom geschaffen werden. Das schien unmöglich, da die Wagen kaum nach der Seite ausweichen konnten. In Kairo macht man alles möglich, die Frage ist nur, wie lange es dauert, und unter Umständen wartest du auch dein halbes Leben, pflegte sein Vater zu sagen. Geduld ist die erste Bürgerpflicht eines Ägypters.

Nach etwa einer halben Stunde setzte sich Walid wieder ins Auto und bog mühelos auf die *Desert Road* Richtung Alexandria ein. In zwei, drei Stunden würde er dort sein.

Der Arzt ist wieder unterwegs. Wie eine Mondsichel den Himmel zerschneidet er seine Route. Aber das Mädchen weiß Bescheid. Diesmal ist es umgekehrt. Der Teufel kommt mit seinen Werkzeugen. Ich bin damals zum Teufel gebracht worden, und ich hatte keine Ahnung, dass bei meiner Rückkehr der Tod auf mich warte.

Walid hatte das Mädchen genau untersucht. War es das erste Mal, dass er die Angst sah? Oder war sie die Erste, die Angst zeigte? Er fragte sich heute, warum die armen Leute ihre Ersparnisse für diesen Eingriff ausgaben. Sie hielten es für eine Glaubensangelegenheit. Ärgerliche Einfalt, dachte er und stutzte. Was war mit ihm los? Darüber hatte er sich bisher nie Gedanken gemacht. Es konnte ihm doch egal sein, was die Leute wollten, solange sie bezahlten. Dennoch spürte er plötzlich etwas wie Unbehagen in sich aufkommen. Gut, er hatte mittlerweile eine gewisse Routine und vorzügliches Werkzeug. Doch der Schock über den Tod schlug ihm das Risiko, das er einging, mit voller Wucht ins Gesicht. Etwas war da in seinen Gedanken, eine neue Farbe, die er nicht zu bestimmen wusste. Er wischte mit der Handfläche durch die Luft und widmete sich dem Mädchen, das widerwillig vor ihm stand. Merkte es, dass an seinen Händen das tödliche Blut haftete?

Sie war wohlgenährt, hatte trotz der offensichtlichen Armut der Familie glänzende Augen und rosige Wangen. Das war merkwürdig. Das Mädchen versteckte seine Rundungen vergeblich unter einer Galabeya. Ihr Mund füllte fast das ganze Gesicht aus. Blutig rot wie eine zertretene Kirsche, dachte Walid. Doch in ihm regte sich nichts. Es war ihm ein Rätsel, aber seine Leidenschaft rührte sich nur noch bei älteren Frauen. Das war ja auch der Grund, warum er keine neue Frau genommen hatte. Was sollte er mit so jungem Blut anfangen? Er wäre nicht einmal in der Lage, Kinder zu zeugen.

Das Mädchen starrte ihn an.

Jede Seele wird irgendwann den Tod schmecken, dachte er plötzlich und spürte leichte Panik. Ein kühler Wind kam vom Fluss und erfrischte seinen Geist. Wie weggepustet nahmen seine Gedanken auf einmal eine andere Richtung, und er hielt inne. Er stand in einem fremden Haus, vor einem fremden Mädchen und war dabei, sie zu beschneiden, so wie er das immer tat. Normalerweise kümmerte ihn die Angst der Kinder nicht. Plötzlich sah er die andere vor sich. Weiß, wie Käse war ihr Gesicht gewesen. Ihr Leben hatte er in der Hand gehalten.

Das Mädchen schien die Kehrtwendung seiner Gedanken zu bemerken und riss sich los.

Die Mutter stieß einen Fluch aus. „Schlangenbrut, komm zurück. Satan soll dich zerhacken!“

Walid zuckte zusammen. Verstümmelt, hatte sie gesagt.

„Lass sie. Bis morgen soll sie nichts essen, nur trinken. Und bring sie bitte bei Sonnenaufgang. Vergiss nicht, für sie zu beten!“

Hatten sie vom Tod des Mädchens gehört?

Sicherlich nicht. Es hätte, so glaubte er, auch nichts geändert. Die Mutter hätte ihre Schwester sein können. Vermutlich war sie als kleines Mädchen verheiratet worden. Vielleicht war sie bei der Geburt des Mädchens fast gestorben wie seine eigene, dachte er. Vermutlich war auch sie als Kind beschnitten worden. Das gleiche Leid. Sie gönnt es ihr nicht, verschont zu bleiben, dachte Walid.

Die Kleine hat nichts Besseres verdient, so schien es in ihren kalten Augen geschrieben.

Walid klappte seine Tasche zu und betrachtete den bunt gefärbten Himmel.

Als er vor das Haus in die Nacht trat, sah er, wie ein Junge in Galabeya und amerikanischen Turnschuhen eine fingerlange Heuschrecke zertrat.

Im medizinischen Handwerk war er immer sehr gut gewesen. Er traf Sifri, nachdem er wieder einmal eine theoretische Prüfung verhauen hatte. Er setzte sich in der Cafeteria zu ihm, vertraulich, als würde er ihn kennen. Und bot ihm den Job an. Zuerst war er für alltägliche Hausbesuche zuständig gewesen, in ganz Kairo. Er fuhr herum mit einem billigen Wagen von Sifri und nahm kein Geld für die Untersuchungen. Eines Tages übertrug Sifri ihm den allerersten Eingriff. Er müsse das nicht machen, wenn er nicht wolle.

Stumpf geworden vom Elend in seiner Familie tat er es.

Als könnten die Schnitte in das Fleisch fremder Mädchen und der einsetzende Blutfluss irgendetwas in ihm zum Fließen bringen; herausströmen sollten seine Abscheu vor seinem Bruder, sein Hass auf seine verschwundene Frau und seine Enttäuschung über seine abtrünnige Schwester.

Der Arzt schaut das neue Mädchen an, auch unten. Und dann untersucht er sie mit funkelndem Besteck. „Sie ist gesund", sagt er, „das ist gut." Das Mädchen hat Augen wie zwei Teelöffel Erdöl. Immer mehr Erdöl kommt in ihre Augen. Ein Suppenlöffel voll. Aber sie sagt keinen Ton. „Schau nach unten", befiehlt er. Und dann schaut sie nach unten. Sie sieht die Hose aus feinem Tuch und die spitzen schwarzen Schuhe. An den Schnürsenkeln sind goldene Perlen. Lange kann sie es nicht aushalten und rennt weg.

Niemand sieht, dass aus den Ölaugen Wasser stürzt. Aber das Mädchen ist klug. Sie soll die Ziegen holen, doch stattdessen rennt sie weg. Sie rennt an den Fluss, wo sie ein Versteck hat. Sie trägt ein rotes Kopftuch und ein blaues, schmutziges Kleid. Aus ihrem Versteck holt sie eine Tüte. Dann rennt sie in den roten Himmel hinein zu einer Straße, die auch rot ist. Sie wartet nicht ab, bis die Nacht kommt, nein, sie nimmt den rostigen Himmel. Sie hat ja recht, lauf, Mädchen, lauf, wenn dir Unrecht geschieht, nimm das Stück, verkauf es und geh nach Kairo. Vor Angst zerspringt fast ihr Brustkorb. Doch sie merkt es nicht; sie ist stark wie eine Löwin. Das Mädchen rennt bis zu einem Hotel. Ihr Herz ist aus dem Brustkorb gesprungen und sie trägt es in der Tüte mit. Hier setzt sie sich auf die Stufen und bietet den Stern aus Gold an. Die Großmutter hat ihn zur Verlobung bekommen.

Wenn der Arzt kommt, nimm das Stück und verkaufe es. Die Großmutter hat gewusst, was auf das Mädchen zukommt. Sie hat ihre Tochter von dem Frevel abbringen wollen. Doch die Tochter ist besessen. Und dann stirbt die Großmutter. Deshalb muss das Mädchen sich von dem goldenen Stern trennen. Und das Herz bis nach Kairo in einer Tüte tragen.

Am nächsten Tag machte Walid sich für den Eingriff fertig. Es lag ein unangenehmer Geruch in der Luft. Eine Mischung aus dreckigen Ziegen, kranken Katzen und Kot. Walid bog in eine kleine Straße ein, aus der Garküchengerüche drangen. Er kaufte sich ein *Schawarma* und beobachtete einen Schlachter, der gerade seine Ware auf einen kleinen Tisch gelegt hatte. Plötzlich schlug ihm der Wind ein dickes Tau ins Gesicht. Grau, mit buschigem Ende. Mit einem Anflug von Ekel stellte Walid fest, dass es sich um den Schweif eines Esels handelte, der an einem fleischigen Hinterteil ohne Fell vom Eingang der Schlachterei herunterhing. Walid erwiderte den Gruß des Schlachters und ging weiter.

Die Mutter hatte ein provisorisches Behandlungszimmer in der Küche hergerichtet. Einen Tisch mit Decken und Laken, eine Lampe, fließendes Wasser, wie er es bestellt hatte. Doch niemand war dort. Das Haus war leer. Also wartete er auf das Mädchen und dessen Mutter.

Das Mädchen muss immer weiter aufpassen. Jeden Schritt muss sie mit Bedacht tun, sie läuft über die Kieseln des Hotelwegs, weiß und glatt wie Hochzeitsmandeln. Sie bangt. Eine reiche Frau aus Europa mit Hüten und Schneehaut kauft ihr den Schmuck für ein paar große Pfundscheine vor dem Hotel ab. Es klappt! Aufgeregt läuft sie bis ins nächste Dorf, an den flüsternden Papyrusbüschen entlang, in denen sie sich verstecken kann. Die Nacht liegt über ihr, sie ist alles, was das Mädchen hat. Die Nacht umarmt das Mädchen mit freundlicher Zurückhaltung. Die Nacht trägt das Mädchen in den Morgen. Die Sterne flößen Vertrauen ein, auch wenn die Stimme der Mutter sich wie eine Stahlnadel in ihr Ohr bohrt. Wo bist du, du Aas? Tochter des Teufels. Sie sieht kleine Schlangen und riesige Heuschrecken. Alle werden ihre Freunde. Und so setzt sie gewiss und umsichtig einen Fuß vor den anderen, achtsam, nichts zu zertreten. Sie weiß, dass sie am nächsten Morgen ankommen wird und in einen Bus steigen.

Ihre Mutter und meine Schwester sind aus dem gleichen giftigen Holz. Unglückliche Sonnenuntergänge.

Und dennoch wird das Mädchen nicht das gleiche Schicksal ereilen. Allah hat ein Einsehen. Nicht alle Mädchen will er verschenken.

Ich bin immer gut zu meiner Schwester. Ich mache genau, was sie befiehlt. Ich kämme ihr die Haare, in die sich graue Silberfäden eingewebt haben. Das ist ein Wunder, denn sie ist nicht alt. Kräftige Haare sind das, stark wie Bindfäden, stumpf wie Holzkohle. Ich helfe ihr, wenn ihr Mann sie, wie so oft, schlagen will, renne hinaus, damit er mich verfolgt. Stundenlang kann mich der dumme Hund verfolgen, bis er merkt, dass ich es bin. Und dann weiß er nicht, wen er als Erstes vernichten soll. Mich hat er nie gekriegt. Wenn ihr Mann sie einschließt, werde ich ihr wieder aufschließen. Ich werde lügen und stehlen für meine große Schwester, wie ich es immer getan habe. Ihr zuliebe gehe ich nicht mehr in die Schule. Warum ist meine Schwester ohne Herz für mich? Spürt sie, dass Hassan mein Leben verschönt, wie ein Märzenstern?

Die Dschinnija *erklärt mir alles. Gestern. Morgen. Heute. Ich verzeihe ihr, dass sie zu spät kommt.*

Auf und ab, die hohen Bordsteine verlangten Sportsgeist und Ausdauer, ebenso der Slalom zwischen den Autos hindurch. Dabei tankte man unbekümmert schlechte Luft. Hala war auf dem

Weg, die allerersten Besorgungen in Kairo zu machen. Auf dem Bürgersteig lag ein Mann wie tot, doch schlief er nur mitten im Dreck. Dann wollte sie die Hauptstraße überqueren, sie liebte Risiken, doch damit hatte sie nicht gerechnet. Es erforderte einen genauen Plan, umsichtiges Vorgehen. Hala setzte den Fuß auf die Straße, die zweispurig war, aber vierspurig benutzt wurde, die Autos fuhren in einem Tempo, das ein Überqueren nicht erlaubte. Fast wurde sie überfahren. In letzter Sekunde wich der Fahrer aus. Es knallte nicht. Es quietschte nicht. Aber Halas Schweiß schoss an die Hautoberfläche. Glücklich auf der anderen Seite angekommen, fiel sie fast in betende Männer. Mit wie viel falschen Füßen war sie heute Morgen ausgestattet? *Mashallah!*

Sie schlich sich vorbei, und da hängte sich ein Mädchen in ihren Arm wie ein Affe an die Liane und wollte ein Pfund haben.

Warum konnte sie nicht einmal schneller reagieren? Es gelang Hala nicht, sie abzuschütteln, zu sanft war der Widerstand. Überdies war sie nicht in der Lage, sich zwischen Wut und Mitleid zu entscheiden. So ging sie ein Weilchen mit dem Mädchen im Schlepptau, das nach Fauligem roch. Irgendwann kam ein rettender Engel aus einem Café, eine ältere Dame mit Handtasche am Ellbogen und fand den richtigen Ton. Wie ein Sesamöffne-dich sprengte er die Armschlösser des Mädchens, dachte Hala und floh in das Innere des Cafés. Sie war die einzige allein sitzende Frau hier. Was nicht zum Genuss beitrug, denn neugierige Blicke nervten sie. Und der Kaffee war auch nicht gut. Vor dem Café saß ein Junge auf dem Boden mit einer Auslage an Sonnenbrillen.

Hala kaufte ihm eine ab, als sie wieder hinaustrat, und fühlte sich sofort geschützter. An der Ecke zu ihrer Straße gab es einen riesigen Supermarkt, in dem sie ihr Abendessen erstand: Brot, Tomaten, Olivenöl, Käse. Danach stand sie erneut vor dem unglaublichen Verkehrsaufkommen.

Von allen Seiten schossen die Wagen und Busse vorbei, öffentlicher, stinkender Nahverkehr. Aus Minibussen heraushängende Männer, mit einem Fuß auf dem Trittbrett stehend, starrten Hala an. Über den Krach schlängelte sich eine Singstimme. Der Muezzin.

Hala dachte auf einmal an Nora. Wenn die Türken eine Moschee haben wollen, müssen sie eben in die Türkei ziehen. Ich will das Geheule nicht in ganz Köln hören. Das hatte ihre Freundin gesagt. Niemals wäre sie mit hierher gefahren. Wie kann eine Frau in den Orient wollen?, pflegte sie zu sagen. Wie kann man nur in ein Land fahren, in dem Homosexuelle ins Gefängnis wandern? Das war ja auch der Grund, weswegen Hala sich trotz ihrer arabischen Wurzeln immer von dort ferngehalten hatte. Oder?

Die Mienen der Männer waren unbewegt.

Lass es sein! Stimmt. Nicht hinschauen. Niemals muslimischen Männern direkt in die Augen schauen, das ist fast schon ein Heiratsantrag, hatte Nora behauptet, ohne jemals in einem islamischen Land gewesen zu sein. Hala steckte die Hände in die Hosentaschen und stellte ihre Füße nebeneinander auf den Straßenasphalt, wie man zwei Tassen in einen Schrank zusammenstellte. Etwas bewegte sich von hinten auf sie zu. Ein fremder Arm schob sich in die Lücke zwischen Arm und Taille.

Affenstadt, dachte Hala gerade, da erkannte sie die Ursache. Und der Schreck verwandelte sich.

„Komm, ich helfe dir, es ist ganz einfach."

Wirklich? Es war ihre Sprachlehrerin Mina. Wo um Himmels Willen kam sie her? Lächelnd zog sie Hala sicher, ein Delfin im Meer, an dessen Hals Hala sich festhielt, über die Straße. Mina! Welcher Ort hatte sie ausgespuckt? Hala ließ sich in ein amerikanisches Café führen. Erleichtert fiel sie in nilpferddicke Sessel.

„Normalerweise ist das meine Gebetszeit, aber ich mache heute mal eine Ausnahme und verschiebe sie", sagte Mina zwinkernd.

„Bist du sonst so eisern?"

„Meistens."

Sie bestellten Cappuccino mit umwerfender Schaumdecke und zartem, schon beim bloßen Anschauen zerfallendem Gebäck. Das Lächeln verwandelte sich im Laufe des Gesprächs in einen Abgrund, in den Hala von etwas geschubst wurde, das Hormon, Gefühl oder Gedanke hieß.

Sie fiel in ein inneres Rohr, unendlicher Sturz.

Lass es sein!

Mina schlug ihr vor, ihre Tandempartnerin zu werden, während Um Kulsum weinend sang. *Inta omri.* Du bist meine Seele.

Wie unglaublich traurig waren ihre Augen!

Tandempartnerin. Das klang viel versprechend.

„Wir unterrichten uns gegenseitig", erklärte Mina.

Das Überraschende daran war, dass sie bereits sehr gut Deutsch sprach. War das seltsam? Oder nur freundlich?

„Wusstest du, dass *Inta omri* das längste Lied von Um Kulsum ist? Es dauert mindestens ein Stunde."

Halas Spürnase wollte anspringen. Und sich in einen Turbomotor verwandeln, nur fuhr außerdem ihr Herz gleichzeitig hoch, denn Mina sagte nun: „Du hast einen guten Charakter und ich liebe dich jetzt schon."

Bitte? Das konnte sich ja nur um ein kulturelles Missverständnis handeln.

Von Mina ging ein honigsüßer Duft aus.

Hala setzte an zu einer ersten Lektion.

„In Deutschland sagen wir nicht: Ich liebe dich, sondern: Ich mag dich."

„*Mage?*", fragte Mina.

Nacht am Mittelmeer, wer soll da widerstehen?

Hala probierte es mit Englisch. *I like you.*

Mina schüttelte den Kopf. Merkwürdig, die deutsche Sprache.

Hala löffelte Milchschaum und sah darin niedliche Gespenster. Waren sie daran schuld, dass sie plötzlich den einen Löffel Mina gab und den nächsten sich selbst auf der Zunge zergehen ließ? Mina ließ es sich gefallen und ihre Augen leuchteten. Die Schatten wehten für einen kurzen Moment vorbei.

Doch da: ein Riegel vor dem Eingang der Schönen. Hilfe!

Hala Habidi, reiß dich zusammen.

Sie gab sich einen Ruck und deutete an, eine Mail verschicken zu müssen. Sie trennten sich vor der Cafétür, nicht ohne die Handynummern auszutauschen.

Zu Hause traf sie wieder den Türhüter, der gerade Kisten aus dem Auto lud und ins Haus brachte. Als er sie sah, stellte er die Kiste ab und verbeugte sich vor Hala. Du lieber Himmel, dachte sie.

„Brauchen Sie Hilfe?", fragte er. Sie schüttelte den Kopf. Oben fand sie einen Zettel von Nadja unter der Tür durchgeschoben.

„Mir ist etwas dazwischen gekommen. Könnten Sie auch morgen Abend?"

Mist. Aber sie konnte ja unmöglich bei Nadja einbrechen.

„Ach, Fatima, wie soll man denn in dieser Stadt ermitteln? Schnüffeln bei diesen Abgasen? Fast wäre ich überfahren worden. Meine Sinne stehen vor großen Herausforderungen und Affen hingen an meinen Armen. Und die wichtigste Zeugin sagt ab."

„Lass es sein!", sagte Fatima.

„Morgen beginne ich aber endlich mit meiner Arbeit, Fatima! Ich brauche den Schlüssel zur Wohnung."

„Guten Tag, Philemon", antwortete Fatima.

Was sollte sie nun mit dem Abend anfangen?

Sie legte sich aufs Bett und da schob sich wieder Mina in ihre Träume, sie badeten in weichem, süßem Schnee. In diesem Moment kam die SMS, die sie nur noch tiefer in die Herzensgestöber hineinritt: Möchtest du einen Tee bei mir trinken?

Wie sich herausstellte, lebte Mina mit ihrem Mann nur zwei Häuser weiter über einem libanesischen Restaurant. Ein Fahrstuhl brachte Hala in den 7. Stock, von wo sie einen herrlichen Ausblick auf das nächtliche Kairo hatte, das sich wie eine bunte Schmuckschatulle vor ihr ausbreitete.

An der Fahrstuhltür empfing Mina sie mit einem blütenbedruckten Kopftuch, das sie in der Wohnung ablegte. Ihr Haar schwappte aus dem Kopftuch über ihren Rücken wie schwarze, dicke Tinte aus einem umgekippten Eimer. Im Gesicht stand ein zuckersüßes Lächeln. Hala sank in sich zusammen. Was sollte das hier werden?

„Schön, dass du da bist!"

Dann plauderten sie auf Deutsch und Arabisch. Mehrfach lobte sie Halas libanesischen Akzent.

„Weißt du, das Arabisch der Libanesen ist weiblicher als das der Ägypter, sagen wir. Aber du hast dich an der Schule eingeschrieben und kannst schon arabisch?", zwinkerte sie.

„Aus dem gleichen Grund, warum du Deutsch lernen willst, obwohl du es schon kannst", zwinkerte Hala zurück und fragte sich, ob dieser kleine Schlagabtausch unter Flirt fiel.

„Was macht dein Papagei? Bringst du ihn mit zum Unterricht?"

Hala hatte ursprünglich nicht vor, zum Unterricht zu gehen, aber nun würde sie es müssen.

„Du siehst müde aus. Kein Wunder, in den ersten Tagen ist Kairo anstrengend. Du musst dich erst einmal an alles gewöhnen. Soll ich dir ein wenig den Nacken massieren?"

Hala war wieder verwirrt. Merkte Mina etwas, die ihr sanft den Nacken massierte und dabei ihre Eheprobleme schilderte?

„Ich weiß nicht, was los ist, aber mein Mann hat sich verändert. Immer häufiger verschwindet er nachts. Er behauptet, dass er Nachtwachen hat, wie jetzt gerade."

Minas kühle Hände wanderten ganz und gar nicht scheu über Halas Rücken. Deren Sinne waren überarbeitet, aber sie ahnte sofort, welcher Art das Geheimnis des Ehegatten war. War das der Grund für die Traurigkeit?

„Ruf doch mal im Krankenhaus an?", schlug Hala vor.

„Hab ich ja schon. Es ist immer derselbe Kollege am Apparat, der ihm das ausrichtet. Kurze Zeit später ruft mein Mann dann zurück."

Hala betrachtete das im Esszimmer stehende Hochzeitsfoto. Mina sah darauf noch sehr jung aus. Ihr Mann dagegen war schätzungsweise zehn Jahre älter als sie. Daneben hingen zwei Bilderbuchmänner. Mit hellen Hemden und akkuraten Frisuren. Minas Söhne studierten in den USA.

„Ach, du hast sie gerade verpasst. Im Dezember waren sie beide hier. Ich hoffe, dass sie bald nach Kairo zurückkehren werden. Aber meine Ehe ist nicht mehr das, was sie mal war. Er ist Christ, war immer treu, doch nun fürchte ich, dass er ein Verhältnis hat."

Christ. Kein Moslem. Eine Ehe wie die ihrer Eltern. Kam das häufiger vor?

„Wir Ägypter machen uns nichts aus den Unterschieden zwischen den Religionen. Wir können uns akzeptieren, jedenfalls die meisten von uns."

Fanatiker gab es auch hier. Muslimbruderschaft.

Ob der Mann ein Verhältnis hatte, war leicht herauszufinden. Fast freute sich Hala über diese harmlose Möglichkeit. Allerdings müsste sie sich dazu erst einmal aus Minas Händen befreien. Mina hörte abrupt auf, ging in die Küche und bereitete Tee. Sie will das Thema wechseln, dachte Hala.

„Gehörst du auch zu den Europäerinnen, die die Musliminnen für verklemmt halten?", säuselte Mina aus der Küche und lachte. „Sind nur kurzhaarige Frauen emanzipiert?"

Ich weiß noch nicht, dachte Hala.

Als Mina wiederkam, hatte sie ein Tablett mit Teegläsern in der Hand, es duftete nach Minze.

„Ich erzähle dir einen Witz: Ein Nachbar beklagte sich beim Ehemann: Wenn deine Frau Wäsche aufhängt, sieht man immer ihre Unterhose. Der Ehemann schimpfte mit seiner Frau und untersagte ihr, so aufreizend Wäsche aufzuhängen. Am nächsten Tag fragte die Frau ihren Mann: Hat der Nachbar sich wieder beschwert? Nein, Gott sei Dank, heute war er ruhig. Kein Wunder, denn ich hatte gar keine Unterhose an, sagte seine Frau. Komisch oder?"

Was hätte Fatima jetzt gesagt? Fang mich! *Habibti, la'*!

Das hier war wieder etwas Waghalsiges. Es erinnerte sie an andere frühlingshafte Begegnungen, die in einer Affäre endeten. Normalerweise hätte sich Halas Mund bereits in Richtung …

„Oder hältst du uns Musliminnen etwa auch für unterdrückt?"

Hala zögerte eine Antwort hinaus, indem sie wieder am Tee nippte.

„Glaubst du etwa, dass mein christlicher Mann mir meinen Schleier befiehlt?"

„Kann man dir denn überhaupt etwas befehlen?"

„Das kommt ganz auf die Befehl an!", gab Mina zurück.

Ihre Nachtaugen glitzerten. Ihr Lächeln war warm und traf.

„Ich muss jetzt nach Hause, ich bin müde." Was der Wahrheit entsprach. Entschlossen stand Hala auf, bedankte sich und verließ die Wohnung mit dem Schmuckausblick in Windeseile. Auf der Straße blieb sie stehen. Noch immer war starker Verkehr, die Straßen fünf- bis sechsspurig gefüllt. In Richtung *Zamalek* staute er sich. Halas Blick verlor sich im schwarzweißen Taxichaos. Ihr Herz war tapeziert mit schwarzen Glitzeraugen. Schnell alles abreißen!

Auf dem Rückweg traf sie Nadja vor der Haustür. Sie stieg gerade in ein Taxi, in dem ein Mann saß. Sie verhielt sich merkwürdig, als sie Hala sah, winkte nur hastig aus dem Auto heraus anstatt auszusteigen, Hala zu begrüßen und das eine oder andere Wort auszutauschen. Hala versuchte nicht zu auffällig ins Auto zu schauen. Sie bildete sich ein, den Mann zu kennen. Nur war sie heute zu keinem klaren Gedanken mehr fähig. Irgendwann würde es ihr wieder einfallen.

Am nächsten Abend widerstand Hala einem weiteren verlockenden Anruf Minas und stand in Anastasias Appartement.

Es war leicht gewesen, den Schlüssel zu entwenden. Das Abendessen mit Nadja war sehr aufschlussreich. Und lecker. Wie erwartet erzählte sie viel von ihrer Schwester, die kürzlich gestorben war.

„Ach, sie war so verwirrt. Ich hätte sie doch besuchen müssen“, sagte Nadja weinend, während Hala die köstliche Hühnersuppe kostete.

„Und dann fand ich sie in Zamalek, mit blond gefärbten Haaren, nie hat sie so etwas getan. Rot höchstens, aber blond? Diese Krankheit, Alzheimer, ist schrecklich. Einen Tag später fand ich sie tot in meinem Zimmer. Mit weit aufgerissenen Augen. Bleich wie ein Joghurt.“ Nadja tupfte sich mit einem Papiertaschentuch ein Wassertröpfchen aus dem Auge.

„In Deutschland müssen Alzheimerpatienten meistens ins Heim“, sagte Hala. Nadja ging in die Küche und holte eine Flasche Wein. Hala wunderte sich, aber dann fiel ihr ein, dass Nadja Koptin war. Ägyptische Christen durften Alkohol trinken.

„Alzheimerpatienten kommen allein im Haushalt nicht mehr zurecht.“

„Na ja, mein Sohn hat sich ein wenig um sie gekümmert. Aber sie hat es ja auch nicht zugegeben. Schon immer war sie so. Verrückt, verstehen Sie? Sie hätte nicht fliegen dürfen. Sie war ja auch außerdem schwer herzkrank. Sie nahm sehr starke Medikamente."

Nadja schien ganz und gar davon überzeugt zu sein, dass ihre Schwester an Alzheimer erkrankt war. Und an Herzversagen gestorben. Nichts ließ sie daran zweifeln. Man müsste den Arzt befragen.

„Meine Schwester hat mir unglaubliche Geschichten erzählt. Ich hätte viel früher merken müssen, dass etwas mit ihr nicht stimmt."

Nadjas Kopf kam Hala näher, als ob sie ihr ein Geheimnis anvertrauen wollte.

„Meine liebe Tochter, Sie sind so nett, ich mochte Sie gleich. Sie müssen wissen, dass hier in Ägypten nicht alles mit rechten Dingen zugeht, aber das, was meine Schwester behauptete, war einfach Einbildung."

Hala nippte nur vorsichtig am Wein. Sie horchte auf. Die Hühnersuppe war verzehrt, aber auf ihren Teller türmte Nadja Auberginenpaste, Sesampaste und Knoblauchjoghurt.

„Meine Schwester behauptete, hellsichtig zu sein. Sie sah Dinge und Ereignisse voraus."

Hala blieb bis spät in die Nacht. Nadja fesselte sie mit einer spannenden Anekdote.

„An Anastasias zehntem Geburtstag, es war ein Tag nach der legendären Rede der Um Kulsum, *Schwestern entschleiert euch, wir können den Kopf hochtragen und nackt*, und ich war noch sehr klein, hatte sie unseren Vater am Morgen mit den Worten: ‚Hatte mir aber eine blaue Kette gewünscht, Papa!', begrüßt.

Sie war vorher mit dem verschwommenen Bild ihres Gabentisches vor Augen erwacht, auf dem Kerzen, ein Buch und eine rote Kette lagen. Sofort machte sich neben der Gewissheit, dass das Gesehene Wirklichkeit werden würde, eine Enttäuschung in ihr breit, die sie ihren Vater am frühen Morgen wecken ließ.

‚Aber mein Mädchen, hast du denn schon die Geschenke ausgepackt?', fragte ihr Vater.

‚Ich habe doch die Geschenke eingeschlossen. Sie kommt gar nicht daran.'

Enttäuscht zog sich Anastasia zurück. Farben waren ihr von jeher wichtig gewesen. Sie konnte einfach nicht verstehen, warum ihre Eltern die Perlenfarbe falsch ausgesucht hatten. Nicht einmal auspacken wollte sie die Geschenke. Irgendwann später tauschte unsere Mutter die Kette um."

Hala schaute Nadja irritiert an.

„Doch, doch, glauben Sie mir, Anastasia ahnte auch die überraschende Ankunft unseres Großonkels aus Alexandria. Als sie mit dem Schulbus nach Hause kam, über die damals noch nicht ganz so staubige Straße sprang, sagte sie plötzlich: ‚Der Onkel ist da. Er trinkt mit Mutter Kaffee.'

Anastasia stürmte die Treppe hoch, rannte ins Wohnzimmer und sagte:‚Onkel, ich habe gewusst, dass du da bist.'

Der Onkel lächelte. Keiner, Anastasia eingeschlossen, hatte ihre Hellsichtigkeit bemerkt, die bis dahin von der Unscheinbarkeit einer Stubenfliege gewesen war. Bis zu jenem Ereignis, dass sie in ihre erste tiefe Krise führen sollte."

„Sie sind eine gute Geschichtenerzählerin", sagte Hala.

„Nicht ich", lachte Nadja und schaute auf die Uhr. „Es war meine Schwester. Stellen Sie sich vor, sie wollte sogar einmal den Seitensprung des einzigen Freundes, den sie je hatte, vorausgesehen haben. Merken Sie, wie durcheinander sie war?"

Hala hob die Schultern hoch und ließ sie wieder fallen wie bei einer Gymnastikübung. „Nun ja, es gibt Hellsichtigkeit. Nachgewiesen", entgegnete sie.

Nadjas Hand landete auf ihrem Nacken, flog aber in gleichen Augenblick wieder weg, als wäre er elektrisch.

„Ach, ich glaube nicht an solche Phänomene. Zufälle! Sie behauptete auch, dass es daran läge, dass unsere Mutter bei ihrer Geburt fast ertrunken wäre. Sie behauptete, Engel gesehen zu haben. Und Lichter. Aber kann sich ein Mensch an die Zeit vor seiner Geburt erinnern? Das kann nicht sein. Ach, tut das gut, einer Menschenseele davon zu erzählen. Sie müssen verstehen, dass ich das Ansehen meiner Schwester nicht beschmutzen will und deshalb natürlich hier darüber schweige wie ein Grab. Kommen

Sie doch am Freitag mit in die Kirche. Danach mache ich uns ein Mittagessen und ich erzähle Ihnen von Anastasias großer Liebe."

„Wann hat Anastasia Ihnen das anvertraut?", fragte Hala. Sie spürte, wie ihre Brauen zuckten. Die Geschichte konnte von Bedeutung sein.

„Als sie das letzte Mal in Kairo war." Sie überlegte. „Das war vor zwei Jahren etwa."

Den Schlüssel zu Anastasias Wohnung im zweiten Stock hatte Hala zwischendurch entwendet.

„In der Rezeption über dem Telefon hängt ein Erste-Hilfe-Kasten. Dort sind alle Zweitschlüssel zu den Appartements. Auf einem schwarzen Anhänger steht Anastasia", hatte Philemon erklärt.

Also war sie kurz vor dem ersten Gebet am Morgen aufgestanden. Da hörte sie plötzlich über sich Nadjas Tür zugehen und leise kichernde Existenzen die Treppe hinuntersteigen. Durch den hervorragenden Spion an der Tür erkannte sie Nadja und den Mann aus dem Taxi. Woher kannte sie ihn bloß? Sie wartete noch eine geraume Zeit, bis die Stimmen verklungen waren. Dann schlich sie sich eine Treppe hoch in Anastasias Appartement. Lautlos schob sie den Schlüssel in die Tür, fast hätte sie vergessen, dass der Schlüssel in die andere Richtung gedreht wird, seltsames Land.

Hier sah es fast aus wie in ihrem Kölner Appartement, nur etwas großzügiger. Bilder und Bücher quollen aus den Wandregalen, Kisten mit alten Zeitschriften standen überall herum wie unausgepackte Umzugskartons.

Hatte sie die immer nach Ägypten mitgeschleppt? Oder ihrer Schwester mitgebracht?

Brigitte, Stern, Spiegel. Chronologisch geordnet. Aus vierzig Jahren. Meistens die Herbst- und Frühjahrshefte. Sollte Hala jetzt alle Zeitungen durchwühlen? Sie war doch schließlich keine Spurensicherung. Oberflächlich und freudlos betrachtete sie die Funde.

Der Schreibtisch war peinlich genau aufgeräumt. Vermutlich von der Schwester. Anastasia selbst wäre nicht so ordentlich gewesen.

Auf dem Schreibtischstuhl lag eine Handtasche. Hala fand eine Tablettentüte mit arabischer Aufschrift, ein Fläschchen teures Parfum, ein Lederportemonnaie mit Kreditkarten, Lippenstift, ein rotes Spray, Spiegel, Zigaretten, Taschentücher und Kaugummis.

Das Portemonnaie enthielt zwei Visitenkarten. Dr. Brauner, Kardiologe, und eine Karte von Philemon. Wirklich interessant war ein versteckter Taschenboden mit einer kleinen Innentasche. Hala zog einen Zettel hervor. Eine Preisliste eines *Schawarma*-Imbiss und handgeschriebene Notizen.

Taschentuchhändlerin 14 Jahre alt
Imbaba,
an der Ecke ein Haus mit Holzlattenverkleidung.
Sudan absuchen.

Beim Abschließen der Tür spürte Hala wieder das gleiche Brauenzucken. Irgendetwas war merkwürdig und von Bedeutung. Die Tablettentüte mit der arabischen Aufschrift. Was war daran so seltsam? Ohne diese Frage beantworten zu können, schlich Hala zurück. Den Schlüssel steckte sie in ihre Hosentasche. Bei ihrem nächsten Besuch bei Nadja würde sie ihn zurückbringen.

Kurze Zeit später fiel sie mit dem Regen aus allen Wolken und beantwortete sich eine der vielen Fragen.

In den Straßen sammelten sich tiefbraune Pfützen, in die manch ein Ägypter seine Füße in Plastikschuhen hielt oder das Wasser damit auf der Straße verteilte. In einer solchen Pfütze schwamm plötzlich das Hochzeitsbild Minas, ja, Hala sah es ganz genau. Und den Mann daneben. Über das Bild schob sich ein anderes. Nadja im Taxi. Mit demselben Mann. Minas Ehemann, den sie auf dem Foto gesehen hatte. Die beiden hatten außerdem in der Frühe das Haus gemeinsam verlassen. Er musste gekommen sein, nachdem Hala die Vermieterin besucht hatte. Doch wohin gingen sie in aller Herrgottsfrühe?

Hala verfluchte die Pfütze und diese Erkenntnis. Was sollte sie damit anfangen? Sie würde Philemon danach fragen, entschied sie, auch nach der Hellsichtigkeit. Halas Blick wollte von der Pfütze weg und fiel nur wieder auf Grau. Ein paar magere Ziegen wurden gerade zwischen Autos und staubfarbenen Stadtskeletten, deren Stacheln aus Stahlstangen im Dachgeschoss herausragen, durchgetrieben. Ein kleines Mädchen machte auf der Straße Schulaufgaben. Vor dem Eingang des Internetladens saß eine verhüllte Frau, die die Hand aufhielt. Hala schüttelte den Kopf, und die Frau begann Hala zu beschimpfen, leise und rhythmisch, ein Ruf, den Hala nicht kannte. Eine grausame Stadt, dachte sie, als sie die Treppen hochstieg.

Mit *Sudan absuchen* und *Imbaba* konnte Hala wenig anfangen. Aber hier waren eindeutig Hinweise auf das, was Anastasia gesucht hatte. Ein Mädchen. Warum, wusste sie bisher nicht. Konnte es mit ihrer Hellsichtigkeit zusammenhängen? Sie musste Philemon auch danach fragen.

„Bist du sicher, dass niemand zuhört?", fragte Philemon.

Außer an Halas Computerplatz waren nur zwei Jugendliche im Laden und in ihre *Counterstrike*-Abenteuer vertieft.

Der Besitzer des Ladens sprach hoffentlich nur Englisch.

„Bitte?", sagte Philemon, als Hala ihm von seiner Mutter und Minas Mann erzählte.

Mehr nicht und dann kurzes Schweigen.

„Aber das soll dich nicht interessieren." Seine Stimme war durch den offensichtlichen Schock abgekühlt.

Die Sache mit der Tablettentüte ließ ihn aber wieder aufhorchen

„Kann es sein, dass deine Tante nicht genug Medikamente mithatte? Ich habe keine deutsche Schachtel gefunden. Nur ein rotes Spray. Aber sie muss doch auch Tabletten genommen haben."

„Da ist was faul!", sagte Philemon alarmiert.

„Oder sie ist doch verwirrt gewesen! Deine Tante behauptete, hellsichtig gewesen zu sein."

„Hellsichtig? Was ist das denn für ein Unsinn! Nein."

Seine Stimme klang nun ein wenig schrill.

„Um die Tabletten kümmere ich mich. Ich werde versuchen, über ihren Arzt etwas herauszufinden", versprach Philemon. „Und du musst sehr vorsichtig sein, verstanden?"

Ich will nach Hause, dachte Hala, nachdem sie aufgelegt hatte.

Niemand war gekommen. Weder das Mädchen noch die Mutter. Walid hatte sich in Gedanken verloren und nicht bemerkt, wie die Zeit verging. Als zum Mittagsgebet gerufen wurde, erkannte er, wo er war. Und die Wärme. Er hatte das unheilvolle Gefühl, dass noch etwas geschehen war, das seinem Leben eine neue Richtung geben würde. Diesmal spürte er die ganze Tragweite seiner bisherigen Taten mit einem Schlag, und er hatte nichts Eiligeres zu tun, als zu seinem Wagen zu laufen und den Ort zu verlassen. Das Geld hatte er ja bereits in der Tasche. Doch da kam ihm die Mutter entgegen, ganz in schwarz mit sich aus dem Gesicht stülpenden Augäpfeln. Ein schreckliches Weib, dachte er.

„Gib mir das Geld zurück", verlangte sie. „Meine Tochter, die Hure, ist abgehauen."

„Abgehauen? Wo könnte sie denn sein?" Walid rieb sich die Hände.

„Das weiß nur Gott, und sie wird ihre gerechte Strafe bekommen. Aber nun gib mir das Geld zurück."

Walid versuchte, den Gehalt der Nachricht zu entschlüsseln und das, was sie für ihn bedeutete. Die Angst des Mädchens. Sie war geflohen, vor einem Eingriff, der möglicherweise tödlich für sie hätte enden können. Er, Walid, war nicht mehr in der Lage, das Geschäft weiterzuführen. Und jetzt wollte diese Krähe von ihm das Geld zurück.

„Das ist leider nicht möglich", antwortete Walid.

„Was willst du damit sagen?", kreischte sie und zog an seinem Hemd. Dann schnappte sie wie ein gefährlicher Greifvogel nach seiner Tasche.

„Mein Geld!", schrie sie, „mein Geld!"

Walid zog seine Tasche aus ihren Krallen und stellte fest, dass niemand der Frau zu Hilfe eilte. Ganz im Gegenteil, je öfter sie ihren gespenstisch klingenden Ruf wiederholte, desto leerer schienen ihm die Gassen zu werden. Er riss sich von ihr los und schubste sie auf den harten sandigen Boden. Ihr entfuhr ein schriller Schmerzensschrei.

„Verflucht sollst du sein, *kaddab, harami,* verflucht! Niemals wieder sollst du glücklich werden, dein Leben soll langsam und qualvoll …“

Der Ruf erstarrte.

Walid, der den Worten der Frau zuerst wie gelähmt zugehört hatte, entfernte sich schnell.

Dein Leben soll langsam und qualvoll …

Ihm war kalt geworden.

Hala war die Treppe des Internetshops hinuntergelaufen und ordnete gerade die neuen Informationen, die sie von Philemon bekommen hatte, als Mina ihr am Eingang begegnete.

„Ach, wie schön“, sagte sie und küsste Hala. Merkte sie, dass sie es heute öfter als zur Begrüßung üblich tat?

Halas Herz stand sofort Kopf. Sie versuchte, es ihm zu verbieten. Pass auf, das sind nur die Säfte, die in die Knie rutschten und sonst wohin. Doch das Herz balancierte auf einem Seil. Mina war schön. Ihre Wärme griff unnachgiebig durch Halas Lederjacke.

Aber Hala fühlte sich wachsamer denn je.

„Wolltest du auch gerade ins Internetcafé?“

„O nein, ich wollte eine Speicherkarte besorgen. Im dritten Stock ist ein gutes Geschäft dafür. Aber das kann ich auch später machen. Gehen wir einen Kaffee trinken?“

Minas weißes Kopftuch machte sie etwas blass, die Schattenflecken unter den Augen noch dunkler, aber ihre Brauen flatterten fröhlich auf ihrer Stirn herum. Sie trug eine Jeans und eine bunte, langarmige Bluse.

Sollte Hala ihr von ihrem Ehemann und Nadja erzählen? Gut, vielleicht hatte es nichts zu bedeuten, sagte sie sich, schalt sich aber gleich ihrer Torheit. Seit der Erkenntnis mit den Medikamenten hatte alles etwas zu bedeuten.

Diese Überlegungen wurden von Minas mitreißenden Wimpernschlägen und der unsinnigen Klimaanlage des Cafés mit dem sensationellen Kaffeeschaum unterbrochen.

Mina spendierte Hala einen ganz und gar nicht arabischen Bananenkuchen.

Es war eigentümlich, absolut nicht über das reden zu können, was sie bewegte. Stattdessen klagte Hala über das kühle Zimmer. Mina erklärte ihr, warum sie keine Heizungen besaßen.

„Manchmal ist da der Teufel drin“, sagte sie.

„Mein Großvater hatte einst ein Heizkissen aus Europa mitgebracht. Er benutzte es an Winterabenden zum Lesen auf dem Kanapee. Doch dann ist er eines Nachts eingeschlafen, ohne das Heizkissen auszuschalten, und es löste sich in Qualm und rote Funken auf. Wir Ägypter brauchen keine Heizung, verstehst du?“

Hala sah plötzlich eine deutsche Winternacht vor sich, klar und eisig, Rohre rauchten. Mina fixierte sie mit ihren Augen.

„Weißt du, was, ich kenne dich erst ein paar Stunden, und schon habe ich das Gefühl, mit dir verwandt zu sein. Schwestern, ja, wir sind wie Schwestern“, sagte Mina. „Ach, könnte ich doch heute Abend einfach bei dir bleiben“, sagte sie mit einem tieftraurigen Seufzer.

Wurde Mina zur Amsel, die auf den Balkon flog, obwohl dort nichts zu holen war?

„Alles, was ich denke, sage ich dir, alles, was du denkst, ahne ich. Du machst dir Sorgen.“

Hala schaute auf die mit amerikanischen Kuchen gefüllte Vitrine. Nicht einmal ich kann etwas gegen die Gefühle tun. Merkte sie es? Hala wäre so gern ein pfützenbrauner Kairospatz auf dem Winterbaum gewesen. Ihr Herz war voll und schwer wie ein Sack Wasser. Sie spürte auch, dass ein tiefer Kummer jenseits der gescheiterten Ehe Mina belasten musste.

„Ich glaube, dass ich das von dir ebenfalls sagen könnte.“

Küsse keine Ägypterin. Ich will aber, dachte sie.

Aber Hala wollte kein Risiko eingehen.

„Ich komm einfach mal zu dir nach Hause und schaue, wie du wohnst.“

Das hier wurde gefährlich. Mina war nicht die Frau, mit der „Kurz-und-Schmerzlos“ funktionieren würde. Und Hala funktionierte im Moment auch nicht mehr richtig.

Mina war nicht davon abzubringen, ihr Zimmer zu besichtigen. Sie verließen das Café, als das Abendsonnenlicht die Straße füllte und die Heiligen zum Gebet riefen. Neben ihr fühlte Hala sich wie eine Giraffe, allerdings hatte Mina dennoch den eigentlichen Überblick.

„Hast du dich denn an den Verkehr gewöhnt?", fragte sie lächelnd.

„Nun, ohne dich käme ich nicht zurecht", entfuhr es Hala. „Du bist mein Schutzengel."

Plötzlich spürte sie eine Hand in ihrem Rücken, der schmolz, und Teile davon tropften auf die rote kleine Straße, die zum *Midan Assuan* führte. Jede halbe Minute hielt ein Taxi an. Mina verneinte höflich.

„Danke, ich bin auch weiterhin sehr gern dein Engel …"

Ihre Wimpern waren auf einmal zusammengeklebt; wie Stacheln schwangen sie über dem schönen Augenglanz.

Der Rücken kochte. Hala hörte einen Blechverkäufer rhythmisch auf seine Ware schlagen, und sie verstand deshalb nicht, was Mina als Letztes gesagt hatte. Hala verlangsamte ihren Schritt.

„Wenn du dich mitnehmen lässt."

„Muss ich, denn hier kümmert sich ja kein Mensch um die Ampeln. Und für Fußgänger gibt es gar nichts."

Sie waren an der Haustür angekommen.

„Stimmt. An den Ampeln halten wir nur unter besonderen Umständen", sagte Mina mir erhobenem Zeigerfinger. Boshaft.

„Und die wären?"

„Pass auf, ich erzähl einen Witz."

„Scheint ja deine Spezialität zu sein."

„Ja, denn ein Witz kann dir so viel erklären und du musst dabei lachen. Welche Lehrstunde behältst du besser, die lustige oder die ernste?"

Aus den Wohnungen war nichts zu hören, nur der Straßenlärm folgte ihnen wie eine Herde blökender Schafe.

„An einem geschäftigen Nachmittag fährt ein Mann über eine rote Ampel. Als Einziger. Ein Polizist hält ihn an. Haben Sie die Ampel nicht gesehen? Doch, hab ich, antwortete der Mann. Und warum hältst du dann nicht an? Weil ich Sie nicht gesehen habe, Herr Polizist. Hast du nun verstanden, Hala?"

Hatte sie. Kreischend steckte sie den Schlüssel ins Schloss.

Mit „Guten Tag, Philemon“ wurde sie in Halas Zimmer begrüßt.

Mina kicherte. „Das ist aber auch sehr lustig. Was hat sie gesagt? Guten Tag, Wilma?“

Hala nickte im Takt ihres Herzrasens. Jetzt bloß nicht wiederholen, Fatima!

Mina entschuldigte sich und zog sich für kurze Zeit in Halas Schlafraum zum Beten zurück.

Hala zeigte ihr später den Heizlüfter und Mina schlug nur die Hände über dem Kopf zusammen. Mit einer kleinen Geste wischte Hala die Augen von den Wänden.

Mina schaute sich um und bekam einen weiteren Lachanfall.

„Da, du hast doch eine Heizung. Die Klimaanlage. Du kannst sie auf Heizung umstellen. Wusstest du das etwa nicht? Ihr Europäerinnen wisst doch sonst alles besser.“ Sie schlug sich auf die Knie.

Hala war es peinlich. Sie begann sich zu rechtfertigen. Kleine Jammergeschosse einer Abendländerin. Sie schob Mina damit aus der Wohnung.

„Ich habe zu arbeiten“, sagte sie. Mina schaute ungläubig.

„Wirfst du mich hinaus? Oh, hat dich mein Lachen verletzt? Das wollte ich nicht.“

„Nein, nein“, wehrte Hala ab, „ich muss nur meine Unterlagen für den Sprachkurs ordnen und meinen Vater anrufen. Weißt du, ich bin schon ein bisschen älter.“

„Ich verstehe“, sagte Mina kühl und verschwand im Treppenhaus.

Hala schloss die Tür. Sie musste das unangenehme Gefühl und die Peinlichkeit aus ihrem Körperhaus, in dem sie wieder einmal nichts fand, entfernen. Das ging nur beim Abendessenzubereiten mit Pfeffer. Das Höllenfeuer in Hals und Magen. Sie ließ einen Pfeffersturm über einem unschuldig bratenden Ei brausen und verbrannte sich damit fast die Zunge. Und dann an die Arbeit – der von der arabischen Mutter gelernten Neigung zum Aufschieben zum Trotz. Sie musste sich einen Überblick verschaffen. Dabei wäre es jetzt so einfach gewesen, Mina sanft an die Wand zu drücken und dann von ihren Lippen zu kosten.

Etwas stimmt nicht mit mir, dachte Hala. Rosengebogen.

Hala hatte eigentlich sowieso nicht vorgehabt, am Unterricht teilzunehmen, doch seit sie Mina kannte, hatte sie das Gefühl, dass es besser wäre, sich ab und zu dort blicken zu lassen. In der Klasse waren in erster Linie US-Amerikaner mit einem scheußlichen Akzent. Obwohl sie sich schon in einer Fortgeschrittenengruppe angemeldet hatte, fiel Hala sofort auf. Mina beachtete sie allerdings nicht besonders. Am Ende der Stunde sagte sie jedoch: „Du solltest nicht mehr kommen, das hier sind *peanuts* für dich. Lass uns lieber das Tandemprojekt wagen."

Hala fiel ein Stein vom Herzen; sie hörte den Aufprall. Sie lachte und nickte.

„Heute Abend?"

Mina willigte ein. Im libanesischen Lokal in der *Sheraa Gameat El Dowel al Aarabeya*. Bei Mina zu Hause.

Doch zuerst würde sie in das Viertel gehen. *Imbaba*, hatte Anastasia auf den Zettel geschrieben.

Eine gewürzfarbene Stadt, dieses Kairo, dachte Hala. Schwarzer Pfeffer, Koriander, Kreuzkümmel und schmutziger Zimt. Die großen Pfützen abseits der Straßen in Einfahrten oder Höfen dienten den kairofarbenen Vögeln als Badebassin. Hala überquerte eine Straße, an der Dattelpalmen standen mit Nestern der Kuhreiher, wildgewachsene Kugeln in Palmen. Etwas flog von dort herunter, ein Stück frischer Vogelkot, vermutete Hala und war froh, dass er nicht auf ihrem Kopf gelandet war. Dieser Auftrag ist natürlich ganz schön und überaus interessant, dachte sie. Aber seit dem Tablettenfund fühlte sie sich nicht mehr wohl in ihrer Haut. Sie ertappte sich dabei, sich vorzustellen, Mina wäre auf ihrem detektivischen Streifzug dabei. Sie würde ein warmes Lüftchen mitbringen.

Hala betrat einen kleinen *Schawarma*-Imbiss in einem Viertel, das sich innen als sehr groß herausstellte. Der *Sudan* war laut Philemon eine Straße, die schnell zu finden war, eine Hauptverkehrstraße, die durch mehrere Stadtteile führte. Das Viertel war nicht weit entfernt von Halas Wohnung; sie hatte zu Fuß gehen können. Sie bezahlte an der Kasse, zwei Taameya, das Stück für umgerechnet unbegreifliche 20 Cent. Ein Mann hinter der hohen Theke bereitete es zu, er füllte kleine Fladenbrote mit frittierten Bohnenpfannkuchen und Sesamsoße. Hala reichte ihm den Bon. Hatte er Salat gebrummt? Sie sah nur seine Augen, die eine schwarze Iris zu haben schienen.

„*Slata?*"

Ah! Hala nickte.

Sein Blick war ihr nicht angenehm. Zumal die Brauen wie Piratenschiffe auf hoher See schaukelten. Sie setzte sich und schaute hinaus, vor die Tür, wo ein Gummibaum stand, dessen Blätter ein dickes Sand- und Dreckfell hatten. Die winkten ihr arglos, ohne den geringsten Sand fallen zu lassen. Ein gutes Mittagsmahl, dachte sie, aber dann standen alle Männer plötzlich auf. Der mit den düsteren Augen schloss, ohne Hala zu beachten, beide Türen ab und kniete sich dann auch zum Beten nieder. In Hala fuhr ein panikartiger Schrecken, saß sie nun in der Falle? Die Fenster waren vergittert. Doch dann sah sie, wie die Männer Teppiche ausrollten, auch der Düstere. Sie tun nichts außer beten, sagte sich Hala, aber die Erleichterung wollte sich nicht einstellen. Außerdem war ihr der Appetit gründlich vergangen.

Über meinem Leben liegt der kalte blaue Schatten meiner Schwester. Nur das Blut verscheucht ihn. Und das Leben sagt „Auf Wiedersehen" und nimmt den Schatten mit. Meine Schwester schickt mich jeden Tag zum Bäcker, damit wir für das Brot nichts bezahlen müssen. Früher ist sie gegangen, jetzt weiß ich das. Nur wenn ich krank bin, brauche ich nicht zum Bäcker und zur Unterführung.

Ich habe lange, eine Ewigkeit lang, Fieber und mein Vater und meine Geschwister sind weg. All das ist lang her. Ich schleiche mit letzter Kraft und weinend zum Ba'el *gegenüber und der Verkäufer sieht, dass ich todkrank bin, und schenkt mir aus Mitleid eine Cola. Die läuft meinen Hals hinunter und streichelt meinen brennenden Körper mit Kälte. So etwas kann man nicht vergessen. Für dieses Erlebnis möchte ich immer wieder krank werden. Der nette* Ba'el *und die leckere kalte Cola. Mein ganzer*

Körper tut weh, als würde mich ein Mensch mit vielen Armen überall kneifen. Mit der süßen Cola in mir lege ich mich wieder auf die am Boden liegende Decke. Wo ist nur meine Schwester? Über mir singen Engel, wie Vampire, und die Dschinnija sagt: Deine Schwester ist eine Hündin, klein, gierig und mager, und dich werde ich da rausholen.

Irgendwann kommen die Eltern zurück, und ich verstehe sie schlecht, und als ich wieder gesund bin, merke ich, dass die Krankheit mein Gehör mitgenommen hat.

Seitdem behauptet meine Schwester, dass ich nicht mehr Dreck von Reinem unterscheiden kann. Vielleicht hat sie recht. Der Ratte habe ich ja auch geholfen. Die, die meine Schwester umbringen will. Davon gibt es hier sehr viele und sie wackeln mit dem Hintern. Meine Schwester hat eigens für den Fall einen Stein in die Speisekammer gelegt. Die Ratte nagt unvorsichtigerweise gerade an einem Stück Brot. Ich stoße einen Schrei aus, will keine zerquetschte Ratte sehen, nicht hier und nirgends. Die Ratte verschwindet die Treppe hinunter. Ich folge ihr, aus Angst vor der Strafe. Ich sehe die Ratte in der Straße, sie flitzt an deren Ende und sie wackelt mit dem Hintern, da bemerke ich etwas, Alhamdullah, was niemand mir je glauben wird. Die Ratte erreicht das Tor des deutschen Zentrums und rennt dagegen. Dann wachsen Flügel aus ihr heraus wie die Flügel aus der Schlange der Dschinnija. Die geflügelte Ratte fliegt über das Tor, über das deutsche Zentrum hinweg in den grau silbrigen Schleier der Stadt Kairo.

Seitdem gehe ich erhobenen Hauptes zum Bäcker, denn mir war die Botschaft wieder eingefallen, sie, die Dschinnija, wird mein Leben retten.

Hat sie aber nicht.

Das Mädchen vom Nil wird Glück haben.

Es sitzt im wackelnden Bus nach Kairo. Merkt denn niemand, dass sie in Not ist? Hilft ihr denn keiner? Oder ist sie unsichtbar geworden?

Nein, das ist sie nicht. Sie merkt nichts von den Blicken, die sagen: Was machst du denn allein ohne Familie in diesem Bus, in dem nur Touristen oder Pendler sind? Sie hat sich zusammengerollt und schläft vor Erschöpfung. Später wird sie am Busbahnhof ankommen. Mitten im erschlagenden Zentrum von Kairo, ganz in der Nähe meiner liebsten U-Bahnstation.

Eine Metrofahrt wird ein Pfund kosten. Das ist so viel, wie ich für ein Päckchen Taschentücher bekomme. Wenn ich Glück habe. Fremde Frauen *kann ich am besten übers Ohr hauen. Ich muss nur ein wenig Salz in meine Augen reiben, und schon zahlen sie mir den Preis. Ein segenloser Blick und etwas Schmutz auf der Stirn öffnet jede Geldtasche. Das ist es, was ich in der Unterführung lerne. Auch, dass man den Atem anhalten muss, wenn die Fremden Geldscheine verwechseln.*

Ach, ich vergesse einfach immer, dass ich nie wieder irgendetwas bezahlen muss. Dass Gestern verschwunden ist. Eine, die in ihrem eigenen Blut gebadet hat, hat genug bezahlt.

Doch das Mädchen hat Glück. Es hat eine Großmutter mit einer Visitenkarte und einer Kette.

Auf der Visitenkarte steht der Name eines Mannes.

„Sie haben etwas bei mir gut", hat er damals gesagt und der Großmutter die Karte gegeben. Ein Handschlag. Ein Versprechen, unter dessen Stern ein Mädchen geboren wurde. Am gleichen Tag. Das Mädchen. Das ist ein gutes Zeichen.

„Wann immer Sie in Not sind, melden Sie sich."

Was ist geschehen?

Hat die Großmutter einen Skorpion besiegt oder eine Schlange und den Mann vor dem Tod gerettet? Hat sie deshalb die Visitenkarte bekommen? Und gehütet wie einen Schatz? Jetzt ist es die Karte zu Flucht.

Das Mädchen weiß nicht, was passiert ist.

Aber als sie den Midan Tahrir *sieht, muss sie weinen. Der Platz ist böse und spuckt graue Luft in ihr Gesicht. Menschen, Autos, Händler, Esel, Ziegen, Stände mit kitschbonbonfarbenen Süßigkeiten, Mohammad zu Ehren. Der Platz ist so groß wie ihr ganzes Dorf.*

Der Platz hat Zähne und beißt sie.

Das Mädchen holt die Visitenkarte heraus und zeigt sie einem Taxifahrer. Der Taxifahrer schaut sie von oben bis unten an, ihr billiges Kleid, zerfetzte Schuhe, dreckverkrustetes Gesicht, fliehende Haarsträhnen, klopfende Tüte mit Geld. Er fährt sie nach Maadi, zu der Adresse, die auf der Visitenkarte steht. Es dauert eine Ewigkeit, das Mädchen fürchtet sich.

Als sie ankommen, ist ihre Herztüte schon porös und sie steigt aus, den Beutel an sich geklammert und weiß wieder nicht, wohin sie gehen soll.

Der Fahrer sagt ungeduldig.

„Das da, Nummer 5. Das ist richtig, geh nur rein, Töchterchen."

Zögernd geht das Mädchen zu einem mehrstöckigen Haus, doch die Tür ist verschlossen. Auf den Klingelschildern steht etwas geschrieben, was sie nicht lesen kann. Wer von uns kann schon lesen. Aber selbst wenn, hättest du den Vistenkartenmann nicht gefunden.

Derjenige, den du suchst, lebt schon lange nicht mehr, ya binti.

Der Taxifahrer fährt weg. „Du setzt dich an den Eingang und wartest." Mittlerweile erreicht der Abend den Fluss in der Nähe, bonbonstaubrosafarben.

Die Männer hatten sich auf dem Fußboden verteilt und beteten. Wie lang dauerte das? Hala spürte, dass Schweißtropfen wie kleine Quallen über ihre Stirn schoben, trotz Klimaanlage. Wie komme ich jetzt hier raus? Vorbehalte zärtlich schwärzen und einen Monat lang von tausendundeiner Nacht träumen, dachte sie, und von Mina natürlich. Sie biss in ihr *Schawarma*, war sich aber nicht sicher, ob das erlaubt war. Essen während des Betens. Aber irgendetwas musste sie ja tun. Außerdem konnten die Männer sie ja nicht sehen, sie stand westlich gerichtet. Zu den Knienden.

Sie knabberte weiter, möglichst ohne Geräusche zu machen. Ein Stück Fleisch mit Soße fiel aus dem Brötchen heraus, auf einen ihrer weißen Turnschuhe. Sie musste sich bücken. Niemand ließ sich stören. Nach etwa zwanzig Minuten beendeten die Männer ihr Gebet. Der Schlüsselmann schloss wieder auf. Manche verließen den Imbiss nun. Hala war erleichtert. Täuschte sie sich, oder grinsten die Männer schadenfroh? Dann ging sie ebenfalls und lief die Straße entlang. Eine ältere Frau kam ihr entgegen.

„Friede sei mit dir. Ich suche ein Mädchen, das hier Taschentücher verkauft."

Die Alte schaute für kurze Zeit erschrocken, änderte ihren Blick aber schnell wieder.

„Hier gibt es keine Taschentuchhändlerinnen."

Hala schaute sie irritiert an. Das konnte sie kaum glauben. Als ob die Alte ihre Gedanken erriet, sagte sie: „Aber frag den Jungen da drüben."

Sie zeigte auf eine Autowerkstatt. Hala bedankte sich und überquerte die Straße, wo ein junger Mann halb unter einer Motorhaube versteckt war.

„*Asalamualeikum*."

„*Waaleikum assalaam*. Kann ich Ihnen helfen?"

Er schaute mit verschmiertem Gesicht auf. Niemand sonst war in der Werkstatt, die Türen waren geöffnet und bevor Hala sich näherte, bemerkte sie, dass sich links und rechts weitere Autowerkstätten befanden.

„Ich suche ein Mädchen, etwa vierzehn Jahre alt, das Taschentücher verkauft."

Schon wieder Augen wie Mina, dachte Hala verzückt, und fast wäre ihr entgangen, dass dieser Nachtblick sich hektisch umsah. Und erst dann den Kopf schüttelte. Volltreffer.

„Sind Sie sicher? Ich suche sie, weil ich glaube, dass ich mein Portemonnaie bei ihr habe liegen gelassen."

Der Mechaniker ließ seinen Schraubenzieher auf den Boden fallen. Er fiel nicht gerade leise. Sein Gesicht zog sich zusammen, als hätte er auf etwas Saures gebissen. Er war noch sehr jung. Schätzungsweise sechzehn.

„Wollen Sie damit sagen, dass sie Ihnen Geld geklaut hat?"

„Kennen Sie sie doch?", fragte Hala hastig.

„Hassan, was ist los?"

Ein Mann mit Galabeya und einer Kopfbedeckung, die Hala noch nie gesehen hatte, trat in die Werkstatt und verstellte die Tür. Gibt es in dieser Gegend eigentlich nur Männer und Türen?, dachte Hala und spürte, wie sich ihr die Nackenhaare sträubten. Auch die Achselhaare schienen sich zu sträuben, die Schamhaare, die Haare auf den Beinen. Alles Haarige sträubte sich und nur der Kopf merkte, Gott sei Dank, nichts davon.

„Was will sie?"

„Weiß ich nicht", sagte der Junge, der offensichtlich Hassan hieß, und vertiefte sich weiter in seinen Motor.

Hala beschloss, erst wieder zu fragen, wenn sie auf der Straße stand. Der Mann ging von der Tür weg und bedeute ihr winkend, ihm zu folgen. Am Ende der Straße zeigte er ihr eine Mauer.

„Da gehen die Ausländer immer hin. Auf Wiedersehen."

Offenbar wird er häufiger nach dem Weg dorthin gefragt.

In diesem Viertel würde sie kein geschlossenes Gebäude mehr betreten. Trotz des Unbehagens, das es in ihr auslöste, bog sie in eine kleine Gasse. Der Regen hatte sie komplett überschwemmt und Hala musste auf Bordsteinen balancieren, um weiterzugehen. In der Gasse stand die Luft und verband die unterschiedlichsten Gerüche. Frisches Brot und irgendetwas Geröstetes, aber auch Abfall und seltsam Süßes. Hala spürte diesem Geruch nach und stieß auf die Leiche einer toten Katze in einem Hauseingang. Sie wich zurück. Vor Schreck nahm sie keine Rücksicht mehr auf ihre Schuhe. Bei jedem ihrer hastigen Schritte planschte sie nun in den trüben, lehmigen Pfützen Kairos, als sie eine Stimme „Ya Madam" rufen hörte.

Ein Junge verfolgte sie auf einem alten Fahrrad. Er trug eine schmutzige Hose und ein blaues Hemd. Sein Kopf war fast kahl rasiert. Aus dieser ungastlichen Umrahmung schauten zwei strahlende Augen.

„Suchen Sie etwas? Von wo kommen Sie? Wie heißen Sie?"

Hala ahnte, was das zu bedeuten hatte. Die geübte Einleitung einer Bettelattacke. Aber vielleicht konnte ihr das nutzen. Sie ließ sich also von dem Jungen in ein Gespräch verwickeln und fragte, ob er ihr den Weg zu einer Busstation zeigen könne.

„Aber klar kann ich das, selbstverständlich", sagte der Junge und fuhr langsam neben ihr her. Aus einer Bäckerei trat eine Frau, die sie freundlich grüßte und in ihren duftenden Laden zeigte.

„Warte hier", sagte Hala. Sie kaufte ein Päckchen *Aisch Baladi,* Brot des Landes, und hätte fast den Preis nicht recht verstanden. Das Grinsen des Jungen, breit und festlich wie ein weißer Dampfer, steckte in Halas Rücken. Nicht eine unverschleierte Frau hatte sie bisher gesehen. Das hier war offenbar ein rein islamisches Viertel.

Mit mittlerweile braunen und durchnässten Schuhen lief sie neben dem Jungen weiter. Jeder Schritt verursachte ein unangenehmes Knautschgeräusch.

„Kennst du ein Mädchen, das Taschentücher verkauft hat?"

Auch dieser Junge schaute sich um, bevor er antwortete.

Irgendetwas stimmte hier ganz und gar nicht.

„Meinen Sie Kairo? Das tote Mädchen?"

Immer, wenn sich eine heiße Spur auftat, befiel Hala ein eigentümliches Gefühl. In ihrem Bauch wurde es sehr warm und feurig und sie sah die Farbe orange, als ob ein Leuchtkegel geradewegs in ihren Magen gefallen wäre.

„Könnte sein", sagte sie deshalb.

Der Junge hielt die Hand auf. Hala legte zehn Pfund rein. Mit geöffnetem Mund kann niemand sprechen. Ich hätte weniger geben sollen, dachte Hala, und sah ihre Felle davonschwimmen.

Doch sie täuschte sich. Der Junge flüsterte ihr etwas zu, und dann verschwand er ganz schnell mit seinem Fahrrad. Vom feuchten Erdboden verschluckt. Wie vor den Kopf geschlagen sah Hala, dass stattdessen wie aus dem Nichts die Sudanstraße aufgetaucht war. Das Mädchen namens Kairo hatte hier auf der Straße gelegen. Blutig. Eine Sünde hatte sie angeblich begangen. Ein großer Blutfleck auf der Straße wie ein Autoreifen. Hier! Er hatte auf die Straße gezeigt. Schande hätte das Mädchen über sich gebracht. Über die ganze Straße. Hala lief ein Schauer über den Rücken.

Eine SMS riss sie aus Mord und Totschlag.

Ruf mich an, dringend!

Es war Philemon.

Kurze Zeit, nachdem ich die fliegende Ratte gesehen habe, erfasst mich die große Liebe. Ich warte darauf, denn ich liebe Um Kulsum und sie singt von nichts anderem. Hubb eh, *welche Liebe! Wie recht sie hat.*

Hassan arbeitet in einer der Werkstätten. Deshalb laufe ich täglich in der Straße an ihm vorbei. Nachmittags, wenn ich mit den Taschentüchern fertig bin.

Sein Geschenk ist ein Blick, täglich, einer, der sagte: Ich liebe dich. Einer, der nach Rosen duftete. Ein Duftblick. Niemand darf sie riechen, die Liebe von Hassan. Und erst recht nicht meine. Eines Tages folgt er mir einfach, als ich Brot holen gehen will. Dort, wo es am billigsten ist, in einer Seitenstraße der Sudan, *vor der Papphütte, die nur Einheimische als Bäckerei erkennen.*

Jeden Tag hole ich das Brot. Seit vier Jahren. Der Bäcker legt seine weißen Pranken auf meinen Kopf und zieht mich in die Backstube aus Pappe. Dort stapeln sich die Brote zu Türmen. Frischer Brotgeruch zieht unter meinen Rock. Dorthin, wo der Bäcker mir das ganze Paket steckt und stöhnt. Habibti, *sagt er, und ich krieg alles Brot umsonst. Seit vier Jahren esse ich kein Brot mehr. Das Stöhnen des Bäckers steckt darin wie ein Gewürz, das einen zum Brechen treibt.*

Seitdem fallen mir Frauen auf, die Jeans tragen. Auch Musliminnen, schicke Hosen und bunte Kopftücher. Zum Beispiel die, die mir jeden Morgen ein Päckchen abkaufte. Einmal erzählt sie mir, wie die älteste Schwester in das Meer geworfen worden war. Ihre jüngeren Schwestern sind neidisch, hauen ihr einen Stein auf den Kopf, binden ihre Beine zusammen und werfen sie bei Mitternacht und Vollmond von dem Schiff, mit dem sich die älteste Schwester gerettet hat. Aber sie haben nicht damit gerechnet, dass sie überleben wird. Sie ahnen nichts von der Dschinnija.

Meine Schwester schimpft über meinen Wunsch nach einer Jeans und haut mir mit dem Suppenlöffel gegen die Wange.

„Diese Frauen haben nicht gelernt, den Blick zu senken, und werden alles, was Mann ist, verrückt machen. Dieser wilde, sündenhafte Blick ist es, der die ganzen Kriege verursacht. Die ganze Welt wird in der Hölle enden, wenn wir nichts dagegen tun. Die sauberen Frauen tragen Röcke und richten ihre Augen zu Boden." Aber in eine Jeans kann der Bäcker kein Brot füllen. Unter einem Rock ist Platz für Schmutz. Ich verstehe meine Schwester nicht. Sie erklärt sich nicht.

Also trage ich weiterhin Röcke und richte meine Augen zu Boden. Ich schaue den Bäcker nie an.

Das Mädchen träumt auch von Hosen und von Europa, obwohl sie weiß, dass Hoffnung töricht ist.

Seine Beunruhigung nahm zu, je mehr Walid sich Kairo näherte. Als er in die Straße am *Midan Assuan* einbog, stand sein Entschluss fest. Er musste mit Sifri reden, er war nicht mehr in der Lage, diese Arbeit zu verrichten. Das war ihm noch nie passiert, dass ein Mädchen weggelaufen war. Vor der Beschneidung. Er hatte ihre Angst gesehen. Wer weiß, was passiert wäre, wenn er den Eingriff vollzogen hätte. Wäre auch dieses Mädchen gestorben?

Ein wenig Skrupel hatte er von Anfang an gehabt, doch sie verloren sich mit der Zeit. Die Leute schenkten ihm großes Vertrauen, einem Arzt, der, was sie nicht wussten, niemals sein Studium abgeschlossen hatte. Sein Selbstbewusstsein war wieder gewachsen nach all den Katastrophen in seiner Familie. Nun kehrte er wieder zurück, der Zweifel. Wie eine lästige Gouvernante maßregelte er ihn. Beschattete ihn wie seine Schwester. Oder hatte er plötzlich ein Gewissen? Nein, die Zeiten waren vorbei. Das Werkzeug würde er zurückgeben müssen und Sifri erklären, wie es um ihn stand. Die Polizei suchte ihn. Er wollte aussteigen.

Sifri verstand keinen Spaß.

„Was soll das heißen, du möchtest aufhören? He?"

Walid schaute auf den *Midan Assuan* herunter, ein Durcheinander aus Stimmen, empörtes Hupen und Scheinwerfern.

„Ich bin nicht mehr der richtige Mann."

„Oh, doch, das bist du", sagte Sifri frostig und plötzlich wusste Walid, dass dieser Mann etwas gegen ihn in der Hand hatte.

„Außerdem, was willst du denn sonst machen? Wovon willst du leben, he?"

„Ich habe ein Mädchen getötet."

„Und genau deswegen wirst du auch weitermachen."

Genau deswegen. Vom Donner gerührt begriff Walid, dass er in der Falle saß. Was für ein Narr war er gewesen? Und mit der gleichen Langsamkeit, mit der eine Spinne sich gerade am Fenster vor seinen Augen an einem Faden herabließ, bildete sich in Walids Kopf eine Erkenntnis. Er war ein Verbrecher. Und Verbrecher landeten entweder im Knast, im Untergrund oder im Jenseits.

„Das Mädchen heute ist abgehauen", sagte er nun langsam und resigniert.

„Was soll das heißen!", wollte Sifri nach einer Pause wissen.

„Weg, sie war nicht aufzufinden."

„Heißt das, du hast nicht gewartet, bis sie wiederkam?"

Walid räusperte sich. „Es sah nicht danach aus, dass sie wiederkommen würde!"

„Aber, natürlich, du Idiot, sie wird, nachdem du weggefahren bist, wieder aufgetaucht sein."

Die nicht, dachte Walid und sah wieder diesen großen Mund vor sich. Die will etwas vom Leben haben.

Eine Weile sprach keiner etwas. Dann begann Sifri leise zu lachen.

„Ich habe eine andere Idee. Sag mal, wie sieht sie aus?"

„Was soll das heißen?"

„Ob sie hübsch, ist will ich wissen? Gut gebaut?"

Walid fielen die weichen Rundungen ein. Ein hübsches Gesicht. Aber er sagte Sifri nichts davon.

„Bring sie her. Sie kann für uns arbeiten. Das wird ihr gefallen."

Was will er mit ihr? Walid versuchte verzweifelt, hinter das rätselhafte Ansinnen zu kommen.

„Hast du verstanden? Bring mir das Mädchen, sonst zeige ich dich an wegen Mordes. Ich habe viele einflussreiche Bekannte bei der Polizei. Du aber, Sohn eines Türhüters, bist ein Nichts. Verzeih, wenn ich so deutlich werde."

Am Ende hatte er sanft gesprochen, fast zärtlich gezischt, wie die Zunge einer Schlange auf der Suche nach ihrem Opfer.

„Wir sind Kollegen, oder?"

Ja, dachte Walid, mein Kollege des Verhängnisses. Er erinnerte sich plötzlich an den Fluch der Alten. Sifri hatte recht. Niemand würde ihm glauben.

„Was soll sie denn für uns arbeiten?"

Einen Versuch hatte er noch.

„Ich werde eine schöne Beschäftigung für sie finden", sagte Sifri und seine Stimme zog eine schleimige Spur durch das Telefon.

Hala schaute auf die stark befahrene Hauptstraße; in einem atemberaubenden Tempo fuhren Autos und Autobusse an ihr vorbei. Sie hatte keine Ahnung, wie sie die Seite wechseln sollte. Zumal ihr Verkehrssinn durcheinandergeschüttelt schien wie der Inhalt einer Brotdose. Aber sie hatte etwas Wesentliches herausgefunden. Ein Mädchen war gestorben, verblutet vermutlich. Und niemand sprach darüber. Also könnte es sich um ein religiös motiviertes Verbrechen handeln? Hala schauderte. Was hatte das mit Anastasia zu tun? In welcher Verbindung hatte sie zu dem toten Mädchen gestanden, dass sie urplötzlich nach Kairo aufbrach, um … Ja, warum eigentlich?

Hala merkte, dass sie beobachtet wurde. Die Straße säumten viele kleine Kaffeestuben, in der Männer saßen, Tee tranken und Wasserpfeife rauchten. Ihre Blicke setzten sich auf Halas Rücken.. Sie drehte sich um. Ein Glas Tee wäre schön, aber das hier war nicht der richtige Platz dafür. Sollte sie vielleicht in das deutsche Zentrum gehen, das der Mann ihr gezeigt hatte?

Nein, sie musste auf dem schnellsten Weg zurück in ihren Internetshop und telefonieren. Deswegen ging sie in einen kleinen Lebensmittelladen und kaufte eine Cola. Dabei fiel ihr ein Stift aus der Tasche, und Hala bückte sich, um ihn aufzuheben. Da stand plötzlich einer der Männer auf und begann sie zu beschimpfen.

„Zieh dich mal ordentlich an, du amerikanische Schlampe! Du verdirbst uns ja unsere Söhne und Töchter!"

Ihr T-Shirt war ihr etwas aus der Jeans gerutscht und hatte für kurze Zeit den Blick auf die Haut zwischen Lederjacke und Jeans freigegeben.

Hala spürte die Feindseligkeit in der Stimme des Mannes. Und eine ganz bekannte Angst bestürmte sie. *Miau mio*.

„Keine Scham, diese Barbaren."

Hier konnte man nirgends hinflüchten. Alle Schritte waren verlangsamt.

„Beruhige dich, Onkelchen, und lass die Frau in Ruhe. Sie ist unser Gast."

Der Alte hob die Hand. „So jemand ist nicht mein Gast, aber wenn dir so ein Gast lieber ist, bitte", brüllte er, stand auf und ging die Straße hinunter. Seine Füße sahen aus wie trockene Baumrinde. Er knurrte etwas Unverständliches in sich hinein.

Der junge Mann brachte Hala einen Tee und entschuldigte sich.

„Herzlich willkommen in Ägypten. Hören Sie nicht auf den Alten, er hat Angst vor der neuen Welt. Woher kommen Sie? Setzen Sie sich doch."

Sie wollte endlich aus diesem Viertel weg.

„Deutschland? Herzlich willkommen“, sagte er nochmal versöhnlich. Hala setzte sich, da die Stimme des Mannes freundlich klang. „Sie sprechen aber gut Arabisch. Die meisten Leute, die Ägypten besuchen, sprechen nur englisch. Nicht mal ‚Guten Tag‘ lernen sie in unserer Sprache.“

Hala nickte.

„Was machen Sie denn hier? Sind Sie Studentin?“

Hala nickte wieder. Der Tee war süß und verschaffte ihrem trotz aller Aufregung angeschlagenen Kreislauf Anregung. Es war einfach zu stickig hier.

„Vielen Dank für den Tee. Kann ich zahlen?“

„Sie sind mein Gast. Kommen Sie bald wieder!

Ganz sicher nicht! dachte Hala. Sie hoffte, *Imbaba* nicht mehr betreten zu müssen. Hala stand auf, verabschiedete sich und lief langsam an der Sudanstraße entlang. Nur, um sich erst einmal von dem Café zu entfernen. Um ein Taxi zu rufen, musste sie außerdem auf die andere Straßenseite.

Gib auf die Busse acht, hatte Philemon geraten. Sie halten nicht.

Hala hatte auf jeden Fall vor, auf die Minibusse zu achten. Deshalb trat sie vorsichtig auf die Straße auf einen verblassten Zebrastreifen. Doch kein Wagen verlangsamte sein Tempo. Wo war Mina, wenn man sie brauchte?

Du musst losgehen, Fahrer fest im Auge behalten, sie halten schon, niemand wird dich überfahren.

Hala war skeptisch. Noch einen Schritt und dann wieder anhalten, denn schon wieder kam ein Bus. Hala schaute nach rechts. Wo war eigentlich die Bushaltestelle. Und dann spürte sie etwas in ihrem Rücken; sie verlor das Gleichgewicht und stürzte auf die Straße. Aus dem Augenwinkel konnte sie gerade noch sehen, wie jemand wegrannte. Sie erkannte einen Tarbusch und etwas blaues Baumelndes in den Händen des Fliehenden, dann war ein Autobus über ihr und eine Hupe stach mit einem lang anhaltenden Ton ihr Trommelfell kaputt. Hala sah eine Medikamententüte und blaue, tänzelnde Buchstaben. Arabeskenschrift. Und dann nur noch schwarz.

Hassan weiß nicht, dass ich eine beschmutzte Blume bin. Hassan hat mich vor dem Bäcker gerettet.

Eines Tages spüre ich seinen Blick abermals süß und frisch in meinem Rücken. Mein Herz schlägt schnell. Ich beschließe, an diesem Tag ganz woanders einkaufen zu gehen. Ich habe Hassan nie in die Augen geschaut, aber ihn trotzdem genau betrachtet. Mit meinem auf die Straße gesenkten Kopf kann ich seine Blicke auffangen.

Der Weg führt vom Bäcker weg. Aber ich kenne ihn sehr gut. Jeden Morgen laufe ich mit meiner Schwester dort entlang. Wir kaufen erst im Kaufhaus einen großen Vorrat an Papiertaschentüchern und setzen uns in die Unterführung auf der Straße des 26. Juli. Meine Schwester an das eine Ende, ich an das andere. Alle denken, dass meine Schwester meine Mutter ist.

Hassan folgt mir. Ich laufe solange, bis ich im Nachbarviertel angekommen bin. Ich trage Schuhe. Meine Füße sind weiß. Ich gehe in das Kaufhaus und bleibe bei den Töpfen stehen.

Hassan spricht mich an. Er legt den Arm um mich. Ich spüre seine verschwitzte Achsel. Er riecht nach Öl. Ich spüre den aufkommenden Krieg und die Hölle der Menschheit. Ich höre meine Schwester schimpfen. Ich schaue ihn dennoch an und hebe kurz meinen Schleier. Jetzt bin ich verlobt, denke ich.

2.
Hubb eh' –
Welche Liebe!

Die Dschinnija *verzauberte einst die jüngeren niederträchtigen Schwestern in zwei schwarze Hündinnen, die seitdem an der Seite der älteren Schwester laufen müssen. Hundesklavinnen.*

Ich habe nur eine ältere Schwester. Die Dschinnija *hat auch sie in eine kleine magere Hündin mit gelben Augen verwandelt. Sie kommt als Ratte und ich rette sie vor dem Tod.*

Nun bin ich frei von irdischen Zwängen. Ich gehe aus meinem Viertel, wie und wann ich will, und das Viertel geht aus mir heraus. Stets laufe ich barfuß. Sehe Sterne und Schatten. Mondblau. Spüre Scherben und Zigarettenglut. Nichts kann mir etwas anhaben. Die Scherben versuchen einzudringen, aber da ist ja nichts mehr, was herausfließen kann. Ich fahre Metro. Aber wer fragt nun noch danach?

Jeden Tag trage ich mich an den Werkstätten vorbei. Meine Straße ist die Autowerkstattstraße. Hassans Blicke sind bitter geworden wie Galle. Am Ende der Straße ist das deutsche Zentrum mit seinen hohen Mauern. Hier werfen Taxis jeden Tag reiche europäische Frauen, Ledertaschen und Kinder aus. Ich weiß nicht, was sie hinter den Mauern tun. Ich habe nur gehört, dass sie im Garten sitzen, sich Essen bringen lassen und faulenzen. Das Kindergeschrei fängt Hassan mit seiner Zange auf und lässt es über der Motorhaube schweben.

Wenn ich schwebe, schaffe ich es am Amar-Rose *vorbei. Dort haben meine Schwester und ich uns einmal die Woche hingesetzt. Feine arabische Frauen mit Seidentüchern gehen dort baden. Taschentücher können sie gut gebrauchen, um ihre Schweißperlchen und Wimperntuschebröckchen vorsichtig abzutupfen. Doch der Weg dorthin ist weit. So weit wie der zur Metro.*

Meine Füße sind rot vom Blut und schwarz wie die Straße. Wenn meine Schwester merkt, dass ich weggehen will, jagt sie mir nach wie ein Hund und schnappt mich an der Kreuzung zur Scheraa Sudan. *Meine Schwester zieht mich hinter sich her nach Hause und schlägt mich auf die Wangen und auf meinen Rücken, dass es alle sehen. „Leute, schaut, das schlampige Mädchen, und wie ich es züchtige. Das wird sie nicht noch einmal tun.“*

Ein paar Tage vor meinem Verschwinden betrachtet sie mein rotes Bettlaken und sagt dem Bäcker Bescheid. Ich weiß zuerst nicht, was ihr Plan ist. Ich soll den Bäcker heiraten, auch deshalb ist der Bäcker schuld.

Doch ich bin nicht das einzige Mädchen, das nicht mehr da ist. Zertreten wie ein Käfer liegt da ein anderes auf der Straße, tot, weil es seine Ehre verloren hat. Was hat es getan? Hat es auch einen Kuss im Treppenhaus getauscht wie ich?

Die Ehre ist ein scheues Tier; sie verschwindet bei der geringsten Erschütterung.

Die Ehre verschwindet bei Erscheinen des Vogels Liebe.

Das habe ich gelernt. Und sie hinterlässt traurige Mädchen. Aber warum werden sie dann bestraft? Die Ehre bleibt, wenn man einen Bäcker heiratet. Aber die Seele können sie mir nun nicht mehr nehmen, denn ich bin die Seele. Wenn eine Seele weinen könnte, würde ich um Hassan weinen. Er ist es, den ich vermisse, obwohl ich ihn nun immer anschaue. Aber er sieht mich nicht mehr.

Ich verschwinde in den Morgenstunden. Zu Hassan, zu dem Mädchen und zu meiner Schwester. Ich folge Maryam. Sie steigt in Maadi *aus der Bahn. Ich sehe, wie sie das Mädchen in ihrem Hausflur findet. Es erinnert sie an ihre eigene Tochter. Sie sieht die Visitenkarte und wird bleich.*

Kurz bevor Hala seine SMS erhielt, hatte Philemon sich endlich mit der Frau getroffen, die Anastasia kurz vor ihrer Abreise nach Kairo erreichen wollte. Sal.

„Sie sind der Neffe dieser merkwürdigen Person?"

Das war das Erste, was er hörte, als er sie endlich erreichte. Eine Britin aus Köln, gewillt für eine Weile in Kairo zu arbeiten. Weswegen, das ginge ihn, Philemon, nichts an.

Philemon war nicht erst seit seiner Verhaftung ein Mensch, der andere niemals nach Persönlichem fragte. Vom Privatleben seiner Kollegen wusste er zum Beispiel sehr wenig, noch weniger von ihrer Vergangenheit. Selbst hier in Deutschland wunderte ihn zuweilen, welche Offenheit ihm von Menschen abverlangt wurde, die er nicht einmal kannte. Wie oft war er an der Supermarktkasse gefragt worden, wo er herkäme, mehr noch, wo seine Eltern herkämen. Jedes Mal war er zusammengezuckt, bis er begriff, dass diese Frage nur auf seltsame Weise fremdenfeindlich war. *Innocent racism,* den Ausdruck hatte er neulich in einem Buch gelesen, und er fand ihn sehr gelungen. Die Frage sollte ihm auf freundliche Weise sein Fremdsein und seine

Andersartigkeit spiegeln. Es handelte sich dabei nicht, wie er anfangs gefürchtet hatte, um ein getarntes Verhör, das er überall gewähnt hatte: im Restaurant, in der Uni, am Arbeitsplatz, in der Familie, am Telefon. Jedes Klicken in der Leitung am Sonntag, wenn er seine Mutter in Kairo anrief und sie ihm ins Telefon weinte, war wie ein Minikrebs im Ohr, ein kleines Kneifen nur, das eine spätere Panikattacke zur Folge hatte. In seinem sich langsam aufbauenden Bekanntenkreis galt er als temperamentvoll und großzügig, dabei jedoch reserviert und verschlossen.

Wie sollte er dieser aufgebrachten Person nun Fakten abringen und sie ausfragen?

Er entschloss sich zu einer Einladung.

„Könnten Sie sich mit mir in einem Café treffen? Ich zahle alles. Ich muss wissen, was meine Tante von Ihnen gewollt hat. Es ist sehr wichtig, denn ich weiß nicht, wo sie ist. “

Schweigen am anderen Ende der Leitung.

Philemon schickte ein Stoßgebet zum Himmel.

„Sie sind der letzte Mensch mit dem sie telefoniert hat. Bitte kommen Sie. Sie könnten auch jemanden mitbringen.“

„Wo soll das denn sein?“ Sie wirkte sehr misstrauisch. Er war der Erste, der das verstand.

„Sie wählen den Ort und die Zeit. Ich werde kommen.“

Erleichtert nahm er zur Kenntnis, dass sie einwilligte.

Sie war ohne Begleitung. Zunächst.

„Ihre Tante hat mich unter dem Vorwand aufgesucht, mir Unterricht geben zu wollen. Kaum dass sie in meiner Wohnung stand – vorher hatte sie offenherzig und warm gelächelt –, begriff ich, dass ihr Charme nur die eine Seite der Medaille war, und Unbehagen ergriff mich. Ich wollte aufstehen, um Kaffee zu holen, doch ihr Blick fesselte mich an den Stuhl. Ich konnte mich wirklich nicht bewegen, es war furchtbar.“

Das waren die Sätze, mit denen Sal die Begegnung einleitete. Das war typisch. Europäer begrüßten einen nur kurz und kamen dann gleich zur Sache, auch wenn die Sache noch so kompromittierend war. In Ägypten begann man ein Gespräch mit harmloseren Dingen, man sprach sich warm über das Wetter und wofür man Gott dankbar war, klapperte das Befinden jedes einzelnen Familienmitglieds ab und landete schließlich nach einer geraumen Zeit beim eigentlichen Thema. Und selbst dann wurde es blumig verpackt.

Sal war allein. Er beobachtete die junge Frau scharf. Konnte sie sogar etwas mit dem Verschwinden der Tante zu tun haben? Man konnte nie wissen.

„Hat Ihnen Ägypten gefallen?", fragte er, um ein wenig von der Schärfe zu nehmen.

Erstaunlicherweise ging sie darauf ein.

„Ja sehr, ich habe glücklicherweise einen interessanten Job bekommen und einen lieben Freund gefunden. Kairo ist eine beeindruckende Stadt. Und die Menschen sind warmherzig und hilfsbereit. Eine andere Mentalität. Aber dieses Chaos!"

Vor Kurzem wäre ihr Auto mitten in der Straße zugeparkt worden.

„Sie fahren Auto in Kairo?"

Philemon hätte das der kleinen blonden Frau überhaupt nicht zugetraut. Sie war so dünn wie ein Handtuch und fingerte nervös nach einer Zigarette.

„Also am Anfang war es sehr schwer, mein ägyptischer Freund half mir. Man muss alle deutschen Regeln außer Acht lassen und sich nur auf die Instinkte verlassen. Irgendwann merkt man, dass man sich mühelos einfädeln kann und dass das Autofahren viel mehr Spaß macht als in Deutschland. Auch wenn man mal stehen bleibt, geht die Welt nicht unter. Und wie gesagt, war ich ja neulich zugeparkt, doch es dauerte keine zehn Minuten, da konnte ich losfahren. Von allen Seiten halfen mir Menschen, mich wieder zu befreien. Alle Autos ließen sich wegrollen!"

Der ägyptische Freund trat genau in jenem Moment im *Goldmund* ein. Philemon schloss die Augen für den Bruchteil einer Sekunde. Flucht in Schwarz. Herzboxtöne. Dann erfasste er, wovor er fliehen wollte. Da stand einer, der die verstaubte Sonne von Kairo im Gesicht trug, und mit dem er die deutsche Schule besucht hatte. Einer, der vielleicht alles über ihn wusste.

Zu seiner Erleichterung war Karim mindestens genauso entsetzt wie Philemon. Es schien, als hätte er etwas zu verbergen, ja, als sollte niemand wissen, dass er in Köln war. Damals, als

Philemon Ägypten verlassen hatte, muss Karim mit einem arabischen Mädchen verlobt gewesen sein. Ob diese Beziehung nun beendet war? Vermutlich nicht. Philemon würde keine Fragen stellen.

„Philemon, alter Freund, was machst du hier?"

Sie gaben sich die Hand und küssten sich. Wie lange hatten sie sich nicht gesehen?

„Ich lebe hier, setz dich, was willst du trinken?"

„Was für ein Zufall. Das gibt es doch nicht. Du hier? Einen Kaffee, bitte."

Er setzte sich und blickte unsicher von Philemon zu Sal und wieder zurück. „Was machst du hier?", fragte er noch einmal. „Ja, was für ein Zufall."

Philemon hatte nicht vor, seine Frage zu beantworten.

„Woher kennt ihr euch?", fragte Karim.

Karim schaute von Sal zu Philemon und zurück.

Und ihr euch?, dachte Philemon.

„Über seine Tante. Die Verrückte, von der ich dir erzählt habe!"

Er kannte die Geschichte also bereits.

„Deine Tante Anastasia, die schon so lange in Deutschland lebt? Die ist das?"

Philemon fühlte etwas in sich zusammenfallen, zerblättern, wie ein Herbstblatt.

„Vermutlich war sie verwirrt", sagte er aus reiner Notwehr. „Alzheimer. Sie wollte jemanden retten. Meine Mutter hat sich große Sorgen gemacht."

Wohin sollte das nur führen? Philemon entschuldigte sich und lief zur Toilette. Dort nahm er seine Notfalltropfen, zu denen ihm seine Therapeutin geraten hatte. Seitdem er in Deutschland lebte, konsultierte er sie, um seine Erfahrungen im Gefängnis zu verarbeiten. Und den Tod seines Jugendfreundes Mohammad. Ihn hatte niemand frei gekauft. Sein Vater hatte einfach nicht genug Geld gehabt. Warum hatte Nadja diesmal nicht ausgeholfen? Nadja?

Er ließ die Tropfen eine Weile unter der Zunge, bevor er sie hinunterschluckte. Dann machte er eine Stabilisierungsübung. Er sagte sich, dass er nun in Sicherheit sei und dass er nicht mehr in Ägypten lebt. Er versuchte sich auf seine Sinne zu konzentrieren. In seinem Notfallköfferchen waren deshalb außerdem verschiedene Fläschchen mit Düften: Zimt, Pfeffer, Pfefferminz und ein kleiner Igelball, den er pressen konnte, um die Wirklichkeit zu spüren. Doch wie sollte das funktionieren, wenn ein Mitschüler aus Kairo wie der Fuchs vor dem Huhn an seinem Tisch saß? Eine hervorragende Aufgabe für seine Therapeutin! Er versuchte sich vorzustellen, was sie sagen würde.

„Welche Macht hat er über dich? Könnte er dich hier ins Gefängnis bringen?"

Nein, das könnte er nicht. Nicht allein. Und nicht mit der Schuld, die er sich selbst aufgebürdet hatte! Karim würde ihn nicht in Schwierigkeiten bringen.

Aber seine Tante? Was wurde aus ihrer Ehre, wenn …

Doch Karim schien die Geschichte sowieso schon zu kennen. Gefasst ging Philemon nun an den Tisch zurück und setzte das Gespräch fort. Er umschiffte demonstrativ die Frage nach dem Familienstand und fragte nur nach Karims Arbeit.

Karim erzählte freigiebig von seiner Arbeit in einem kleinen Verlag. Sein Gehalt bezeichnete er als durchaus gut für ägyptische Verhältnisse, wenn es auch nicht mit dem Vermögen seiner Eltern vergleichbar sei. Karims Eltern besaßen mehrere Hotels in Kairo und zählten zu den wohlhabendsten Familien dort.

Wortlos verständigten sich die beiden Männer, dass sie Stillschweigen über das Unausgesprochene bewahren würden, aber verlassen, das wusste Philemon, konnte man sich darauf niemals.

Sein Zeigefinger klopfte auf den Tisch, ohne dass er es merkte. Erst als Sal auf seine Hand starrte, legte er sie in seinen Schoß.

Dann begann Sal weiterzuerzählen.

„Deine Tante hatte einen unglaublichen Auftrag für mich und das Kurioseste daran ist, dass sie es wirklich ernst meinte. ‚Wenn Sie nach Kairo fliegen, müssen Sie etwas für mich tun. Suchen Sie das Mädchen auf. Es wird auf der Straße des 26. Juli Taschentücher verkaufen. Sie müssen das Mädchen in Kairo in das Mädchenheim bringen.'"

Das deckte sich mit dem, was Hala Habidi herausgefunden hatte.

Karim schwieg diskret.

„Sie müssen entschuldigen, aber ich war erbost. Eine wildfremde Frau. Was erlaubte sie sich? Dann kamen aber auch Ängste über mich. Woher wusste die Frau von meiner Reise? Gedanken wie Überwachung, Spitzel, ägyptischer Geheimdienst, Onlinedurchsuchung rasten durch mich hindurch. Man hört ja so allerlei."

Und allerlei Wahres. Das konnte Philemon sehr gut verstehen, aber er würde sich hüten, etwas von seinen Erfahrungen zu erzählen. Vom Verschwinden und Wiederauftauchen von Menschen, die anders dachten, anders lebten oder anders glaubten, vom Sterben und vom Verkauf von Mädchen. Doch nicht in Ägypten!, dachte man hier und an die Pyramiden, den Zauber des Nils. Wenigstens war kürzlich die Genitalverstümmelung verboten worden, eine *Fatwa* wurde in Kairo dagegen erlassen. Das hinderte jedoch manche Leute nicht, diese menschenverachtende und mörderische Praxis weiterhin auszuüben. Doch auch darüber würde er nicht mit dieser Frau sprechen. Das war einzig eine Sache zwischen ihm und seiner Therapeutin, einer Traumaspezialistin, die schon Jahrzehnte mit Folteropfern wie ihm arbeitete.

Sal und Karim tauschten zärtliche Blicke. Philemon war zum Heulen zumute. Was war das für ein Land, in dem man Liebe verheimlichen muss und wegen eines Kusses ins Gefängnis kam?

„Sie versicherte mir, dass mir nichts passieren würde. Und dass es etwas in ihrem Leben gäbe, über das sie mit niemandem sprechen durfte."

Philemon nickte und beobachtete Karim, der seinen Blick gesenkt hatte. Er griff nach einer Zigarette.

Sal fuhr fort. Philemon erwägte einen kurzen Augenblick, sich Notizen zu machen, verwarf den Gedanken dann aber wieder.

„Ihre Tante war überzeugt, dass sich das Mädchen in großer Gefahr befände. Sie sprach eindringlich und rauchte übrigens eine nach der anderen. Am Ende flüsterte sie: ‚Wenn Sie es nicht schaffen, werde ich mein Heimatland niemals wieder ohne Furcht betreten können.'"

Philemons einzig klarer Gedanke in jenem Augenblick war die Dankbarkeit über seine Notfalltropfen, die ihm eine gewisse Gelassenheit gaben. Wo war er, was tat er hier? Wie hinter dem Nebel erschien die Frau, die seine Tante vielleicht zuletzt gesehen hatte.

„Mir war so unheimlich, verstehen Sie, ich hatte so etwas noch nie erlebt. Fast hexenhaft erschien mir Ihre Tante."

Das verstand er nur zu gut. Manchmal hielt er seine Tante auch für eine Hexe. Er dachte daran, wie sie Dinge gewusst hatte, die in der Zukunft lagen. Zum Beispiel wusste sie immer, ob es regnen würde oder nicht, und sie sagte auch mit großer Sicherheit voraus, dass seine Mutter nie wieder ein Flugzeug betreten würde. Und die Raucherei war auch irre. Sie dachte nicht daran aufzuhören. Auch nach dem Herzinfarkt nicht. Aber das alles hatte er Hala gegenüber nicht zugeben wollen.

„Ich hatte Angst und suchte einen Fluchtweg in meiner eigenen Wohnung. Ich hatte nicht das Gefühl, dass ich in der Lage wäre, sie vor die Tür zu setzen. Mein Herz kollabierte fast vor Angst. Sie saß zwischen meiner Küchentür und mir. Ihre Augenlider hoben und senkten sich wie bei einem Kamel."

Das bedeutete, dass seine Tante hochkonzentriert gewesen war. Er kannte das. Immer, wenn sie ihm etwas erzählt hatte, damals, als er ein kleiner Junge war, konnte er diese Art, die Lider wie kleine Rollos herunterzulassen, beobachten. Und er war fasziniert von der Langsamkeit gewesen.

„Ihre Tante gab mir genaue Instruktionen, wie ich das ihrer Ansicht nach bedrohte Mädchen retten konnte. Ich sollte es täglich besuchen und kennenlernen, ihm soviel Taschentücher wie möglich abkaufen. Außerdem wollte sie, dass ich mich als verheiratet ausgebe, mir Bilder von Kindern mitnehme und sie ihr und ihrer Schwester zeigen, die meistens mit in der Unterführung sitzen sollte. Wenn ich das Vertrauen des Mädchens und seiner Familie so gewonnen hätte, sollte ich mir den Stadtteil zeigen lassen. Dann sollte ich ihr vorschlagen, im benachbarten Kaufhaus ein paar Kleider kaufen zu gehen. Ich sollte ein Taxi nehmen, dann mit ihr direkt ins Mädchenheim fahren. Im Taxi sollte ich ihr erklären, dass man sie opfern wollte. Ihre Schwester würde sie töten. Wissen Sie, was das bedeutet? Ihre Tante wollte, dass ich ein Mädchen entführe. Angeblich zu ihrem Besten! Und das sollte ich tun?"

Es war in der Tat verrückt. Aber dennoch breitete sich eine schmutzig-kalte Angst in Philemon aus.

„Und was geschah dann?"

„Irgendwann sagte sie: ‚Überlegen Sie es sich!', und hinterließ mir ihre Karte. Dann erhob sie sich schwer atmend und ging langsam zu meiner Wohnungstür hinaus. Ich rannte ihr hinterher, um die Tür fest zu verriegeln. Die ganze Nacht konnte ich nicht schlafen, ich hatte gute Lust, meinen Flug zu stornieren. Die Reise abzublasen. Gut, dass ich es nicht getan habe."

Sie schaute bedeutungsvoll zu Karim, der ein schüchternes Pennälerlächeln aufsetzte. Philemon musste daran denken, wie er früher immer rot geworden war, wenn ein Mädchen ihn mochte, was häufig vorkam. Gerade wegen seiner Schüchternheit war er der beliebteste Junge des Jahrgangs gewesen.

„Sie werden mir nicht glauben, doch der Einfluss Ihrer Tante hallte nach. Ich habe dieses Viertel aufgesucht, von dem sie sprach."

Philemon hielt den Atem an. Er ahnte, dass das, was sie jetzt sagen würde, von Bedeutung für ihn sein würde.

„Ich lief also zu dieser Unterführung. Dort saß ein Mädchen mit ihrer, wie ich dachte, Mutter, doch sie war tatsächlich ihre Schwester, wie sich herausstellte. Das Mädchen hatte verträumte Augen, ein wunderschönes Gesicht und sie lächelte jede Frau mit einer umwerfenden Freundlichkeit an. Vermutlich hatte sie viel Erfolg mit ihren Taschentüchern. Aber ich glaube, sie hörte schwer. Ich kaufte ihr, wie ihre Tante wollte, jedes Mal etwas ab. Aber dann …", Sal machte eine Pause und schlang die Arme um sich. Sie schien zu frösteln. „… war sie eines Tages verschwunden. Die Schwester auch. Ich lief an mehreren Tagen immer wieder durch die Unterführung und fragte auch den Besitzer des Ladens, der sich in der Nähe befindet, nach den beiden, aber er zuckte nur mit den Schultern. Wissen Sie, was das Merkwürdigste war? Dass sie Kairo hieß, Kairo wie die Stadt. Wer nennt sein Kind nur so?"

Kairo, die Siegreiche.

Was hatte seine Tante mit dem Mädchen zu tun gehabt?

Sie würden herausfinden müssen, ob Kairo gestorben war. Wenn das der Fall war, woher hatte die Tante davon gewusst? Sie musste den Tod voraussehen können. Aber das war doch ganz unmöglich. Sie war so lange nicht mehr in Kairo gewesen. Oder gab es da etwas in ihrer Vergangenheit, von dem er nichts wusste?

Philemons Angst wurde größer. Er entschuldigte sich ein weiteres Mal und eilte zur Toilette. Er sendete Hala eine SMS und setzte sich auf den Toilettendeckel. Hala machte ihm plötzlich ebenfalls Angst. Es war Wahnsinn, ihr zu vertrauen, dieser Möchtegerndetektivin, dachte er. Wer weiß, was sie jetzt in seinem Namen alles anstellte. Ob sie bereits bestochen wurde?

Gekauft?

Wie lange saß er nun schon hier auf diesem verdammten Deckel. Das Gesäß schmerzte. Gegenstände hatte man in ihn gestopft, „so hast du es doch wohl gern", und singen sollte er.

Irgendwann würde er verrückt werden, das wusste er, wie seine Tante. Er hörte die Stimme seiner Therapeutin. „Nein, dass sind nur Reaktionen auf den kaum erträglichen Stress, den du hattest." Zum Kotzen war das. Er konnte es kaum aufhalten. Sein Herz polterte, poff, poff, ungeschickt.

Der Beamte und dessen Gesicht, als er auf ihn zukam. Dieses breite Lächeln mit den ungewöhnlich langen Zähnen würde er nie vergessen.

„Na, willst du es nicht mal mit mir probieren?"

Bewegungen mit der Hüfte. Eindeutig. Eine eiskalte Hand auf seinem Gesicht.

Philemon spürte starke Ohrenschmerzen und einen Stich im Unterleib. Er wühlte in seinem Täschchen. Pfeffer, ein Reizmittel. Er wartete. Das hatte er in all den Jahren Therapie gelernt. Nicht mehr in Panik zu verfallen. Aber jemandem zu trauen, das war ihm bisher nicht gelungen. Selbst seiner Therapeutin hatte er nicht vertraut, geglaubt, sie wäre vom ägyptischen Geheimdienst beauftragt.

„Ach, was ist an dir schon so interessant“, hatte sie gesagt. „Du bist nicht einmal in der Muslimbruderschaft.“

Dennoch hatte er ihr misstraut. Was wäre, wenn ihr Lieblingssatz – „Du bist in Sicherheit.“ – in Wahrheit eine Methode des Geheimdienstes wäre, eine spezielle Art der Gehirnwäsche oder Hypnose?

Irgendwann hatte er sich dann doch eingelassen und begonnen, ihr alles zu beschreiben. Alles! Und seitdem kamen sie vorwärts. Die Folterer schrumpften nun manchmal zu kleinen Kakerlaken, die er mit einem gezielten Fußtritt unter einem unangenehm knirschenden Geräusch zu einer *Mousse* verarbeiten konnte. Aber nach Ägypten würde er niemals mehr reisen. Auch wenn er deshalb seine Mutter nicht wiedersehen würde. Seinen Bruder, ja. Er lebte in den USA mit seiner Frau und seinen Kindern. Ihn sah er wenigstens einmal im Jahr.

Er musste niesen. Der Pfeffer war stark. Die Wirklichkeit hatte ihn wieder. Er saß auf dem Deckel einer Toilette im *Café Goldmund* in Köln. Draußen warteten Karim und seine neue Freundin Sal. Als er wieder an den Tisch kam, waren die beiden verschwunden und hatten die Rechnung bezahlt.

Hala erwachte schreiend. „Eine Frau mit schrecklichen Vogelaugen verfolgt mich. Sie pickt nach mir. Nimm sie nicht mit in ein arabisches Land. Ich weiß nicht, was es ist, aber es droht ihr Gefahr. Gefahr, Gefahr“, so sprach sie mit sich selbst.

Wo war sie?

Misch dich niemals in die Angelegenheiten anderer, mach das niemals. Hörst du, Mädchen? Niemals!

Hala wollte vor der schrillen Stimme davonlaufen, aber es ging nicht.

„Niemals mehr sollte sie in ein arabisches Land kommen.“

Sie sah sich um und stellte fest, dass sie in einem Bett lag. Ihr Kopf schmerzte, ihr Arm auch. Ein fremdes Bett. Ein schlimmer Traum schwebte wie eine Giftwolke darüber. Und drei Lampen schaukelten gefährlich von der Decke. Und da fiel es ihr wieder ein. Das scheußliche Viertel, der Mann im Imbiss, der junge Mechaniker, der kleine Junge, der ihr von einem toten Mädchen erzählt hatte.

Sie schaute aus dem Fenster und sah, wie das Laub zweier benachbarter Bäume sich ineinander verkeilt hatte, wie die Haare und Köpfe zweier Liebender. Mina fiel ihr ein. Fatima!

Jetzt erst verstand Hala, dass sie nicht in ihrem Zimmer bei Nadja war. Der schokoladenfarbene Baum kotzte in den Nil. Wo hatte sie den sich übergebenden Baum gesehen?

Dann kam eine Schwester ins Zimmer und begrüßte sie freundlich.

„Schön, dass es Ihnen wieder besser geht."

„Was mache ich hier?"

Die Schwester schlug die Decke zurück.

„Sie hatten einen Unfall. Sie sind einfach auf die Straße gelaufen. Haben Sie denn den Bus nicht gesehen?"

Die Schwester trug ein Kopftuch und nahm Halas Puls.

„Das ist hier sehr gefährlich, wissen Sie? Ihnen ist, Allah sei Dank, nichts Ernstes passiert. Der Arm ist nicht gebrochen, nur geprellt. Außerdem haben Sie eine leichte Gehirnerschütterung."

Jemand hatte sie vor den Bus geschubst. Oder war sie gestolpert? Nein, Hala spürte noch genau die Hand im Rücken. Irgendetwas Blaues hatte sie gesehen. Hilfe. Hatte jemand versucht, sie umzubringen? Unsinn. Sie wischte diese Gedanken sofort weg, aber zieht ein Mord nicht häufig den nächsten nach sich? Sie hatte es ja gewusst, Mordfälle waren nichts für sie. Ich bin nur eine kleine Privatdetektivin, die nur unbedeutende Geheimnisse aufdeckt, dachte sie. Aber sie hatte ja auch nicht an Mord geglaubt. Tat sie es jetzt?

Hala fasste sich an den Kopf. Da merkte sie, dass ihr rechter Arm bandagiert war. Und dass das Krankenhauslicht hässliche Hände hatte, mit denen es in ihre Augen fasste.

„Wer hat mich denn hierhergebracht?", fragte sie stockend.

„Der Krankenwagen. Während wir Ihren Arm verbunden haben, waren Sie bewusstlos. Möchten Sie etwas essen?"

Nein, absolut nicht. Bewusstlos also.

„Könnten Sie mir mein Handy geben? Es ist in meiner Handtasche."

Wen wollte sie anrufen?

Die Schwester nickte.

„Sollen wir jemanden von der deutschen Botschaft verständigen? Oder jemanden bitten, Sie abzuholen?"

Dabei sah sie Mina vor sich. Ihre dunklen Augen. Die Schatten. Auf dem Handy waren drei Anrufe von Philemon verzeichnet und einer von Mina. Da klingelte es in ihrer Hand. Die Schwester verließ das Zimmer.

Es war Philemon.

„Warum meldest du dich nicht?", fragte er aufgebracht. „Willst du mich verarschen?"

Hatte Hala sich verhört? Die Stimme passte, ja, aber die Wortwahl und die Aggression?

„Ich habe tausendmal versucht, dich zu erreichen. Was, zum Kuckuck, ist los mit dir? Wenn du irgendwelche krummen Dinger mit mir machst, dann ..."

Drohung, soviel stand fest. Die Art, wie er Kuckuck aussprach, amüsierte sie für den Bruchteil einer Sekunde. Der Himmel über ihr war aus Schnee, und die Lampen sahen aus wie Trockenhauben. Misstrauen. Hala atmete tief durch.

„Ich liege im Krankenhaus. Jemand hat mich vor einen Bus geschubst."

Glaubte sie das wirklich? Oder wollte sie die Reaktionen testen, ihre eigene und die des fernen Gesprächspartners. Nein, es konnte nicht sein!

„Was?", schrie Philemon und seine Stimme war hoch wie ein Flötenton.

Gut, dass die Schwester das nicht sah: Halas Herz stülpte sich wie der Luftsack eines Frosches nach außen und pumpte. Hala musste über sich selbst staunen.

„Heißt das, dass dich jemand umbringen wollte?", flüsterte Philemon. „Wirklich und wahrhaftig?"

Bitte nicht!

Und dann erzählte Hala, was sie bisher herausgefunden hatte.

Schweigen am anderen Ende. Philemon räusperte sich.

„Ich muss mich bei dir entschuldigen. Mein Verhalten war nicht angemessen. Mein Misstrauen hat mich überwältigt. Vielleicht sollten wir es lassen. Ich glaube, dass die Sache allmählich zu heiß wird, du solltest zurückkommen. Im Gefängnis nützt du mir nichts. Und meiner Tante erst recht nicht."

Das war es ja, was Hala auch die ganze Zeit fürchtete.

„Ich muss dir auch was sagen", sagte er schließlich.

Er fasste kurz zusammen, was Sal ihm berichtet hatte.

„Deine Tante hatte also von dem Mädchen, das auf der Straße verbluten würde, gewusst. Um das zu verhindern, ist sie nach Kairo geflogen. Doch zu spät. Vermutlich wusste Anastasia, wie das Mädchen gestorben ist, und kannte den Täter. Er musste sich in der Nähe des Viertels befinden. Aber was hatte sie mit dem Mädchen aus *Imbaba* zu tun? Wo sind die Verbindungen?"

Vor Hala tanzten Anastasias böse Vogelaugen. Die Verbindung liegt in meiner Vergangenheit, dachte sie plötzlich ohne Zusammenhang und schüttelte den Kopf wie ein Hund, wenn er aus dem Wasser kommt. Au, das tat weh!

„Und da ist noch etwas. Ich weiß nicht, ob es wichtig ist, aber ich kenne Mina!"

„Oh", sagte Hala alarmiert.

„Sie ist die Tochter des Türhüters. Wir sind quasi zusammen aufgewachsen."

Bitte? Hala nahm das Handy vom Ohr und starrte es an. Die Augen. Sie waren sich also wirklich ähnlich. Sie hatte sich die Ähnlichkeit also nicht eingebildet. Mina und der Sohn des Türhüters: Geschwister. Nach einer Weile antwortete sie: „Und das sagst du mir erst jetzt?"

Interessant war auch, warum Mina ihr nichts davon gesagt hatte.

„Weil ich erst sehr spät geschaltet habe. Ich wusste nicht, dass Mina mittlerweile unterrichtet. Und ihr Bruder war ein guter Jugendfreund von mir."

Wieder schwieg er.

„War?"

Hala schaute nach draußen auf eine große Straße. Dem Krankenhaus gegenüber stand ein Hotel. Davor sah sie eine Traube von Menschen. Eine Hochzeit, eine Braut mit weißem Schleier, vielleicht eine Koptin? Plötzlich war dieser kleine Fleck Kairos vor dem Krankenhaus in heiße Musik getaucht, eine *Darbuka* gab den Rhythmus an, und das Paar bewegte die Hüften auf der Straße bis zum Hochzeitswagen, der in dritter Reihe auf der Hauptstraße parkte.

„Minas Bruder Mohammad ist tot."

War das Grund genug, Hala diese Information zu verschweigen?

„Aber ich habe den Sohn des Türhüters gerade erst gesehen."

„Den jüngeren, Walid. Mohammad ist damals verhaftet worden und an der Folter gestorben. 2002."

„Wie, einfach verhaftet worden? Das geht in Ägypten?"

Hala hörte ein Seufzen dreitausend Kilometer weit weg.

„Allerdings! Ihr Vater und sie wollten ihn freikaufen, doch ihr Geld hat nicht gereicht."

„Woher weißt du das?"

„Von *Amnesty International*. Ich habe damals versucht, so viele wie möglich von meinen Freunden wiederzufinden, vor allem jene, die ins Ausland geflohen waren."

Nun flüsterte er.

„Mohammad war nicht schwul. Sie haben ihn einfach so verhaftet. Irgendjemand hatte behauptet, ihn auf dem Boot gesehen zu haben. Irgendjemand hat ihm das angehängt, verstehst du?"

Ungläubig starrte Hala auf den Hochzeitswagen.

„Was für ein Boot?"

„Das *Queensboat*."

Stimmt, davon hatte jemand in einem Vortrag geredet. Die bei einer Party auf dem Nil erwischten verhafteten und gefolterten Schwulen.

„Er war wie ein Bruder für mich. Wir sind im selben Haus aufgewachsen."

Philemon machte eine Pause, als müsste er überlegen. Hala hörte ihn schwer atmen. „Er stand tagelang auf einer von der Regierung veröffentlichten Liste. Wie ich. Diese Familie hat Wahnsinniges durchgemacht."

Und deine auch, dachte Hala und wagte kaum, sich das auszumalen. Aber sie verstand wirklich nicht, warum Mina ihr nicht erzählt hatte, dass sie im selben Haus aufgewachsen ist, in dem sie, Hala, nun lebte. Sie hätte ja nicht gleich die Geheimnisse um ihren Bruder preisgeben müssen.

„Schwul zu sein ist in Ägypten ein Grund, dich zu verhaften. So steht es im Gesetz. Wir sind kriminell, kapier das doch endlich mal!"

Hatte sie doch schon längst. Was tat sie also hier? Ihre Freundinnen würden sagen: Warum fährst du in so ein Land? Was willst du da?

„Und die Tochter eines Türhüters zu sein, ist auch keine Ehre."

„Bitte? Aber schau doch mal, was Mina alles erreicht hat! Darauf könnte sie doch stolz sein!"

Hala verstand die Welt nicht mehr. Wie kam eine Tochter eines Türhüters dazu, Lehrerin zu werden?

Nadja hatte ein gutes Wort eingelegt und die entscheidenden Scheine gespendet.

„Gibt es noch etwas, was du mir sagen musst?"

Aber Philemon hatte schon aufgelegt, ohne sich zu verabschieden.

Hala war hellwach. Sie spürte keine Schmerzen mehr im Arm.

Zwei Gefühle stritten sich in ihr. Das eine hieß: Auf und davon. Das andere: Jetzt erst recht.

Nadja Abu Hamra schaute vom Balkon herunter. Es war seltsam, sie hatte die neue Mieterin schon seit Tagen nicht gesehen. Die Fensterläden waren verschlossen und es war nichts zu hören gewesen. Was tat sie denn bloß? War sie in die Wüste gereist, ohne es Nadja zu sagen? Noch immer traf es sie tief ins Mark, wenn jemand plötzlich verschwand. Sicher, die Neue war ihr keine Rechenschaft schuldig. Trotzdem raubte ihr diese Unruhe ihr schönes, erst kürzlich in sie eingezogenes Lebensgefühl. Sie hatte nicht gedacht, dass sie sich jemals wieder würde verlieben können. Im Gegenteil hatte sie es aufgegeben, sich ein Leben in Liebe und Gemeinschaft zu wünschen. Gewiss, sie lebte dieses

Vergnügen geheim, da Amir verheiratet war. Natürlich plante er seine Scheidung, aber es war nicht abzusehen, wann er das wirklich täte. Doch das störte Nadja nicht. Sie nahm es, wie es kam. Barg es nicht sogar einige Vorteile, ihre Unabhängigkeit zu bewahren? Sie musste an Anastasia denken, die zwar unabhängig lebte, aber in Einsamkeit gestorben war. Es war ja hinlänglich bekannt, dass die Nordeuropäer viel einsamer starben als sie hier in Ägypten. Dieses schreckliche Schicksal wollte und würde sie nicht mit ihrer Schwester teilen. Sie würde mit Amir bis an ihr Ende ein wunderschönes Leben führen. Von ihr aus auch in zwei getrennten Wohnungen.

Nadja beobachtete argwöhnisch jedes herannahende Taxi, das durch den Schlamm des Regenmittags fuhr, und bemerkte, dass sie sich Sorgen machte. Hielt es vor ihrer Tür und würde es Hala hoffentlich zurückbringen? So oft hatte es in Ägypten selbst im Februar noch nie geregnet. Auch damals nicht, als sie schon einmal am Fenster gebangt hatte. Philemons Verschwinden hatte ihr das Leben zur Hölle gemacht. Zwischen den Sträuchern des gegenüberliegenden Parks verfing sich ihr Blick und die Gedanken schweiften ab in jene Sommernacht, in der Philemon nicht nach Hause gekommen war.

Nadja bemerkte es sofort. Hatte nicht sogar die Leere sie geweckt? Sie stand auf und machte sich beunruhigt einen starken Kaffee. Sie betrachtete das offene Fenster. Der Lärm von draußen schien die Vorhänge zu bewegen. Etwas war geschehen. Sie lief auf die Straße. Yousef, der Türhüter, konnte ihr nichts sagen.

So besuchte Nadja die fette Khaddija, die gar nicht mehr aus dem Haus ging. Khaddija saß den ganzen Tag am Fenster und bekam alles und jeden mit. Auch, dass der Arzt hier ein- und ausging, war ihr nicht entgangen. Aber Khaddija hatte nichts gesehen. Keinen Philemon. Und auch sonst nichts Auffälliges.

Nadja lief die Straße hinunter, überquerte einen kleinen Platz und betrat das Haus, in dem ein Freund ihres Sohnes wohnte. Seine Mutter öffnete die Tür und bat sie herein. Bei einem Kaffee erfuhr Nadja, dass Philemon schon lange nicht mehr dort gesehen worden war.

„Die werden sich gestritten haben, so ist das ja bei den jungen Leuten. Und dann gucken sie sich Monate lang nicht mehr an. Aber deinen Philemon habe ich nicht mehr gesehen. Wo könnte er denn sein?", fragte sie neugierig.

Behäbig sickerte die Information in Nadjas Bewusstsein und irritierte sie. Wie eine kurze Bildstörung im Fernsehen. Hatte ihr Philemon nicht erst vor zwei Tagen erzählt, dass er zu Karim unterwegs wäre?

„Ja, genau, du hast recht, die jungen Leute kommen ab und zu mal nicht nach Hause. Es wird schon nichts Ernstes sein", hatte Nadja geantwortet. Im selben Augenblick hatte sie begriffen, dass ihr Sohn verschwunden war. Doch das sagte sie nicht.

Sie versuchte sich zu beruhigen, in dem sie sich einredete, dass er vielleicht Überstunden gemacht und in seinem Büro geschlafen hatte. So etwas kam vor. Aber Philemon sagte normalerweise Bescheid. Also musste ihm doch etwas zugestoßen sein. Nadja begann alle Krankenhäuser anzurufen und alle Polizeistellen, die sie kannte. Erfolglos.

Von da an rannte sie täglich von einer Behörde zur nächsten. Trotz aller Beziehungen und Bestechungsgelder hatte sie keinen Erfolg. Nadja wusste nicht, ob sie sich freuen sollte oder nicht. War es ein Zeichen, dass ihm nichts passiert war, oder war es ein Zeichen dafür, dass ihm etwas anderes, unvorstellbar Schlimmes geschehen war?

Nachts quälten sie die Albträume von ihrem im Nil ertrunkenen Sohn. Immer wieder lief sie in dem Stadtteil, in dem er arbeitete, herum, um nach Philemon zu forschen. Vergeblich. Niemand wusste, wo er war. Auch die Schwester in Deutschland und der Sohn in den USA hatten keine Ahnung. Nadja beobachtete argwöhnisch die Nachrichten, als ob sie erwartete, ihren Sohn dort zu sehen. Allmählich sackte die Hoffnung in Nadja zusammen. Lebte Philemon überhaupt noch? Einzig ihre englische Freundin Gloria wagte vorsichtig Andeutungen zu machen. Man höre ja allerlei von Verhaftungen.

Nadja solle vorsichtshalber im Untersuchungsgefängnis fragen. Willkür und Gefängnis, in dieser Stadt? Trotz allem, was sie von Gloria hörte, konnte Nadja es nicht glauben. War das wirklich möglich? Und doch besuchte sie mit einer hübschen Summe Geld in ihrer Handtasche das Untersuchungsgefängnis. Zerschlagen und erfolglos kehrte sie am Abend zurück.

Viel später erfuhr Nadja, dass ihr Sohn einen anderen Namen angegeben hatte, damit sie nicht ebenfalls festgenommen würde.

An einem heißen und ungewöhnlich feuchten Septembertag – Philemon war schon vier Wochen unauffindbar –, erhielt Nadja einen Anruf von seinem amerikanischen Kollegen. Er bat Nadja, zu ihm zum Tee zu kommen, er hätte Nachricht von ihrem Sohn.

„Mein Sohn, er lebt?“, flüsterte Nadja erleichtert in den Hörer.

„Kommen Sie her, nicht am Telefon.“

Was der Mann eine halbe Stunde später von ihrem Sohn behauptete, war so ungeheuerlich, dass Nadja bereits nach wenigen Minuten aufstand und ging.

„Sie müssen sich irren. Mein Sohn hat eine Ehefrau und zwei Kinder“, log sie.

Der Mann versuchte, Nadja am Arm festzuhalten.

„Frau Abu Hamra, es nützt nichts, wenn Sie Ihren Sohn verleugnen. Er braucht sie. Er sitzt im Untersuchungsgefängnis, aber er erwartet nicht, dass Sie ihn herausholen. Niemals hätte er Sie gerufen. Deshalb habe ich Ihnen Bescheid gesagt. Bitte, Frau Abu Hamra, helfen Sie ihm.“

Nadja hatte sich von seinem Arm losgerissen und war davongelaufen. Sie nahm ein Taxi, versuchte ihre Fassung wiederzuerlangen und dachte über das nach, was Philemons Kollege ihr gesagt hatte.

Unnormal? Einen Geliebten? Eine Homosexuellenparty auf dem Boot? Ihr Sohn? Wie konnte dieser Amerikaner es wagen?

War Philemon denn nicht der Schönste in der Straße? Hatte er nicht gesungen als kleiner Junge und so die Sympathien der alten Damen auf sich gezogen?

Ja, sie hatte sich gewundert, warum er keine Frau fand. An jeder hatte er etwas auszusetzen. Zu dick, zu dünn, zu lang, zu kurz, den falschen Akzent, zu große Füße, zu lange Zähne usw.

Und dann hatte sie ihn eines Tages mit diesem Mohammad erwischt. Nichts als Kinderspielerei, sagte ihre Schwester. Doch war der andere nicht auch unverheiratet gewesen? Philemon sprach häufig davon, in ein anderes Land zu ziehen wie sein Bruder. Warum hatte er es nie getan?

Ja, sie hatte ihn dazu ermutigt, aber eine Mutter hat nicht mehr so viel Einfluss wie in früheren Zeiten.

Als Nadja Abu Hamra nach Hause kam, dankte sie Gott, dass ihr Mann das alles nicht hatte erleben müssen. Dann suchte sie etwas in den Schubladen. Es war lange her, dass sie sich Trost und Ruhe von den kleinen, weißen, erbsenrunden Pillen erhofft hatte.

Am Abend lag sie dämmernd vor ihrem Fernseher, nachdem sie leise weinend durch die große leere Wohnung gestrichen war. In den Nachrichten sprach man von Perversen. Seit Tagen schon, doch erst jetzt nahm sie es mit der typischen Aufgescheuchtheit Betroffener wahr.

Rufende junge Männer waren da eingepfercht hinter Gittern; wie die Tiere hatte man sie zusammengesteckt. Verschwommen sah Nadja die zwischen den Gitterstäben hervorwinkenden Arme. Wie Palmwedel schwankten sie auf und ab. Die Gesichter der jungen Männer waren kaum erkennbar. Erschrocken von der Kamera zogen die Männer trotzdem ihre Arme wieder zurück, um sich die Hand vor die Augen zu halten.

Nadja entspannte sich. Der Ansager sprach von Gottlosigkeit, Sünde und Schande. Nadja schlief lächelnd unter ihrem Drogensternenhimmel ein.

Doch mitten in der Nacht wachte sie von einem messerscharfen Ton in ihrer Brust auf. Es war der Sinuston ihres Fernsehers. Ein Schrei entschlüpfte ihrem Hals und sie begann heftig zu weinen. Mit weit aufgerissenen Augen starrte sie in die Ferne und fand dort das Fernsehbild, das sie als Letztes vor dem Einschlafen betrachtet hatte: Hinter den Gittern hatte ihr Sohn gestanden. Wie früher als Kind, wenn er sich verstecken wollte, hatte er die Hand vor seine Augen geschlagen.

Drei Tage rang Nadja mit schwerwiegenden Fragen. Sollte sie Philemon helfen? Oder hatte er nicht sogar Gefängnisstrafe verdient? Ihr Sohn war nun abnormal geworden. Und möglicherweise wusste die ganze Straße Bescheid. Unvorstellbar. Wie stand sie denn jetzt da? Welche Schande! Zunächst wollte sie sich beruhigen. Dass andere ihn im Fernsehen erkannt hatten, war unmöglich, dafür war er nur zu kurz zu sehen gewesen. Auch hatte er ja seinen Namen verschwiegen. Aber innerhalb der nächsten drei Tage wurden alle Hoffnungen zerstört. In den Zeitungen wurden die Namen der Verhafteten auf der ersten Seite abgedruckt. Auch Philemons richtiger Name stand da geschrieben. Jeder würde es nun wissen. Bald schon fürchtete Nadja, dass sie recht hatte. Der Krämer schaute ihr beim Einkaufen nicht mehr in die Augen, oder? Vorsichtshalber beschloss sie, nur noch im Supermarkt einzukaufen. Der Mieter aus dem zweiten Stock reichte die Kündigung ein. Wegen Philemon?

Welche Schmach! Welch neuartiger Fluch! Ihr Leben war ruiniert. Aber kann eine Mutter ihren Sohn verstoßen? Ihr eigenes Fleisch und Blut? War sie nicht am Ende sogar schuld? Hatte sie ihre Söhne zu westlich erzogen? War sie zu nachlässig gewesen, als sie ihnen ab einem gewissen Alter den Gottesdienst erspart hatte? War sie daran schuld, dass Philemon vom rechten Weg abgekommen war?

Ja! Zu diesem Schluss kam Nadja Abu Hamra nach der dritten schlaflosen Nacht. Sie war schuld und musste Buße tun. Und als der Himmel sich morgenrosa verfärbte und der gedämpfte Verkehrslärm allmählich wieder stärker wurde, kleidete sie sich sorgfältig und sehr elegant an, zog zweimal die Lippen nach, tupfte Sternensilber auf die Lider und fuhr ein zweites Mal in ihrem Leben zum Untersuchungsgefängnis. Sie blätterte dem Beamten eine Summe auf den Tisch, die Morgenröte in seinen Wangen aufblitzen ließ.

Wie sah ihr Sohn aus! Seine Haut war rot und überall aufgerissen und verwundet. Ein Schlachtfeld. Verwüstet. Sein Gesicht war aufgequollen und die Augen rot. Er zitterte, als er nach Zigaretten verlangte.

„Wie konnte das nur passieren, mein Sohn?"

„Jedem kann das passieren, der anders ist, Mutter."

„Anders, anders, was heißt das schon. Du bist ein normaler, hübscher Junge."

„Ich bin schwul, Mutter."

Nadja zuckte zusammen. Schrecklich. Sie sank in das Sofa. „Wie lange schon?"

„Schon immer. Meine erste Liebe war Mohammad."

Nadja riss die Augen auf. Der Sohn des Türhüters? Also doch. „Ist er auch …" Das entsetzliche Wort wollte ihr nicht über die Lippen.

„Nein."

„Hast du, habt ihr tatsächlich …?"

„Ja, ich liebe ihn immer noch." Nadja konnte es nicht fassen. Lieben? Einen Mann? Sie schluckte.

„Ach, du irrst dich sicher. Bestimmt muss nur die richtige Frau kommen und du verliebst dich, dass dir Hören und Sehen vergeht", flüsterte sie.

Philemon schüttelte den Kopf. Nach einer Weile sagte er hustend: „Mutter, ich muss weg aus Ägypten. Es ist zu gefährlich für mich, hier zu leben. Jetzt erst recht, jeder hat mein Bild im Fernsehen gesehen. Und ich werde mich nicht ändern."

Weg? Ihr Sohn? „Was soll das heißen?"

Doch er brauchte nicht mehr antworten. Auch sein Bruder hatte durchblicken lassen, dass er die Zustände in Ägypten inakzeptabel fand. Von Menschenrechten hatte er gesprochen. Damals hatte sie ihn nicht verstanden oder nicht verstehen wollen. Nun saß ihr Jüngster bei ihr, geschrumpft und scheinbar ohne das, was der Älteste als Menschenrecht bezeichnete.

„Und wo willst du hin?", fragte sie, bereits kapitulierend. Niedergeschmettert.

„Nach Europa, Deutschland, wo Tante Anastasia lebt. Am besten gleich morgen. Ruf doch bitte die Tante sofort an."

Deutschland, ach ja! Das war eine gute Idee. Erleichtert lachte sie. Dann gab es noch Hoffnung. Und obwohl auch sie nun die Gefahr im Verzug spürte, ließ sie es nicht zu, dass er sofort floh.

„Das kommt nicht in Frage. Erst einmal wirst du wieder aufgepäppelt."

Und sie begann, ein Huhn auszukochen und ihre Apotheke nach geeigneten Mitteln zu durchstöbern. Vor allem musste der Junge schlafen.

Nachdem Philemon nach Deutschland ausgewandert war, hatte sie sich gefragt, ob sie ihren Sohn verraten hatte, ob sie ihn verleugnet hatte wie der Vater im Bus seinen Sohn. Dieser hatte ein Plakat mit ihrem Präsidenten gesehen und gerufen: „Papa, den Mann kenne ich. Den bespuckst du doch jeden Abend im Fernsehen! Papa, schau doch mal." Der Mann hatte auf den Jungen gezeigt und ganz laut gerufen: „Vermisst jemand seinen Sohn? Hier ist ein Junge ganz allein."

Ja, ein Junge ganz allein, das war ihrer jetzt auch. Und doch war es besser so, dass er nicht mehr da war. Für alle Beteiligten.

Gut, Philemon rief jeden Sonntag an, sie weinten dann ins Telefon, er vermisste sie und versuchte sie zu überreden, doch einmal nach Köln zu kommen. Doch sie tat es nie. Was weder Philemon noch seine Tante wussten, war, dass Nadja Flugangst hatte. Sie wussten auch nicht, wie oft Nadja ein Ticket gekauft hatte, auf dem Flughafen von Kairo stand und statt einzuschecken eine Panikattacke bekam. Das war der Grund, der sie eines Tages in die Praxis von Amir führte.

Die hellen Gedanken an den Arzt erfüllten Nadja so sehr, dass sie die Schreie aus Halas Appartement zunächst gar nicht hörte. Erst, als sie den Balkon im Begriff war zu verlassen, drangen sie in ihr Bewusstsein, und sie rannte entsetzt die Treppen hinunter.

Mina trug ein rotes Kleid und ein rotes Kopftuch und alles an ihr erinnerte an Beerenfrüchte. Erfrischend und süß. Sie wollte Hala abholen und wirkte besorgt. Aber sie verheimlichte Hala etwas. Ihren Bruder, ihren Vater …

„Was ist nur passiert? Als du nicht in das Lokal gekommen bist gestern Abend, habe ich dich versucht zu erreichen. Zu Hause warst du auch nicht. Und dann hat Nadja mich heute morgen in der Schule angerufen, wegen deinem Papagei. Er hat das ganze Haus zusammengeschrien."

„Wie geht es Fatima denn", fragte Hala aufgeregt.

Jetzt lächelte Mina.

„Wieder gut, denke ich. Aber es war eine Menge Arbeit gewesen, das Zimmer wieder aufzuräumen. Er hat großen Schaden angerichtet und es total vollgeschissen."

O nein! Dieses Tier sollte niemals allein gelassen werden.

„Ich habe Nadja einen zweiten Papagei besorgt und gemeinsam haben wir ihn in einen kleinen Abstellraum verfrachtet."

Welche Umstände? Was dachte die Vermieterin nun über sie?

Mina lenkte ab, indem sie zum vierten Mal sagte, keine Umstände und dass man so ein Wetter in Kairo nicht kenne. Regen im Winter gäbe es zwar schon, aber nicht tagelang verhangenes, matschiges Regentheater.

Hatte Hala es etwa aus Deutschland mitgebracht?

„Möglich, denn die Koffer waren sehr schwer", sagte Hala, doch ihr war eigentlich nicht nach Scherzen zumute. Mina berührte sie immerzu, am Arm, an der Wange, an ihrem Haar, ein Paradies nach dem Schock über den Unfalls. Hala musste dann aber endlich erzählen, was passiert war.

„Aber nein, doch nicht gestoßen, dann hätte dir jemand geholfen, dich festgehalten oder gewarnt. Nein, das war ein Versehen. Ich glaube aber eher, dass ich gefehlt habe, stimmt's?", fragte sie schelmisch, und Hala spürte wieder die Wärme in die Herzregion aufsteigen.

Mina erzählte dann doch, wie sehr sich Nadja aufgeregt hatte.

„Du glaubst nicht, was diese Studentinnen so alles in meinen Wohnungen veranstalten! Nicht zu fassen. Manche wie diese Deutsche wollen das Appartement ganz für sich allein. Andere ziehen gleich mit drei Personen dort ein, damit es billiger ist. Einmal hat eine das ganze Appartement wochenlang geschrubbt, selbst die Wände, und so den Preis drücken können!"

Mina hatte den Kopf geschüttelt.

„Stell dir vor, sie kaufte Lappen, Schrubber, Schwämme und Putzmittel in den verschiedensten Sorten. Meine Güte, die ganze Putzmittelabteilung von *Metro* war leergekauft, ich schwöre es. Es gab immer Ärger mit ihr, denn ihre ständig wechselnden Mitbewohnerinnen waren ihr nicht sauber genug. Diese hier schießt allerdings den Vogel ab. Im wahrsten Sinne des Wortes."

Nadja hatte hysterisch gekichert, aber Mina wusste, dass sie erleichtert war, dass Hala aufgefunden worden war. Sie hatte ihr nicht erzählt, woher sie wusste, wo Hala sich befand.

Als sie die Wohnungstür geöffnet hatten, war Fatima hektisch herumgeflattert.

„Seit wann sind solche Tiere nicht in Käfigen? Und wie sieht es hier aus? Guck dir das an!"

Fatima hatte überall Kothaufen hinterlassen. Grau und stinkend. Nadja hatte sich die Hand vor die Nase halten müssen.

„Wird Nadja mir nun kündigen?", fragte Hala.

Aber Mina winkte ab. Sie hatte das Gröbste in Ordnung gebracht.

„Bei dem Rest helfe ich dir nachher."

„Wie kann ich das jemals wiedergutmachen?", fragte Hala besorgt.

„Es ist schon eine Freude für mich, dass wir Freundinnen geworden sind, glaube mir. Ach, wärst du nur früher gekommen!"

Mina wirkte verändert. Weicher und verletzlicher.

„Warum?", wollte Hala wissen.

„Ich hätte so vieles anders gemacht."

Hala wagte nicht weiterzufragen. Zu traurig wirkte die schöne Frau.

In dem Moment erklang der Muezzin und Mina bat, sich kurz zum Beten zurückziehen zu dürfen. Dafür gab es einen Raum im Krankenhaus. Hala beschloss, Mina nicht nach ihrem Vater oder ihrem Bruder zu fragen.

Nach dem Gebet lief sie hinter ihr her durch das Krankenhaus, spürte den Arm um ihre Hüften und den Schmerz in ihrem Kopf, bevor sie in das gelbe Taxi vor dem Portal stieg.

Walid war schon den dritten Tag unterwegs, um das Mädchen zu finden. Erst war er in ihrem Dorf gewesen. Er hatte es ja geahnt. Das Mädchen war nicht mehr aufgetaucht. Immer tiefer verstrickte er sich in das Böse, seitdem die Alte ihn mit diesem Fluch belegt hat. Was machte er jetzt hier? Das Mädchen war auf und davon. Weit konnte sie doch nicht gekommen sein. Oder hatte sie einen Bus genommen? Unsinn, den hätte sie niemals bezählen können. Er erinnerte sich an die abgetragene Galabeya. Dennoch fuhr Walid in die nächste Kleinstadt und setzte sich am Busbahnhof in ein Kaffeehaus.

„*Assalamuaaleikum*. Schönes Wetter, heute“, sagte der Besitzer und stellte einen Tee auf das Tischchen.

„*Alhamdulillah*“, antwortete Walid, der nicht ganz bei der Sache war, aber hier in der kleinen Stadt am Nil fiel man schnell in eine andere Zeit, einen Kosmos aus Gedanken und vergangenen Tagen. Und plötzlich war er bei Anastasia und wie er mit ihr geschlafen hatte. Niemand würde ihm das je glauben, er mit der irren Alten! Wie die geraucht hatte! Doch ihre haarsträubende Sinnlichkeit hatte sich mit seiner wütenden Berechnung gemischt. Damals hatte sie rötliche Haare gehabt, die Lider bewegten sich im Zeitlupentempo auf und nieder und schwenkten ihre langen, goldtropfenden Wimpern wie Fächer. Kaum, dass er sie in diesem Café in Köln gesehen hatte, hatte er begonnen, diesen Plan zu entwickeln, der nie aufgegangen war. Er hatte nicht damit gerechnet, dass sie ablehnen würde. Überzeugt war er davon gewesen, dass sie begeistert einwilligen und für den Lohn seines Körpers in ein zugegeben unmoralisches Geschäft einsteigen würde.

„Sie sind nicht von hier?“

Der Mann riss ihn aus seinen Gedanken. Nein, er wollte dort verweilen, starrte auf den grauen Busbahnhof und wühlte in der faltigen Haut Anastasias. Manchmal fragte er sich, ob er den Verstand verloren hatte, ja, so musste es sein, denn es gab eine Instanz in ihm, einen Bruder, die Stimme Mohammads, der ihm als gerechtes Vorbild immer wieder abriet. Verflucht, ganz sicher hätte er mit diesem Geschäft niemals angefangen, wenn Mohammad noch leben würde.

„Vergiss es, Anastasia könnte deine Großmutter sein“, hätte er gesagt. Und: „Beende dein Studium und werde ein ordentlicher Arzt, du kannst das, Walid. Du hast das nicht nötig.“

Schlachtung der Mädchen, hätte er gesagt.

Anastasias Handgriffe waren perfekt gewesen. Sein skrupelloses, bösartiges Ansinnen und ihr unerwarteter Reiz hatten ihn rasend gemacht. Sie war es, die den Anfang gewagt hatte, mit ihrer Hand an exponierter Stelle. Oder hatte er diese Hand durch seine Gedanken gelenkt? Er fühlte sich allmächtig. Umso härter war der Schlag ins Gesicht, dass sie ablehnte und ihn verurteilte. Er hatte Sifri durch einen weiteren, neuen Zweig beeindrucken wollen. Deutsche Ärzte und deutsche Musliminnen.

„Hallo, alles in Ordnung mit Ihnen?"

„Oh, ja, was sagten Sie gerade?"

Es half nichts, er musste sich von den Gedanken lösen.

„Nein, meine Familie ist von Kairo."

„Ah, Kairo, viele meiner Freunde sind dorthin gezogen wegen der Arbeit. Aber sie haben dort auch keine gefunden, verflucht sei die Stadt, mit den vielen Ausländern."

Wie sollte er es anstellen? Das Mädchen, war es hier gewesen? Der Mann bot ihm eine *Shisha* an. Walid lehnte dankend ab und zündete sich eine Zigarette an. Die Stimmen des Mittagsgebets krochen wie kleine, weiße Schlangen in die Straßen und Häuser und legten sich dort in Arabesken nieder.

„Fahren Sie mit dem Bus nach Kairo zurück?", fragte der Mann interessiert.

„Busse von hier? Nein, ich wusste gar nicht, dass das geht!"

Der Besitzer hatte sich mit einem Gläschen Tee zu ihm gesetzt. „Von hier jede Woche zwei Mal", sagte er stolz.

„Lohnt sich das?"

„O ja, der Bus ist immer voll. Männer, die in die Stadt zurückkehren, nach einem Besuch, Frauen, die ihren Männern folgen. Manchmal auch Mädchen, die weglaufen."

Das Letzte flüsterte er.

Walid wurde heiß.

„Neulich saß ein Mädchen die halbe Nacht hier, um auf den Bus zu warten. Ich habe gedacht, lass sie, sie wird merken, dass sie Geld braucht. Und dann wird sie sowieso wieder fortgejagt. Stellen Sie sich vor, sie hatte Geld, in einer Tüte."

Walid bemühte sich, einen neutralen und gleichzeitig interessierten Eindruck zu hinterlassen.

„Es ist ein Jammer um die Mädchen von heute. Verlieben sich, zum Beispiel. Wo gibt es denn so etwas Sinnloses? Die Eltern suchen doch den Ehemann aus. Und dann hauen sie ab. Das ist das Werk der Ausländer, sag ich Ihnen!"

„Und das Mädchen von letzter Woche hatte auch so einen Freund?"

Dem Besitzer lief ein Schatten über das Gesicht. Seine Frage schien ihm unangenehm zu sein. Er nahm einen Schluck, schaute sich um und sagte dann: „Dieses Mädchen haben wir alle bemitleidet. Sie hat eine wahnsinnige Mutter, die ihr nur das Schlechteste wünscht."

Und ihre Tochter notfalls dem Tod ausliefert. Er hatte sie gefunden. Das Kind ist dem Tode versprochen, dachte er plötzlich.

„Sie hatte eine Großmutter, die sich gut mit den Ausländern verstand. Sie hat gewusst, wie man Geld macht. Und sie hat das Mädchen geliebt. Seit ihrem Tod macht die Mutter ihrer Tochter das Leben zur Hölle und niemand kann ihr Einhalt gebieten. Verstehen Sie, sie versteht sich auf Flüche."

Walid drückte seine Zigarette aus, obwohl sie noch nicht aufgeraucht war.

„Und deshalb ist das Mädchen weggelaufen. Ein gutes Ding. Nach Kairo wollte sie fahren. Eine verlorene Seele, glauben Sie mir. Kairo ist die Stadt der verlorenen Kinder. Wissen Sie, wie viele dort ohne Zuhause sind?"

Nach Kairo, mit dem Bus.

„Ohne Zuhause?"

Walid kam sich unglaublich naiv vor.

„Man schätzt eine Million. Können Sie sich das denken? Und was wollen die Kinder, die dorthin abhauen? Ohne Familie ist man hier nichts."

Stimmt schon, auch Walid waren die vielen bettelnden Kinder aufgefallen, immer mehr wurden es in letzter Zeit, doch hatte er niemals darüber nachgedacht, dass sie ohne Familie sein könnten. Gab es nicht auch Kinderheime?

„Ist das schon länger her mit dem Mädchen?", fragte Walid und bemühte sich, die auf der Straße laufenden Ziegen zu beobachten. Eine Frau trug eine Schüssel grüner Bohnen auf dem Kopf vorbei.

„Vor drei Tagen ist sie nach Kairo gefahren. Gott allein weiß, wo sie gelandet ist." Der Mann spuckte auf die Straße und strich sich dann mit beiden Händen über seinen Kopf.

„Nach Kairo, ganz allein?" Walid tat erstaunt.

„Ja, ich konnte es auch nicht glauben. Sie kaufte ein Ticket bei mir und bezahlte mit einem Schein aus ihrer Tüte. *Inscha'allah* wird sie in Kairo ihr Glück finden."

Nein, das wird sie nicht, *inscha'allah*. Und ich werde dafür sorgen müssen.

Am Tag meiner Verlobung laufe ich zu den Sonnenbrillen. Hassan folgt mir immer weiter. Seine Lippen sind so rund und weich und sagen: Komm! Hassan nimmt meine Hand. Der Verkäufer kommt und verscheucht uns. Wir können nichts kaufen, das steht auf unserer Stirn geschrieben. Die Verkäuferinnen müssen lesen können. Ich laufe wieder nach Hause. Hassan hinter mir her. Ich spüre seinen Kuss auf meinen Lippen, obwohl er nur meine Hand berührt hat. Sein Geruch dringt wie die Stadt in mich ein. Ich falle zwischen meine Beine, und ich lasse das Brot herausfallen. Und meine Ehre. Zu Hause zieht mich meine Schwester an den Haaren. Der Einkauf. Wo? Vergessen. Aber die Haare wollen sowieso fallen. Damit kann ich sie erschrecken. Mit den Büscheln, die sie in ihren Händen hält.

Am nächsten Tag liegt der Kuss noch auf mir und Jasminblüten vor meinem Haus. Ich fliege mit meiner Schwester zur Unterführung und verdiene viel mehr Geld als sonst. Eine Frau fällt mir auf. Mit einem schwarzen Rucksack und Jeans und einem Stadtplan. Sie kauft zehn Päckchen. Ich kenne sie. Schon seit einer Weile sehe ich sie jeden Tag durch die Unterführung gehen. Manchmal kommt sie zur gleichen Zeit wie die Lehrerin. Jedes Mal kauft sie mir ein Päckchen ab. Sie kommt bestimmt aus Amerika oder Europa. Gott allein weiß, woher die Menschen so viel Geld haben. Und warum meine Familie keins hat.

Nachmittags laufe ich an der Werkstatt vorbei.

Ich brauche nicht stehen zu bleiben, denn Hassan läuft wieder hinter mir her. Im dunklen Hausflur warte ich auf der Treppe. Eine kranke Katze schleicht vorbei und jagt dann fort. Als Hassan nach einer Weile kommt, drücke ich mich mit dem Rücken an die schmutzige Wand. Dann wird es dunkel und ich bin von oben bis unten von Hassan bedeckt. Vor allem sein Mund. Ich sehe die Flügel der Dschinnija *und fühle mich leicht.*

Mina brachte Hala nach Hause. Der Abstellraum, in den sie Fatima und den neuen Goldnack verfrachtet hatte, war bisher immer abgeschlossen gewesen.

„Guten Tag, hier ist Hala Habidi“, schrie Fatima und flog auf Halas Schulter. Sie rieb ihr Köpfchen an ihrer Wange und ließ das Handy vor Freude klingeln.

Fatima erschien wesentlich ausgelassener als sonst. Warum hatte ich eigentlich jeden Ratschlag, der besagte, dass Papageien sich nur zu zweit wohlfühlen, in den Wind geschlagen?, dachte Hala.

Ihr Kopf tat schon gar nicht mehr so weh, und sie wollte unbedingt noch eine Spur verfolgen. Im Internetcafé. Doch Mina zog sie aus dem Papageienraum und lockte sie mit einem gedeckten Tisch auf das Sofa. Kaffee, Früchte, Kekse und Blumen. Hala setzte sich zu ihr und das war ihr Verhängnis. Aus der Abstellkammer kamen vergnügte Pfiffe. Immerzu musste sie Mina anschauen, nicht nur in ihre hübschen Augen. Merkte sie es? Halas Herz segelte auf einem Boot in die Todsünde. Eisige Schatten spukten da herum, blaue Wölkchen. Doch dann wurde es sehr warm. Deshalb bekam Hala auch nicht mit, wie Mina plötzlich beim Sie landen konnte, auf Deutsch.

Und Halas Mund landeten auf ihrem. Das Kopftuch war sowieso entfernt und ihre Haare schäumten um sie herum. Mina, deren Lippen das Geschenk per Sie zunächst dankbar und ölig angenommen hatte, wich kurze Zeit später abrupt aus, und das ließ Hala aus den schönsten Wolken fallen.

„Diese Art mögen wir Ägypter nicht!“, sagte sie ungewohnt kühl.

Ach! Hala hatte da aber einen ganz anderen Eindruck.

„Was meinst du denn?“, fragte sie.

„Frauen küssen Frauen nicht. Und Männer tun es auch nicht mit Männern. Das ist unnormal.“

Das hatte Hala nicht erwartet. Trotz ihrer Enttäuschung wagte sie einen zweiten Vorstoß.

„Hat es dir nicht gefallen?“

Plötzlich wirkte Mina verlegen. Und dann nickte sie.

„Doch, schon, aber ich weiß nicht. Hier macht man das nicht.“

Ihre Lippen sagten: küss mich, küss mich, das hörte Hala ganz genau, aber sie nahm von der Sache Abstand. Jede Initiative verbot sich nun von selbst. Verunsichert schaute Hala Mina an.

Minas Augen waren dunkle traurige Teiche geworden, die außerdem ein Unglück nach dem anderen erzählten.

Sprich doch mit mir, ich bin kein europäisches Ungeheuer, schließlich habe auch ich eine arabische Familie, dachte Hala. Aber Mina sprach nicht mehr, sondern verabschiedete sich unvermittelt.

„Ich habe eine Schülerin. Im Café um die Ecke.“

Hala fragte Mina nicht mehr nach ihrem Bruder, sondern begleitete sie zur Tür.

Der Abschiedskuss auf Halas Lippen war heiß und hinterließ wieder Verwirrung und Sterne bunt wie Konfetti.

Es lagen Bananenbeine vornehm aneinander in der von Mina gefüllten Schale. Die Pfeffermühle war im Gegensatz zu Hala aufrecht, den ganzen Abend.

Der Mund von Hassan ist wieder da. Kein Tod hat ihn mir genommen. Meine Schwester kann nichts dagegen tun. Das ist mein Triumph.

Endlich habe ich die Metrostation erreicht. Ich brauche nicht zu zahlen. Mein Körper überwindet alle Hindernisse spielend. Hassans Lippen verschließen meinen Mund. Er riecht nach Rose und Auto. Hassan ist nicht da. Ich finde ihn nicht im Frauenabteil, denke ich, steige aber dennoch dort ein. In der Bahn klatschen und singen junge Mädchen. Ein magerer Hund streicht mir um die Beine.

Da ist sie. Die Augen kann ich kaum ansehen.

Nach der Verlobung mit Hassan läuft auch Blut aus mir heraus. Meine Schwester sagt: „Dann wird es Zeit.“ Ich verstehe nicht, was sie meint. Aber mein Herz schlägt wie eine Trommel. Meine Schwester erklärt es mir nicht. Jetzt weiß ich, dass sie mit dem Teufel im Bunde ist. Dass sie die ältere Schwester ist. Und mich ins Meer gestoßen hat. Am nächsten Tag sagt sie: „Der Bäcker wird dich heiraten.“

Ich schaue nicht auf.

Ich bekomme keine Jeans, sondern man schneidet meine Unterwelt weg. Und danach brauche ich keine Jeans mehr. Die Jeans fliegen wie Geister aus den Kaufhäusern.

„Der Bäcker ist ein guter Mann und gibt viel Geld für dich. Komm jetzt und bring uns Tee."

Wenn ich den Bäcker heiraten muss, dann laufe ich weg, überlege ich Tag und Nacht. Ich konzentriere mich darauf, ihm diesen Gedanken in den Tee zu leiten. Ich bin mit Hassan verlobt. Im Zimmer riecht es nach toten Feigen und verfaulten Pfefferminzen. Ich habe tote Ohren und der Bäcker eine tote Nase.

Meine Schwester sagt zum Bäcker: „In zwei Monaten."

Mit meinem Tod hat der Bäcker nicht gerechnet.

Und dann nimmt sie mich gleich am nächsten Tag mit zu diesem Arzt. Der Arzt sagt: „Sind Sie sicher?"

Meine Schwester holt ihr ganzes Erspartes aus dem BH. Meine Schwester bindet mir langsam die Beine zu und wirft mich ins Meer. Der Bäcker sucht nun ein neues Mädchen ohne Unterwelt.

Zwei Erkenntnisse hatte Hala im Internetshop und sie musste sich beherrschen, nicht umzufallen. Wieder dröhnte ihr der Kopf und die ganze Schwäche kam zurück. Der aufmerksame Mitarbeiter mit den abstehenden Ohren und dem Lächeln, das die Hälfte seines Gesichts einzunehmen schien, hatte ihr ein Glas Wasser hingestellt.

„Was haben Sie denn gemacht? Hatten Sie einen Unfall?"

„Ja, so kann man es nennen, ich bin auf der Straße gestolpert."

„Wie kann das passieren? Hat Sie jemand geschubst?"

Hala hob ruckartig den Arm von der Tatstatur.

„Entschuldigen Sie, das war eine dumme Frage." Um das Lächeln färbte sich seine Gesichtshaut rosa. Er räusperte sich. „Danken wir *Allah,* dass Sie noch leben. Unser Verkehr ist auch verrückt. Wer soll darin zurechtkommen, die Ausländer sind die letzten. Ist sonst alles in Ordnung mit Ihnen?"

„Schon okay, danke, ich muss wieder arbeiten."

Normalerweise erkundigte sich der freundliche Junge ziemlich ausführlich nach ihrem Befinden und setzte sich anschließend auf seinen Platz zurück. Aber heute war das nicht der Fall.

„Was arbeiten Sie denn?"

Werde ich ausgefragt, ausspioniert? In diesem Land bekommt man wirklich Paranoia.

„Ich bin Lehrerin für Deutsch und ich muss ein paar Texte suchen. Märchen für Kinder, verstehen Sie."

Da endlich schickte er sich an, sie in Ruhe zu lassen.

Hala nahm einen Schluck Wasser.

Der Internetshop hatte zehn Plätze, von denen heute nur drei weitere besetzt waren. Hala setzte sich so, dass sie die anderen, den Mitarbeiter und die Tür im Auge behalten konnte. Eine Frau telefonierte per *skype* nach Amerika und weinte hin und wieder. Ein Mann schrieb Hala gegenüber sitzend Mails. Hala beobachtete ihn scharf.

Dann begann sie, englische und deutsche Seiten zu durchforsten. Arabisch lesen konnte sie nicht gut genug. Das war auch einer der Gründe, warum Mina ihr empfohlen hatte, zu ihrem Kalligrafielehrer zu gehen. Doch dazu kam es ja dann nicht mehr, Hala war vor den Bus gefallen.

Und da fand sie einen Artikel, der passte.

Mädchen nach Genitalverstümmelung verblutet. Eingriff vermutlich von Arzt vorgenommen.

Die Polizei fahndete bisher vergeblich nach dem Täter und seiner Komplizin, der älteren Schwester des Mädchens. Da war die Rede von einer Taschentuchverkäuferin, die einen Bäcker hatte heiraten sollen.

Hala überprüfte das Datum. Anastasia war zu dem Zeitpunkt gerade in Ägypten angekommen, also schon zu spät gewesen. Dass es sich um das Mädchen aus *Imbaba* handelte, daran gab es keinen Zweifel.

Genitalverstümmelung. Verblutet. Hala atmete ein und dann lange nicht wieder aus.

Hassans Blicke sind blinde Spiegel geworden, seitdem der Bäcker in unserem Haus Tee trinkt. Seitdem der Arzt da ist.

Hassans Tränen fallen auf den Motor, wenn sein Meister es nicht sieht.

Nicht traurig sein, will ich sagen. Ich bin doch da. Das hört er ja nicht.

Ich gehe nicht mehr in den Hausflur. Denn niemand kommt. Nicht einmal die Katze mit dem Saft wie Pudding in den Augen. Vielleicht ist sie an ihren Augen gestorben wie die Dschinnija.

Ich trage einen Schleier aus Papiertaschentüchern. Manchmal esse ich sie auch einfach auf. Papiertaschentücher schmecken nach nichts und nach der Luft auf der Brücke des 26. Juli. Das tut gut.

Keinen einzigen Blick von Hassan gibt es seitdem, keinen Kuss auf Rosenart. Es ist vorbei, Seelen küssen unspürbar. Ich schwebe zu Hassan, als er sich mit der neuen Dschinnija *unterhält. Ich küsse seine Seele, doch wer von Lebenden versteht das schon?*

Hassan, du triffst die Falsche, nicht diese Dschinnija *mit den dicken weißen Sportschuhen ist es. Und der glänzenden Jacke. Trotzdem läuft er hinter ihr her und stößt sie vor den Bus. Hassan ist ein guter Junge, deshalb verrät ihn niemand. Und wer mag schon eine Frau mit dicken weißen Schuhen?*

Meine Schwester weint, aber sie heuchelt, da bin ich sicher. Auf jeden Fall nützt es ihr nichts mehr. Der Dschinnija *kann man nichts vormachen.*

Der Arzt soll mich auf die Hochzeit vorbereiten. Hat meine Schwester gesagt. Ich muss mich auf eine Bank legen. Um mich herum stehen glänzende Tischchen. Mit Werkzeugen. Der Doktor befühlt das Land zwischen meinen Beinen. Die Hölle kommt ins Zimmer und der Teufel ist ein Doktor. Als ich die Messer sehe, will ich weglaufen. Es ist meine Schwester, die mich festhält. Sie drückt ihre Krallen in meine Oberarme und der Doktor gibt mir eine Spritze. Ich schlafe ein und träume von einer Jeans und einem Kuss von Hassan.

Auf dem Laken liege ich zitternd wie ein blutiger zertretener Käfer. Ich habe einen Rosenjungen und einen Hausflur. Das ganze Bett ist noch immer voll Blut. Der Teufel, der Bäcker und meine Schwester haben nicht davon getrunken. Warum haben sie es dann getan?

Jemand sprach in eindringlicher Stimme beschwörend auf Hala ein. Die Kopfschmerzen wurden wieder schlimmer und ihr Arm pochte. Sie schaute nach draußen, nach irgendeiner Erleichterung.

Bald werde ich nicht mehr Herrin meiner selbst sein, dachte sie, während sie aus dem Fenster schaute. Ich muss vorsichtig sein.

Doch Hala konnte nichts mehr dagegen tun, dass da etwas von draußen auf sie zugeflogen kam. Ihr Kopf war heiß und eine Verzweiflung und törichte Sehnsucht nach Mina überfielen sie. Und nach Deutschland. Sie schloss die Augen.

Nicht in ein arabisches Land!

Die Todestante.

Jetzt weiß ich wenigstens, warum ich so auf Anastasias Foto reagiert habe, dachte Hala nach einer Weile, den Kopf in die Hände gestützt, die Ellbogen auf dem Tisch vor dem Computer. Hinter ihr versuchte eine warme Stimme sie zu erreichen. Doch lauter war der wahnsinnige Schrei der alten Tante, die die gleichen Vogelaugen hatte wie Anastasia. Und als ob jemand immer noch an ihren Haaren zöge, brannte der Kopf. Und hier in Kairo, der niemals schlafenden Stadt, verklang der innere Schrei, genau dann, als zwei kräftige Arme Hala aus der Erinnerung holten.

„Sie haben ja Fieber", sagte der Internetshopbesitzer besorgt.

„Quatsch", sagte Hala und stellte mit Entsetzen fest, dass die Webseite mit dem Zeitungsartikel noch geöffnet war.

Sie klickte sie weg. Töricht, wenn er wollte, würde er die Seite sicher wieder öffnen können. Nun ja, sein Englisch war nicht so berühmt, die einzige Hoffnung. Vor ihren Augen flimmerte es.

Hala sehnte sich nach Hause, wie sie es als Kind oft getan hatte. Mit letzter Kraft schleppte sie sich in ihr Zimmer bei Nadja und ließ sich auf ihr Bett fallen. Dabei hatte sie nicht bemerkt, dass da schon jemand lag. Mina? Hatte sie es sich anders überlegt? Ohne sie zu beachten, zog Hala die Decke über und betete, dass es für heute mit den Halluzinationen genug sein würde. Es reicht, lieber Gott, es reicht mit den verrückten Frauen. Und dann fiel sie in einen tiefen Schlaf, der von sonderbar weichen Armen umhüllt war.

Halas Mutter hatte sie, als sie ein Kind war, das erste Mal mit in den Libanon genommen. Sie mochte nicht dort sein. Überall roch es nach Rosenkohl, den sie hasste.

„Hier gibt es keinen Rosenkohl", sagte ihre Mutter verständnislos und auch ein wenig enttäuscht. Warum Hala aber kurze

Zeit später Schreikrämpfe bekam, die erst verstummten, als sie im Flugzeug saß und ungarische Salami verdrücken durfte, das erste anständige Essen seit Wochen, hatte einen anderen Grund. Vielleicht wäre ihre Begegnung mit dem Libanon freundlicher verlaufen, wäre nicht die uralte Verwandte gewesen, nicht Oma, nicht Tante, sie wusste nicht wer. Die Alte schien verwirrt und seltsam. Sie konnte plötzlich zu weinen beginnen, kleine Straßen spurten die Tränen dann bis zum Kinn. Dabei pflegte sie Hala zu sich auf das Sofa zu ziehen und ihr unter Tränen Liebesgeständnisse zu machen, *ya habibti elbi*. Hala mochte das gar nicht, der alte Mund blies stinkende Luft in ihr Gesicht, die Kleider waren voll von einem Geruch, den man in zu langsam getrockneter Wäsche findet, und die Hände waren rau und trocken.

Riecht so der Tod?, hatte die Vierjährige sich eines Tages gefragt, und es graute ihr. Wenn Hala von dem Todesschoß herunterrutschen wollte, hielt die Tante sie mit hartem Griff fest.

Eines Tages wurde die Alte krank und stand nicht mehr auf. Halas Mutter wollte, dass Hala sie besuchte.

„Geh deiner Tante in ihrem Zimmer Guten Tag sagen."

Da rutschte es ihr heraus.

„Nein, ich will nicht zur Todestante", sagte sie, und ihre Mutter, die sie bis dahin nie geschlagen hatte, gab ihr eine brennende Ohrfeige. Hala lief weinend in ihr Zimmer. Ihre Mutter rief ihr hinterher: „Wenn du der Tante nicht Guten Tag sagst, wirst du den ganzen Tag in deinem Zimmer bleiben."

Hala blieb den ganzen Tag im Zimmer und schaute düster auf Olivenbäume und das Meer dahinter. Ihre Mutter brachte ihr zwei Tage lang Essen dorthin. Am dritten Morgen hatte sie Halas Willen gebrochen. Hala ging die Todestante besuchen.

Ihre Wangen waren eingefallen und ihre Haut war gelb. Hala gab ihr die Hand, die Tante sagte *ya habibti elbi,* und dann rannte Hala aus dem Zimmer heraus. Doch in der Tür stand ihre Mutter und hielt sie fest.

„Erzähl der Tante mal, was du im Kindergarten in Deutschland so machst. Erzähl der Tante von der Musikstunde."

Mühsam würgte Hala ein paar Worte hervor, dann war sie erlöst.

Kurze Zeit später, an ihrem fünften Geburtstag, wachte sie auf und begrüßte die Mutter mit Geheul. Sie streckte ihr fünf Finger entgegen und rief: „Ich habe den Geburtstag einer ganzen Hand."

Vor Freude brach sie sogar ins Zimmer der schrecklichen Tante ein, um ihr dies mitzuteilen.

Der Regen kam fast ins Fenster an diesem Tag, was selten vorkam.

„Ich hab Geburtstag", sagte sie.

Hala legte die Fünffingerflaggenhand achtlos auf das Bett und erst da sah sie, dass die Augen der Todestante hervortraten und hin und her rollten wie Taubeneier mit Löchern. Hala wollte wegrennen, denn kamen da nicht düstere Flammen aus den Löchern geschossen, Schlangenköpfe oder hässliche Würmer? Blitzschnell fasste die Tante aber nach ihr und hielt sie an ihren Haaren fest.

Miau mio, miau mio, der Schneider mit der dicken Schere kommt. Hala schrie, die Tante röchelte mit dem Rest einer Stimme: „Sie ist eine von uns, bring sie nicht wieder her, hast du mich verstanden, nie wieder in ein arabisches Land, es droht ihr Gefahr. Gefahr, Gefahr. Misch dich niemals in die Angelegenheiten anderer, mach das niemals *binti, ya binti*."

Wieder und wieder sagte sie es. Hala schrie wie das Lamm, das sie am Vorabend gesehen hatte, als der Onkel ihm ein Messer in den Hals gestochen hatte. Halas Haare brannten, die Tante zog daran, und am Ende legte sie ihre Hände auf Halas Kopf und gab Gebete von sich. Hala betete auch zu Gott, Gott, der ja alles sah. Selbst auf der Toilette betete sie. Am siebten Tag starb die Tante. Hatte Gott sie erhört?

Die U-Bahn ist voller Menschen. Ich drücke mich an sie heran. Ich lehne mich an die Metrotür und ich fliege mit ihr, wie mit einer Ziehharmonika, auf und zu. Hassan kommt nicht. Wie soll er auch? Niemand sieht mich. Eine Frau, die mir bekannt vorkommt, fragt ein junges Mädchen: Ist die nächste Midan Tahrir? *Das Gesicht bewegt sich und ich sehe mit Schrecken, dass es die Ausländerin ist. Mit Rucksack und Fotoapparat. Wo will sie denn hin? Zum ägyptischen Museum, das nicht weit entfernt ist? Ich führe dich überall hin, will ich ihr sagen. Ich kenne dich doch. Sie hat mir Taschentücher abgekauft. Sie lächelt jedes Mal. Ich bewundere ihre Jeans und frage mich, ob ihre Unterwelt noch in Ordnung ist. Bestimmt kann ihr niemand etwas anhaben. Ach, hätte ich nur eine Jeans gehabt, dann hätte der Bäcker niemals dort das Brot verstecken können und der Arzt hätte mich nicht bestraft. Ich höre, wie sie zu dem Kind sagt:* Ismi Sal wa inti? *Sal, ah! So heißt also die reiche Frau mit dem Mann aus unserem Land.*

Ach, und auch sie ist wieder da. Maryam. Sie steigt in Maadi aus der Bahn. Bald wird sie einen Schreck bekommen, der wie ein Hammer auf ihre Schläfen fallen wird. Der Schreck heißt Mohammad und steht auf einer Karte. Maryam ist eine gute Frau. Doch Güte allein rettet kein Menschenleben. Man muss die Gefahr erkennen und dann die Hände benutzen.

Hala wachte auf und stellte fest, dass Mina bei ihr lag.

Entgeistert schaute Hala sie an. Es kam ihr vor, als hätte sie noch einen Filmriss gehabt. Mina schlief, es war noch früh. Ihr Körper lag eng an Hala. Die Welt war ein immerwährendes Riesenrad ohne Eingang und Absprungsmöglichkeit.

Als sie aufwachte, konnte Hala es sich nicht verkneifen.

„Was machst du hier bei einer Frau im Bett? Hast du nicht gesagt, man tut so etwas nicht in Ägypten?"

Verarschen kann ich mich selbst, dachte sie.

Mina schossen Tränen in die Augen und Fliegenpilze auf die Wangen. Sie roch nach *Saatar*. Hala dachte an ihre Mutter, die diese Gewürzmischung immer hergestellt hatte. Thymian, Oregano, Sesam, Sumach.

„Ich verstehe mich ja selbst nicht. Und ich will dir nicht weh tun."

Sie schwiegen. Der Tag drängte durch Ritzen der Fensterläden. Im Hausflur ertönten Stimmen.

„Wie kommst du überhaupt in die Wohnung?"

Hala spürte Ärger hochkriechen, konnte aber nicht verhindern, dass sie sich von Mina angezogen fühlte. Sie hatte sich aufgerichtet und ihre Haare fielen auf nackte Schultern. Sie zog das Bettlaken unter ihre Achseln.

„Nadja hat mir den Schlüssel gegeben. Ich habe dich im Café vorbeischleichen sehen und sah, dass du immer noch krank bist. Ich bin dir später hinterher gelaufen, doch du warst schon im Haus und hast nicht aufgemacht. Ich habe meinen Mann angerufen. Er hat dir ein fiebersenkendes Mittel gespritzt."

„Fieber?" Hala schaute auf ihren Arm. Ein Pflaster klebte in der Armbeuge. Sie musste sich dringend auskurieren, damit ihr das nicht noch einmal passierte. Man konnte wer weiß was mit ihr tun.

„Ja, du warst den ganzen gestrigen Tag krank."

„Und wo ist dein Mann jetzt? Wird er sich nicht wundern, dass du nicht da bist?"

„Was weiß ich", sagte Mina und lächelte plötzlich niederträchtig. Von ihr ging eine anziehende Wärme aus. „Es tut mir leid, was ich gesagt habe, es war dumm von mir."

„Sehr dumm. Du solltest dir besser überlegen, was du sagst, und vor allem, was du willst", sagte Hala scharf. Sie stand auf, machte Kaffee und öffnete die Fensterläden. Sie musste nachdenken.

Mina war nun so nah bei ihr wie eine Geliebte. Die sie aber nicht sein wollte. Oder doch? Während der Kaffeeautomat seine Arbeit mit asthmatischem Pfeifen verrichtete, beschloss Hala, diese Frage aufzuschieben. Außerdem waren da so viele andere Dinge.

Sie brachte Mina einen Kaffee und kümmerte sich endlich um die Papageien. Es war schauderhaft. Über den ganzen Zimmerboden waren wieder neue graue Haufen verteilt. Das frischgebackene Pärchen hingegen war mopsfidel. Fröhlich pfeifend wurde Hala begrüßt und angeschnattert. „Guten Tag, Philemon", sagte Fatima. Halas Kopf drehte sich ruckartig zu Mina, die ihr gefolgt war.

Wie gewöhne ich dem Tier das wieder ab?, dachte sie

„Guten Tag, Philemon?", wiederholte Mina ungläubig. „Kennst du einen Philemon?"

Blass war sie plötzlich geworden. Hala wich aus.

„Hm, ja, in Köln, er hat mir den Tipp mit der Wohnung gegeben."

„Doch nicht der Sohn von Nadja?“

Mina schaute sie mit großen ungläubigen Augen an und dann kniff sie sie plötzlich zusammen, als wäre sie geblendet.

Hala nickte. Was sollte sie auch sonst tun? Fatima, die auf ihre Schulter geflogen war, knabberte an ihren Ohrläppchen.

„Bist du etwa mit ihm befreundet?“

„Nein!“ Das zumindest entsprach der Wahrheit. Philemon war ihr Auftraggeber. Ein Bekannter.

„Und warum kann dein Papagei dann seinen Namen? Ihr müsst euch doch öfter gesehen haben?“

Der neue Papagei war auf dem Weg zu Mina, doch die scheuchte ihn unfreundlich weg.

Hala entschloss sich zu einer Notlüge.

„Er ist mein Nachbar und hat schon ab und zu auf Fatima aufgepasst, wenn ich verreist war.“

„Was hat er dir gesagt?“ Mina war plötzlich sehr aufgeregt. „Kennst du auch seine Tante?“

„Nein, ich kenne seine Tante nicht.“ Hala beschloss in die Offensive zu gehen. „Mina, du siehst übrigens ein wenig krank aus. Was ist los mit dir?“

„Das Schicksal zerfrisst mich von innen.“

Eine Andeutung einer Antwort. „Welches Schicksal?“

Doch sie wischte die Frage mit einer ruckartigen Handbewegung wie Krümel vom Tisch.

„Ach, wenn man Kinder hat, hat man immer Probleme. Schauen wir lieber, dass wir die Wohnung wieder in Ordnung bekommen. Ich kann Philemon nicht leiden, also sprechen wir nicht mehr über ihn“, fügte sie hinzu.

Die Heftigkeit, mit der Mina das sagte, passte nicht zu der sonst so liebenswürdigen Frau. Es wirkte eher so, als hasste sie ihn sogar. Aber warum?

Gedankenverloren bewegte sie sich auf das Wohnzimmer zu. Kein schöner Anblick. Die Tapeten waren angefressen, die Lampe heruntergerissen, die Vorhänge beschädigt und die Polster durchlöchert. Das würde einiges kosten. Darüber müsste sie irgendwann heute mit Philemon sprechen. Sie hatte noch keine Ahnung, wann das sein würde. Vorher musste sie aufräumen und sich mit den Papageien beschäftigen. Schließlich brauchte der andere einen Namen. Mina schlug *Nugum* vor, Sterne. Warum nicht?, dachte Hala. Minas Aufregung schien sich gelegt zu haben. Sie schaute Hala wieder entspannt und liebevoll an.

Diese Frau macht mich fertig, dachte Hala.

„Fatima und Nugum, das klingt gut! Sehr gut. Mina, erzähl ihnen etwas, dann gewöhnen sie sich an dich. Und pass auf, sie haben einen scharfen Schnabel."

Mina lachte: „Glaubst du, das hätte ich nicht gemerkt?" Sie zeigte Kratzspuren an ihren Händen.

Beim Aufräumen erzählte sie eine Geschichte, die sie von früher kannte. Von Geistern und Schwestern. Ihre Stimme schien sich in einen Stab zu verwandeln, auf dem die Papageien balancieren und immer näher kommen konnten. Immer ruhiger wurde sie und Hala versank in ihrer Stimme.

Ihre Zeit hatte sich jetzt anscheinend sowieso umgestellt. Oder verzogen, wie ein Nylonstrumpf, den man auseinander ziehen kann, ein Löchlein hie und da, egal. Alles ging langsamer und ausgedehnter. Deshalb war es auch nicht wichtig, dass es schon wieder Abend war. Mina hatte von Donnerstag bis Montag frei und erklärte ihr die ägyptische Zeit.

„Du musst überall genug davon mitnehmen, wie ein Tütchen Pistazien, in das du beim Warten hineingreifst. Knausere nicht damit wie gewöhnlich, im Fotolabor zum Beispiel, im Supermarkt, im Internetcafé, im Coffeeshop. Plane mehr Zeit zum Bezahlen ein, *habibti*, wenn du also einen anschließenden Termin hast, bestelle mindestens fünfzehn Minuten vorher die Rechnung."

Als sie mit dem Zimmer fertig waren, lud sie Hala zum Essen ein, später natürlich, man isst nicht vor 21 Uhr zu Abend. Zum Abschied drückte sie Hala einen aprikosenweichen Kuss auf den Mund, der die Herzenshölle in Bewegung setzte. Hala wischte ihn sich fort wie ungeliebten Lippenstift. Dann klingelte es an der Tür. Es war Nadja. Sie war deutlich kühler und zurückhaltender als beim letzten Mal. Hala bat sie herein und bot ihr einen Espresso an. Als Nadja sah, dass die Zimmerordnung wieder hergestellt war, war sie sichtlich erleichtert.

„Ach, schön sieht es hier wieder aus. Denken Sie dran, in zwei Tagen ist der Gottesdienst. Wollen Sie mit?"

Hala nickte und schaute auf die Uhr. Bis zum Abendessen musste sie telefoniert haben. Und Zeitung lesen.

„Und ich erzähle Ihnen von meiner Schwester, erinnern Sie sich?" Sie zwinkerte nun mit den Augen. Als sie in ihre Apotheke aufbrach, fragte Hala nach einer Zeitung. Entweder im Café oder zwei Straßen weiter. Hala entschied sich für einen kurzen Abstecher auf einen Kaffee.

Palästinenser waren über die Grenze getreten, um sich mit dem Nötigsten zu versorgen. Die Botschaft warnt. Darüber konnte Hala nur müde lächeln. Das war nichts angesichts der Bedrohung, der sie hier ausgesetzt zu sein schien.

Sie fuhr mit dem Taxi zum *Midan Tahrir*, wo es einen gemütlichen Telefonshop gab. Auch der Taxifahrer kommentierte die aktuellen Ereignisse.

„Wo liegt das Problem? Sie kommen, kaufen ein und gehen wieder. Das müssen sie doch. Sie müssen doch was zu fressen haben."

Auf dem Armaturenbrett lang der Koran, fettleibig und mit Gold verziert. Offenbar hatte der Taxifahrer Halas Blick gefangen und fragte sie, ob sie Muslimin sei. Sie schüttelte den Kopf.

„Aber dein Vater ist doch Moslem?" Es gelang den Taxifahrern offenbar immer sofort, die großen Themen ihres Lebens anzupicken, und auf einfache Weise zu lösen wie Fatima.

„Nein, nur meine Mutter ist Moslem."

„Dann bist du auch kein Moslem. *Malisch. Challas*!"

Er wiederholte das zweimal, um ihre Zustimmung einzuholen. Die Augen bohrten sich erwartungsvoll in den Rückspiegel und wurden immer wütender. Damit verstand man offenbar keinen Spaß, deshalb stimmte Hala laut und vernehmbar zu.

Philemon hatte inzwischen Informationen von Anastasias Kölner Arzt eingeholt. Anastasia nahm ein sehr starkes Mittel für ihr Herz. Blutverdünnend. Wegen der nach dem Herzinfarkt implantierten Gefäßstütze, einem sogenannten Stent, nahm sie ein spezielles Präparat nach genauer Dosieranweisung. Bei akuter Luftnot sprühte sie zusätzlich ein Medikament. Das rote Spray. Kurz vor dem Flug hatte sie sich das letzte Rezept besorgt. Als der Arzt erfuhr, dass sie nach Kairo geflogen war, fragte er Philemon sofort, ob sie das überlebt hätte.

„Für ihn ist ebenfalls klar, dass sie an Herzversagen gestorben ist. Jegliche Aufregung oder Anstrengung hatte tödliche Folgen haben müssen“, sagte Philemon.

„Aber warum hatte sie nicht genug Tabletten dabei? Das macht doch keinen Sinn! Sie hat sich die Tabletten in einer arabischen Apotheke nachbestellt.“

Hala dachte nach. Sie musste auf jeden Fall noch einmal in die Wohnung, um die Packung zu holen. Mit der Aufschrift der Apotheke. Dumm, dass sie sie nicht gleich mitgenommen hatte.

„Sie hat sich eine Woche vor ihrer Abreise die übliche Monatsration besorgt. Und die muss sie mitgenommen haben.“

„Vielleicht hat sie ihre Dosis erhöht?“, mutmaßte Hala.

Durch die Scheibe der Telefonzelle rutschte ein schmieriges Lächeln des Besitzers. Lauschte er? Nein, wenn er Deutsch könnte, hätte er sofort mit seinen Kenntnissen angegeben.

„Das habe ich den Arzt auch schon gefragt. Aber er hat verneint. Das wäre zu riskant gewesen.“

Hala wurde wieder etwas mulmig zumute. Wäre das eine Wendung in dem Fall? Selbstmord?

„Nein, entschieden. Dann hätte sie doch keine neuen Tabletten gebraucht. Also entweder sie hat die Tabletten vergessen, oder jemand hat sie ihr willentlich weggenommen, jemand, der genau über ihre Krankheit Bescheid wusste. Jemand, der wusste, dass sie sterben würde, wenn sie die Tabletten nicht mehr nahm.“

Wer wusste Bescheid? Die Schwester! Philemon. Ihr Arzt.

„Meine Mutter hat doch kein Motiv; sie hat ihre Schwester immer bewundert.“

Hala dachte daran, wie sie Nadja turtelnd mit dem Mann von Mina gesehen hatte.

„Und wenn Anastasia von der Affäre erfahren hat? Damit sie stillhält?“

Absurd. Das fand Hala selbst. Anastasia hätte sich niemals in die Angelegenheiten ihrer Schwester gemischt.

„Könnte es nicht sein, dass Anastasia den Arzt kennt, der das Mädchen ermordet hat?", sagte Hala plötzlich und erschrak fürchterlich vor ihrem eigenen Gedanken.

„Wer soll das sein? Sie war so lange nicht in Kairo."

„Das frage ich dich. Welche Ärzte kennt Anastasia denn?"

Philemon überlegte.

„Nun ja, der Mann von Mina ist Arzt, er kennt Anastasia sicher nicht näher. Vielleicht von ein paar Einladungen. Ansonsten weiß ich nicht."

Dass ich darauf nicht gleich gekommen bin, dachte Hala fassungslos. Der Mann von Mina, hatte er nicht auch den Tod festgestellt? Aber ob er in diese Geschäfte verwickelt war? Hatte er ein Motiv? Vielleicht waren das die Schatten unter Minas Augen. Oder hatte doch Nadja etwas mit dem Tod ihrer Schwester zu tun? Ein Schauer lief Hala über den Rücken.

„Der Mann von Mina ist ein ziemlich eingebildeter Pinkel. Ich habe mich immer von ihm ferngehalten. Und du hast ihn wirklich mit meiner Mutter gesehen?"

Ja doch!

„Also fassen wir zusammen: Deine Tante könnte eines natürlichen Todes gestorben sein."

Lautes Seufzen am anderen Ende der Leitung.

„Allerdings war sie auch, warum auch immer, dem Mörder des Mädchens auf der Spur. Und der hätte ein Motiv gehabt, deine Tante umzubringen. Es ist allem Anschein nach ein Arzt. Zum Beispiel Minas Mann. Noch jemand?"

„Meine Mutter kennt viele Ärzte. Du solltest sie unter einem Vorwand fragen."

Ja, das würde Hala tun.

„Eine Frage noch. Fatima hat sich heute verplappert. Sie sagte: Guten Tag, Philemon." Kichern am anderen Ende.

Steht auf der Leitung, der gute Mann, dachte Hala genervt.

„Mina, die daneben stand, hat total merkwürdig reagiert, als ich ihr sagte, dass ich dich kenne."

„Kein Wunder! Sie beschuldigt mich, verantwortlich für den Mord an ihrem Bruder zu sein."

„Du? Ist sie wahnsinnig?"

„Nein, nur wahnsinnig homophob. Du solltest ihr auf gar keinen Fall etwas von dir persönlich erzählen."

Homophob, ja, so hatte sie sich tatsächlich gegeben. Doch Hala verschwieg, dass sie ihr sehr nah gekommen war. Es würde Philemon nur belasten. Andererseits war vielleicht ihre Homophobie Auslöser für ihre Sorgen. Standen ihre momentanen Gefühle dazu vielleicht in einem krassen Widerstreit?

Philemon schaute auf sein Handy. Immer noch kam Halas Stimme heraus wie aus einer Stereoanlage. Guten Tag, Philemon. Der Papagei hatte ihn verraten. Er sah Mina vor sich und Amir. Walid. Der Katzenmörder. Sein Gedächtnis, das seit dem Gefängnis nicht mehr das Gleiche war, spülte plötzlich einen Besuch der drei Bekannten aus Kairo ans Tageslicht. Das war häufiger so.

Seine Tante hatte sie alle damals in unschuldiger Weise und vergeblich zusammenbringen wollen. Ihn hatte sie von dem Treffpunkt aus angerufen. Es war ein schöner Sonnentag gewesen und sie hatte ihn an seinem freien Tag auf dem Balkon mit dem typischen Ehrenfelder Hinterhofblick erwischt. Anastasia quietschte ungewohnt kindlich und fröhlich in das Telefon.

„Stell dir vor, wir haben Besuch aus Kairo, Philemon. Du musst auch kommen."

Doch dann war plötzlich Mina in der Leitung. Ihr Ton war bitter und eisig. Sie hatte ihm unmissverständlich zu verstehen gegeben, dass sie ihn nie wiedersehen wollte. Niemals wieder. Und dass er Mohammad auf dem Gewissen habe.

„Du bist Schuld, dass sie Mohammad ermordet haben."

Das Telefon war ihm fast aus der Hand gefallen.

Sie waren Kinder gewesen, als Mina sie einst bei harmlosen Doktorspielen erwischt hatte. Immer wieder trafen sie sich, um diese fröhlich heißen Spielchen zu spielen, geradezu süchtig waren sie nach dem Gefühl, das nicht enden wollendes Kichern in warme Stummheit verwandelte. Jedenfalls war es für Philemon so. Doch im selben Moment, in dem Philemon ein übernatürlich starkes Bedürfnis in sich fühlte, Mohammad zu küssen, informierte ihn der Freund darüber, dass er in ein Mädchen aus der Nachbarschaft verliebt sei. Philemon traf das hart, und während Mohammad sich mit einem schönen ägyptischen Mädchen die Zeit unter der Brücke des 26. Juli vertrieb, schlug Philemon sich mit Liebeskummer herum und der Frage, ob er nicht normal war. Er hatte Mohammad niemals seine Liebe gestanden und ihm auch nichts nachgetragen.

Trübsinnig starrte Philemon immer noch auf das Handy. Es war seltsam, aber als er nun an Walid, den kleinen Unglücksknaben dachte, erschien eine andere Erinnerung. Ein höchst seltsames Zusammentreffen, und auf einmal fiel es Philemon wie Schuppen von den Augen: Nach dem Besuch von Walid, Amir und Mina war Anastasia nicht mehr nach Kairo gefahren. Sie war danach nicht mehr dieselbe gewesen. Er musste Hala unbedingt noch einmal anrufen. Sofort!

Ich will Maryam warnen, denn sie ist eine gute Frau. Doch natürlich ist das nicht möglich. Als sie die Tür zu ihrem Wohnhaus öffnet, trifft sie noch nicht der Schlag. Sie erschrickt nur ein wenig vor dem Mädchen, das da sitzt, vollkommen verhüllt, und sie mit bittendem Blick anschaut. Sie sieht aus wie eine der Bettlerinnen aus den Armenvierteln, doch sie bewegt sich nicht, und sie hält auch nicht die Hand auf. Einzig ihre Augen versuchen Maryam zu erreichen. Sie holt ihre Augen aus sich heraus und wirft sie auf Maryam. Aber das ist nicht nötig, etwas lässt Maryam zögern, hält sie davon ab, sie sofort zu verjagen. Sie scheint zu wissen, dass dieses Mädchen eine wichtige Botschaft für sie hat. Beide stehen im Treppehaus, das sich mit Warten füllt.

Nach einer Weile steht das Mädchen auf und zeigt Maryam die Visitenkarte.

Maryam nimmt und liest, und dann muss sie sich auf die Treppe setzen. Ihr ist schwindlig geworden. Die Räder ihres Hirns drehen sich zu schnell, weil sie begreifen will und nicht versteht, dass das Begreifen nach ihren Wünschen kommt. Der Wind bringt Sand ins Haus und beißt Maryam in die Augen.

„Woher hast du diese Karte, Mädchen?", sagt sie mit geschlossenen Augen.

Doch sie weiß es bereits. Während das Mädchen von seiner Großmutter erzählt, stürzen Maryam die Tränen aus den Augen. Sie kennt die Geschichte ja schon, wie die Großmutter dieses scheuen, aber beherzten

Kindes einst ihrem Verlobten das Leben rettete. Maryams Tränen fallen auf den Boden und werden zu einem Spiegel, in den das Mädchen Worte schickt und daraus wird Maryams ganzes Glück. Doch der Spiegel dreht sich und nun zeigt er ihr ganzes Unglück. Maryam weint immer weiter, bis das Mädchen keine Worte mehr hat. Bis alle Worte in der Pfütze schwimmen wie kleine Fische und seinen Namen sagen. Maryam weiß von der Frau, die ihm das Schlangengift ausgesaugt hat. Die Mohammad gerettet hat. Und zum Dank gibt er ihr die Visitenkarte und sein Wort.

Das Mädchen beendet ihre Erzählung und schweigt. Sie sitzen lang im Treppenhaus, es kommt ihr vor wie Stunden. Da kommt die Nachbarin herein und wundert sich über die weinende Versammlung.

Ich muss Mina anrufen, denkt Maryam nun, und sie nimmt das Mädchen mit in ihre Wohnung. Sie weiß, was sie tun muss.

Das Mädchen denkt: Ich bin gerettet, Großmutter.

Noch bist du es nicht, halte die Augen weit auf, Mädchen, weit auf!

„Kairo? Dann musst du sie nun finden. Fang am Busbahnhof an."

Sifri klang ungehalten, als Walid ihn anrief. In Kairo jemanden zu finden war aussichtslos. Wo sollte man da anfangen? Selbst der Busbahnhof war unübersichtlich.

„Irgendwer wird die kleine Hexe schon gesehen haben. Und glaub mir, sie wird dich auf jeden Fall wiedererkennen. Sie ist eine Zeugin, die sich nicht scheut, dich zu verraten."

Die Schlinge um seinen Hals wurde immer enger. Es widerstrebte ihm, das Mädchen zu suchen. Aber Sifri hatte ihn in der Hand.

„Warum sollte sie mich verraten? Ihr wird doch keiner glauben."

„Nein, aber mir."

Walid war entsetzt. Es war schon das dritte Mal, dass Sifri ihm signalisierte, am längeren Hebel zu sitzen. Es hatte sich etwas geändert, seit das Mädchen tot war. Er musste demnächst weiter dafür fahren, seine Arbeit zu machen. Sogar bis nach *Sudan*. Dort gab es viele, die es selbst durchführten, mit Küchenmessern. Und er hatte geglaubt, dass er es besser machte, mit richtigem Werkzeug, Skalpellen, Medikamenten. Bis zu der

Nachricht ihres Todes hatte er das geglaubt. Was war Sifris Plan? Er wollte ihn offenbar einschüchtern. Aber warum? Hatte ihn auch die Angst ergriffen? Walid setzte sich wieder in ein *Ahwa*, diesmal in Kairo. Was macht ein Mädchen, wenn es hier ankommt? Mit Tüte und Kopftuch. Sie war zielstrebig in die Stadt gekommen. Vermutlich wusste sie genau, wohin sie wollte. Ja, so musste es sein. Es gab eine Adresse. Ein schwarzweißes Taxi streifte fast Walids Fuß. Geld hatte sie auch. Sie könnte ein Taxi genommen haben. Ein Taxi vom Busbahnhof. Ein Mädchen allein, das kam selten vor. So würde er sie finden. Es war seine einzige Hoffnung. Und er begann, einen Fahrer nach dem anderen zu befragen.

Hala unterhielt sich mit Fatima; Nugum konnte ja noch nicht sprechen. Sie hatte beiden ein paar getrocknete Feigen mitgebracht und beobachtete sie beim Zerfetzen der Früchte.

Über Nacht war es heiß geworden. Die Luft roch nach Verbranntem und die Stadt hatte ein Graukleid übergeworfen. Auf dem Balkon wuchs ein ansehnlicher Sonnenfleck heran. Hala hatte ihre Strümpfe voreilig im Koffer verschlossen.

„Ich brauche einen Arzt. Also werde ich als Erstes den Mann von Mina beschatten. Vielleicht kann ich mich heute Abend auch mal ein wenig bei ihm zu Hause umsehen, was meinst du Fatima?"

„*Yella, yella*!"

Merkwürdig, wo hatte sie das her? Für gewöhnlich sprach Hala nur Deutsch mir ihr! Wahrscheinlich von Mina und Nadja aufgeschnappt.

„Ich muss den Mann finden, der das Mädchen verstümmelt hat. Und ich muss in die Wohnung von Anastasia."

Hala hatte den Schlüssel immer noch.

Nur: Wann war ein weiterer Besuch günstig? Vielleicht heute Nacht, nach dem Treffen mit Mina? Oder würde sie gar nicht nach Hause kommen?

„Lass es sein!"

Fatimas Tipps waren überhaupt nicht mehr inspirierend. Hellgrüne Triebe schossen aus Büschen, Blüten lächelten lila und gelb. Fliegen kamen ins Zimmer und flogen in das Gefieder der Vögel. Wahrscheinlich hatten sie Besseres zu tun, als sich mit Halas Fall zu beschäftigen. Wie zum Trost flog Fatima auf Halas Schulter und rieb für kurze Zeit ihren Kopf an ihrer Wange. Noch war es zu früh, zu Mina zu gehen.

Ob sie zuvor in das Krankenhaus ihres Mannes fahren sollte?

Auf die Taxiwinkerei verstand sich Hala mittlerweile ausgezeichnet. Diesmal genügte ein königlicher Blick, um das Auto zum Anhalten zu bringen.

Das Krankenhaus war nur einige Straßen entfernt. Es wäre fast ein wenig schneller gewesen zu laufen. Auf der Hauptstraße trieb man den Verkehr in erster Linie mit auf endlos gestellten Hupen an. Der Taxifahrer hatte über seine Armaturen Felle gelegt. Bei deren Anblick bekam Hala einen kleinen Schweißausbruch. Plötzlich schaute etwas unter dem Fahrersitz sie an. Gelbe grelle Augen.

„Ist das Ihr Hund?", fragte Hala.

„Was?" Der Taxifahrer fiel aus allen Wolken. Erbost hielt er an und warf den kleinen schwarzen Hund hinaus.

„Wo gibt es denn sowas, wie kommt der Hund in mein Auto? Das ist wirklich rätselhaft."

Hala musste daran denken, dass ein Hund bei dem Vater des toten Mädchens gesessen hatte. Schwester verschwunden. Hund aufgetaucht. Offenbar beherbergte diese Stadt Geisterhunde. Endlich angekommen, passierte Hala ein Torhäuschen. Ein müder Wachmann, der seinen Kopf auf einem Marmorblock abgelegt hatte, fuhr hoch und wollte sofort helfen.

Doktor Sahin?

„Nein, der hat gerade das Krankenhaus verlassen. Er macht einen Hausbesuch, aber jetzt müsste er schon auf dem Weg in die Apotheke sein. Jeden Nachmittag geht er dorthin. Wollen Sie warten? Oder vielleicht heute Abend in seine Praxis kommen?"

Hala seufzte. Ob er zufällig wüsste, in welche Apotheke er ginge?

„Aber ja", antwortete der Mann eifrig, „er arbeitet mit Frau Abu Hamra zusammen. Ihre Apotheke ist nicht weit weg, aber nehmen Sie doch ein Taxi", schlug der Mann vor, sprang aus dem Wachhäuschen die Treppe hinunter und bewegte seine Hand wie ein Fähnchen. Hala stieg in das anhaltende Taxi und fuhr wieder zurück. Am *Midan Assuan* stieg sie aus und wartete an einer Telefonzelle, in der sie zu telefonieren vortäuschte. Ein Mann mit gelbem Rock und Turban stellte sich davor und schaute demonstrativ auf die Uhr. Da sah sie Minas Mann aus dem Taxi steigen.

Sie legte auf, um ihm zu folgen. Ins Haus wollte er offenbar nicht. Am Straßenrand stellt es ein Risiko dar, sich schnell fortbewegen zu wollen. Ständig kam ihr ein Auto in die Quere. Trotzdem machte sie einen Satz und rief: „Hallo, mein Herr, hallo!"

Er drehte sich erstaunt um und lächelte freundlich.

„Kennen wir uns?"

Hala musterte ihn schnell. Amir wirkte entspannt und überhaupt nicht in Eile. Mit seinen Jeans und seinem hellblauen Hemd sah er lässig und jugendlich aus. Hala schätzte ihn auf etwa fünfzig, die Haare an den Seiten schon ergraut.

„Sind sie nicht der Ehemann von Mina?"

„Wer will das wissen?", fragte er immer noch lächelnd, aber dann erkannte er sie. Sie standen vor einem kleinen Laden, einem Friseur. Hala sah, wie ein Mann mit zwei Bindfäden rasiert wurde. Dass das überhaupt funktioniert, dachte sie.

„Ach, Sie sind das. Sie hatten einen Unfall. Sie wohnen doch bei meiner Kollegin."

„Nadja?", fragte sie und heuchelte Erstaunen.

„Ja, sie hat eine Apotheke. Ich habe eine kleine Praxis nebenan. Deshalb arbeite ich eng mit ihr zusammen."

„Ah so! Ich brauche eine Nachuntersuchung. Vielleicht …"

Aber er unterbrach Hala und machte eine kreisrunde Armbewegung, was lächerlich aussah. Eine Mischung aus Gymnastik und Großkotzigkeit.

„Das ist doch überhaupt kein Problem. Kommen Sie einfach mit in die Apotheke. Dort trinken wir in Ruhe einen Tee mit Nadja und dann besprechen wir alles weitere."

Das klang sehr gut. Hala merkte vor lauter Freude nicht, dass ein Auto genau vor ihr stehen geblieben war und wie verrückt hupte. Amir zog sie beiseite und zeigte in die Apotheke, die sich direkt neben Nadjas Haus befand.

Nadja war überrascht, als sie Hala mit ihm sah.

„Ach, welche Überraschung, Amir. So schnell sehen wir uns wieder. Herzlich willkommen!"

Sie kicherte nervös. War die Beziehung zu Amir der Grund für ihre offensichtliche Unruhe? Ihr Blick fiel auf Nadjas Schläppchen, hellblau mit applizierten Sonnen. Sie trug keine Strümpfe, so konnte man ihre Hühneraugen auf den mittleren Zehen sehen, die wie missratene Tattoos wirkten.

„Gut, dass ich Sie sehe. Vorhin hatte ich ganz vergessen, mich nach Ihren Papageien zu erkundigen. Geht es ihnen gut? Es sind ja jetzt zwei geworden."

„Ja danke, sehr gut. Mina hat dem einen ja netterweise eine Freundin gekauft und sich um die beiden gekümmert."

„Ja, meine Frau hat ein weiches Herz", lachte Amir und sein Blick flog zu Nadja. Hala meinte ein Zwinkern zu bemerken.

„Sie brauchen also immer noch einen Arzt?"

Amir betrachtete Halas Gesicht und ihren verbundenen Arm. Er schien empört und schimpfte auf die Busfahrer und den Verkehr in Kairo, wie scheinbar alle hier.

„Wissen Sie, dass auch wir eine Straßenverkehrsordnung haben? Stellen Sie sich vor, das schreckliche Hupen ist eigentlich verboten."

Hala musste lachen. In dieser Stadt waren nur die Muezzin lauter als die Hupen. So wie die Stadt schliefen auch sie niemals.

Nur im Hochsommer war Kairo leer. Der Verkehr halbierte sich, die Menschen flohen an die Küsten, wenn sie konnten, und manche Stadtteile, zum Beispiel *El Zamalek,* wirkten geradezu ausgestorben, meinte Nadja. Die Buchhandlung hatte geschlossen, im alten Hotel wohnte niemand und die Häuser waren totenstill. Die Hitze wäre unbeschreiblich, nichts schaffe Linderung außer einer guten Klimaanlage.

„Jede Bewegung draußen ist eine Mühsal, deshalb gehe ich im Sommer gar nicht vor die Tür", sagte Nadja und kicherte schelmisch.

Amir unterbrach die Plauderei.

„Nun, jetzt habe ich leider keine Zeit, aber können Sie morgen in die Praxis kommen? Zwei Straßen weiter, so um halb zwölf?"

Hala war einverstanden und verließ die Apotheke.

„Ach, sagen Sie meiner Frau bitte, dass es heute spät wird, ich muss noch Abrechnungen machen."

Hala bewegte sich wieder in die Telefonzelle und tat so, als telefonierte sie. Abrechnungen, von wegen! Sie konnte bequem in die Apotheke hineinschauen. Amir hatte den Arm um Nadja gelegt und sie bewegten sich auf den hinteren Raum zu. Hala entfernte sich von der Telefonzelle und schlich um die Apotheke herum. Man konnte tatsächlich hineinschauen. Zwischen Paketen, Tischen und Stühlen sprachen Nadja und Amir leise miteinander. Hala verstand nicht alles, jedoch, dass es um Mina ging und die bevorstehende Trennung. Hala wurde mulmig. Was würde Mina tun, wenn sie erfuhr, dass die Mutter desjenigen, den sie für schuldig am Tod ihres Bruders hielt, ihr den Mann wegnahm? Morgen würde Hala versuchen, einen Blick in seinen Terminkalender zu werfen, vielleicht gab es aber heute Abend schon weitere Hinweise. Hala hörte es klimpern in ihrem Gehirn, was so viel hieß wie: Die Spur verlief ins Leere, verschaffte jedoch neue Probleme.

Auf der anderen Straßenseite lief ein junger Mann entlang mit Galabeya und da baumelte etwas Blaues an seiner Hand herunter. Blau wie das Mittelmeer vor Beirut. Sie hatte diesen Jungen noch nie gesehen, dennoch erinnerte er sie an etwas. Hala betrachtete konzentriert das baumelnde Ding. Eine Gebetskette. Ein Junge, nicht dieser, und während unerwartet kompromittierendes Stöhnen aus der Apotheke drang, fiel Hala ihr Sturz wieder ein. Im Geiste stand sie wie aus einer Ohnmacht auf und sah auch dort etwas Blaues in der Menge verschwinden, eine Gebetskette, und innerlich ging sie den Weg zurück über die Teestube. Da war der kleine Junge, dem sie ein Pfund geschenkt hatte, der unheimliche Imbiss und am Ende die Werkstatt. In diesem Moment begriff Hala, wer sie vor den Bus geschubst hatte.

Maryam ist eine gute Fee. Sie kocht einen süßen Tee und macht dem Mädchen ein Sandwich mit Tomaten und Thunfisch. Der Thunfisch liegt schweigend auf der Zunge des Mädchens und erst, als er verschluckt ist, beginnt sie stockend zu erzählen, was ihr passiert ist. Der Mann, die Mutter, das Messer. Schau nach unten. Sie ist gesund. Und die Großmutter hat gesagt, sollte einer kommen und dich untersuchen wie ein Tier, renn weg, als wärest du ein Fennek. Der Mutter des Mädchens ist schon lang der Geist entwichen. Maryam weiß nicht, was das Mädchen meint. Sie zweifelt. Das Verbrechen. Die Unterwelt. Das Leben nehmen. Nein, das ist unmöglich, denkt sie, spürt aber die Angst, und dass das Mädchen verfolgt wird. Ich weiß, dass Maryam nun leidet wie ein angeschossener Hund. Damals, als ihr Verlobter sie nicht heiraten will, beginnt ihr Leidensweg. Er spürt, dass die Liebe erloschen ist, einfach so. Da ist niemand anders, da ist keine neue Leidenschaft. Nichts. Es ist einfach alles still in ihm. Wie nach einem Brand knackst es im Herzgehölz, doch alles Lebende ist ausgezogen. Die Treue zu seiner schönen Kindergärtnerin lässt ihn zögern. Er stellt sich Tag für Tag unter die Brücke am Nil, in die Teestube dort, er schaut dem Wasser hinterher und sein Auge spiegelt sich im Teeglas. Doch er findet keine Antwort. Er betet, dass der Vogel Liebe wieder in sein Herz einziehen möge, mitsamt allem anderen Getier, und sei es auch Ungeziefer. Doch keiner kommt zurück. Es liegt nicht an dem fehlenden Liebreiz oder an mangelnder Schönheit. Mohammad hat die Gesetze der Liebe früh studiert und weiß, dass man ihn nicht zwingen kann. Liebe ist ein Geschenk. Die Stille in seinem Herzen hindert ihn daran, Maryam das Ja-Wort zu geben. Er weiß, dass alle anderen es so tun, auch sein Bruder, Walid, und seine Schwester, Mina. Auch sie gehen eine lieblose Verbindung ein. Die Liebe käme dann irgendwann. Aber Mohammad und Maryam wissen beide, dass das nicht stimmt. Maryam schaut nun genauso in ihr Teeglas, wie er es getan hast. Sie weiß nichts von seiner Verzweiflung und seinem Versprechen. Sie sieht ihr Auge und all die Stunden, die vergangen sind seit seinem Tod. Jedes Warum hat einen haarfeinen Graben unter ihre Augen geschnitten. So ist Maryam alt geworden. Das Mädchen schlingt das Sandwich gierig herunter. Als wüsste sie nichts vom Tod. Doch sie weiß. Maryam schaut plötzlich von ihrem Teeglas auf und bemerkt den Geruch, der von dem Mädchen ausgeht. Sie muss duschen, und dann will sie ihr ein paar Kleidungsstücke reichen, die für ihre Tochter gedacht sind, für die sie aber noch zu klein ist, eine Jeans, eine Bluse, Turnschuhe. All das, was ich immer ersehnt habe, bekommt sie jetzt und das Leben dazu. Doch ich bin nicht neidisch. Nein, mein Körper hat diese Gifte niemals beherbergt. Neid. Missgunst. Eifersucht. Gier. Bei meiner Geburt ist aller Neid der Welt in das Herz meiner Schwester eingezogen.

Sein Gewissen plagte Hassan. Der Stoß machte Kairo auch nicht wieder lebendig. Deshalb war er im Grunde froh gewesen, dass die Ausländerin wieder auftauchte. Erst jetzt konnte er ausatmen und sein Herz befreien. Sollte sie ihn doch zur Polizei schleppen, ihm war alles egal. Aber sie tat nichts dergleichen. Er holte Tee aus dem *Ahwa* gegenüber und bot ihr einen Platz auf einem alten Stuhl. Dann sagte sie, dass sie die Geschichte Kairos genau kenne, sie wisse, was ihr passiert sei. Welches Unrecht. O ja, und wie er in die Augen dieser merkwürdigen Frau in der Lederjacke schaute, die genauso groß war wie er, wurde er plötzlich redselig. Er vertraute ihr Dinge an, die bisher niemals den Weg über seine Zunge gefunden hatten. Alles erzählte er ihr, von den Küssen im Hausflur, von der Schwester, die verschwunden war. Der Meister war zu Hause Mittag essen. Sie sprachen sehr leise.

Er wollte ihr alles sagen von der Nacht. Wie sie Kairo wegbringen wollten, er aber nicht gewusst hatte, wohin. Wie sie wiedergekommen war, zerknüllt wie ein Handtuch. Er hatte alles genau beobachtet. Wie eine Eidechse hatte er am Boden verharrt und die Werkstatt nicht verlassen. Heimlich schleppten sie sie in jener Nacht die Treppe hoch. Doch dann kam sie wieder herunter. So hatte er sie noch nie gesehen. Kairo ohne Kopftuch und weiß wie ein Stern. Sie schlich über die Straße und brach in der Mitte zusammen. Hassan lief hin zu ihr, so schnell er konnte, aber es war zu spät. Unter ihr breitete sich ein Blutfleck auf der Straße aus. Hassan weinte und rief sie, Kairo, Kairo, das Mädchen lächelte ihn trotz ihrer schlimmen Verletzung kurz an, wie immer sprach sie nichts. Dann sanken die Lider. Er schaute sich angstvoll um. Sollte er einen Arzt rufen? Was würden die Leute denken? Es war unmöglich. Am Ende hielte man ihn für einen Mörder. Oder das Mädchen würde verleumdet werden. Nichts passierte, aber die Worte beschrieben solche Fälle später immer anders. Hassan konnte nichts tun. Er war in die Werkstatt zurückgeschlichen, als die Sonne aufging, längst hatte er gemerkt, dass das Mädchen gestorben war. Aus dem Haus kamen Schwester und Vater, nach ihr rufend. Hassan sah, wie sie das Mädchen in das Haus zurückzogen, eine blutige Spur hinterließ sie.

Die Ausländerin dankte ihm für die vielen Worte. „Wenn dir noch etwas auffällt oder die Schwester zurückkehrt, ruf mich an." Hassan nahm versunken in Traum und Unglück die Karte.

Der Junge mit der blauen Gebetskette wird es schwer haben, dachte Hala. Sie wünschte ihm das Beste. Von *Imbaba* aus machte sie sich auf den Weg zu Mina. Eine Katze mit nur einem Auge und voller Flöhe strich an ihr vorbei. Wie ein elektrischer Schlag überfiel sie der Ekel. Mina erwartete sie in einer Küchenduftwolke.

„Komm, du kannst lernen, wie wir kochen", sagte sie und zog Hala in die Küche. Gefüllte Paprika, Auberginen und Zucchini auf ägyptische Art. Hala war das Gericht nicht unbekannt, doch ein paar Zutaten waren anders. Beim Kochen beobachtete sie, wie immer mehr ihrer Muttersprache in ihr Gedächtnis zurückkehrte. Klänge, wie Gewürze in die Soße gestreut, wo sie Koriander und Petersilie trafen, wie Brot zwischen die Auberginen geschichtet, dachte sie, wobei die Worte von irgendwo in ihre Erinnerung rollten wie Murmeln beim einstigen Klickerspiel, dasselbe Gefühl des Triumphes und ein klein wenig Verwegenheit, vielleicht Zauber.

Danach aßen sie stundenlang und sie studierte Minas Kaubewegungen, die sehr langsam und genüsslich wirkten. Die Gabel hielt sie mit den Fingerspitzen des Daumens und des Mittelfingers. Hala musste die Rede und die Reste des Essens einpacken, für später, sagte sie. Nein zu sagen ist in solchen Momenten wie einen Schmutzeimer über die Familie zu kippen.

Sollte Hala jetzt über den Ehemann sprechen? Mina sah plötzlich wieder so besorgt aus.

Sie versuchte es zögernd.

„Sag mal, könnte es sein, dass dein Mann ein Verhältnis hat. Er ist so oft weg?"

„Ja", sagte sie knapp, während sie die Essensreste einpackte. „Mit Nadja, deiner Vermieterin. Ich verfluche diese ganze Familie."

Hala war erstaunt. Warum hatte sie zuerst so getan, als wüsste sie nicht, weshalb ihr Mann so häufig fort war? Als wäre der Seitensprung nur eine Vermutung? Aber Mina wollte offenbar nicht weiter darüber reden.

„Ich habe eine Idee. Wir gehen auf ein Boot und trinken einen Tee. Oder rauchen *Shisha*. Das musst du auf jeden Fall einmal gemacht haben."

Wein wäre Hala lieber gewesen, aber sie willigte ein. Oder Arrak. Mit *Shisha*.

„Ich würde gern noch ein Bad nehmen. Willst du solange Zeitung lesen, ich habe auch englische?"

Mina öffnete außerdem einen Bücherschrank, aus dem sich Hala bedienen sollte.

Mein Kairoaufenthalt will ein Eigenleben führen, dachte Hala plötzlich, während sie Wassergeräusche aus dem Badezimmer hörte und Mina etwas erzählte. Hala beobachtete, wie grau und undurchdringlich die Wand dabei in ihrem Kopf wurde, nur eine helle Stelle: das verschlossene Fenster. Als ob der Herbst zwischen ihnen beiden läge. Oder als ob dreitausend Kilometer sich unsichtbar zwischen sie drängten, längst überflogene Distanzen nicht nennbar fortdauerten. Und dass, obwohl sie Haut an Haut gelegen hatten. Mina merkte von allem nichts und säuselte arabesk zu ihrem Badevergnügen und dem Geplätscher.

Hala versuchte, sich auf die Zeitung zu konzentrieren. Doch hielt sie es nicht lange aus und ging ins Badezimmer. War sie rot geworden, als sie einen Blick auf Mina warf? Mina lag da, appetitlich ölig glänzend. Hala setzte sich an den Rand und betrachtete die auberginfarbenen Brustspitzen. Sie setzte einen Finger auf Minas Haut unter Wasser und fuhr damit auf ihrem Bauch auf und ab. Mina erhob sich und küsste Hala wieder. Jetzt, dachte Hala, jetzt. Doch Mina zog sich wieder zurück und sagte: „Bei euch in Deutschland können Frauen sogar Frauen und Männer sogar Männer heiraten, stimmt's?"

Hala nickte. Aber sie hatte das Gefühl, eine Spielfigur zu sein.

„Niemals würde ich das tun. Findest du das normal?"

„Und was tust du hier? *Habibtielbi?*"

„Was tu ich hier schon, das ist der normale Kontakt unter Frauen", gab Mina plötzlich lässig zu verstehen. Sie legte ihre Hand auf Halas jeansbedeckten Oberschenkel. „Frauen mögen sich, das ist alles! Deshalb muss man doch nicht gleich heiraten. Ihr Europäer seid es, glaube ich, die verklemmt sind. Komm, wasch mir den Rücken!"

Dazu hatte Hala keine Lust. Ein lästiges Gefühl breitete sich in ihr aus. Pech. Zu spät zu sein, am falschen Ort zu sein, bei der falschen Person anzuheuern, all das kam ihr sehr bekannt vor. Dieses Pech, dass Mina sie in ihren Teich gelockt, sich aber dennoch zu keinerlei fischiger Freude hinreißen ließ, stieß etwas in ihr an. Wie wenn man ein kunstvoll verpacktes Geschenk erhielt und nach dem Auspacken feststellen musste, dass das, was man da bekam, zwar schön und brauchbar war, jedoch in einer Farbe, die man hasste. Hala entschied, das Päckchen nicht auszupacken.

Deshalb stand sie auf, verließ das Bad und sah sich in der Wohnung um. Es gab eine Küche, ein Empfangszimmer mit Esstisch und Telefontisch. Zwei verschlossene Türen, hinter denen Hala die Schlafzimmer ausmachte. Beide waren nüchtern eingerichtet, ein Bett, ein Tisch, ein Schrank, eine Spiegelkommode. Einige Stofftiere auf dem Schrank wiesen auf das ehemalige Kinderschlafzimmer hin. Was machten sie nun damit, da die Söhne in Amerika waren?

Ein Arbeitszimmer gab es gar nicht.

„Fühl dich wie zu Hause", rief Mina in diesem Augenblick aus dem Bad heraus.

Hala durchforstete gerade die Unterlagen am Telefontisch und öffnete dann eine Schublade. Ein Kalender war nicht zu finden. Die Schublade klemmte ein wenig beim Schließen. Hala holte sie noch einmal heraus und schaute darunter. Mit Tesafilm war da ein Briefumschlag befestigt. Hala wurde heiß und sie horchte ins Badzimmer. Immer noch vergnügtes Plätschern.

„Was gefunden?", rief Mina weiter und meinte damit natürlich den Bücherschrank.

Hala riss den Umschlag heraus und versteckte ihn in ihrer Hosentasche. Dabei merkte sie, dass sie ihr Handy zu Hause vergessen haben musste. Sie setzte sich auf das Sofa und spürte ihre linke Pobacke brennen, dort, wo der Umschlag steckte. Ihr Blick fiel auf eine kleine Fotografie, die vor einer Shakespeare-Gesamtausgabe in einem goldenen Rahmen stand. Ein Mädchen, vielleicht sieben, war darauf abgebildet.

Maryam war aufgewühlt. Ihre Tochter würde bald mit dem Schulbus heimkehren. Was sollte sie ihr sagen, warum das Mädchen da war? Ihre Tochter war jetzt sieben Jahre alt. Maryam hatte sie auf der ausländischen Schule angemeldet, weil die Kinder es mit mehreren Sprachen leichter haben. Sie hatte Glück, sie wurde genommen, weil sie damals als Kindergärtnerin dort gearbeitet hatte. Mittlerweile hatte sie eine Stelle hier in Maadi als stellvertretende Leiterin. Überhaupt war sie froh, diese Arbeit zu haben, nachdem Mohammad gestorben war und sie nicht einmal als Witwe hinterlassen hatte. Ihre Tochter ist seine Tochter. Mit ihm zu schlafen, war der letzte Versuch gewesen, eine Hochzeit herbeizuzwingen. Sie hatte versucht, ihn zu verführen. Es war der Abend, bevor er ins Gefängnis kam. Sie wusste, dass eine muslimische Frau ein großes Risiko eingeht, wenn sie vor der Ehe Beischlaf hat, zumal, wenn die Gefahr besteht, dass sie schwanger wird. Doch genau das war es ja, was sie zu erzwingen suchte. Sie hatte ja nicht wissen können, dass Mohammad genau einen Tag später verhaftet und zu Tode gefoltert werden sollte. Irgendjemand hatte ihm das unterstellt, irgendjemand, der ihn loswerden wollte. Es verging nicht ein Tag, an dem sich Maryam nicht fragte, wer ihn ans Messer geliefert hatte. Homosexuell, das war lächerlich, auch wenn er die Hochzeit mit ihr schändlicherweise hinausgezögert hatte. Mohammad war nicht homosexuell, allerhöchstens untreu, doch sie wusste, dass das nicht der Grund war, warum er sie nicht hatte heiraten wollen. Er hatte einfach aufgehört, sie zu lieben. Es gab keine andere. Mohammad hatte keine Feinde. Zumindest davor nicht. Jetzt war die ganze Familie aufgebracht. Ihr Vater redete nicht mehr mit ihr und akzeptierte die Tochter eines Türhütersohnes natürlich nicht. Maryams Mutter hielt zu ihr und half ihr, wenn sie konnte, ebenso ihre Geschwister. Von ihnen war es niemand, der Mohammad ans Messer geliefert hatte. Mina, seine Schwester, war eine gute Freundin geworden, sie hatte sofort gewusst, wie es um sie stand, damals kurz nach seinem Tod.

„Wegmachen? Seine Tochter? Nein, du darfst nicht so egoistisch sein. Denk daran, dass Allah will, dass sie zur Welt kommt. Denk an unsere Familie, wir haben ein Recht auf seine Tochter."

Ihr hatte die Tochter es zu verdanken, dass sie auf der Welt war. Immer fragte sie nach ihrem Vater. Irgendwann würde sie ihr die Wahrheit sagen müssen, dass ihr Vater Opfer einer Verwechslung geworden war. Oder einer Intrige. Mina steckte ihr, wenn sie konnte, Geld zu. Morgen wollte sie mit einer Deutschen zum Kaffee kommen und ihre Nichte sehen.

„Aber sage Hala bitte nichts von Mohammad, sie weiß es nicht. Und ich möchte auch nicht, dass sie es weiß. Sie hat Amir mit Nadja gesehen. Das reicht mir schon." Ihr war ein Rätsel, warum Mina die Affäre ihres Mannes tolerierte.

Was würde Mina tun, wenn sie die Visitenkarte sah?

Ich bin Kairo und wandere in der Zeit. Ich kann sie nicht anhalten, aber ich kann die Nacht immer wieder kommen lassen. So ist es mit den Nächten, in denen man stirbt. Immerwährende Gegenwart. Als ich vom Arzt nach Hause gebracht werde, schlafe ich einige Zeit. Doch dann werde ich wach, ich weiß nicht, wovon. Weil mir kalt ist? Oder weil ich etwas aus mir herausfliegen sehen will? So endet es mit mir. Schlaf, sagt dieses Etwas, schlaf. Doch das geht nicht mehr. Hassan kommt zu mir und küsst mich, das ist es, was ich mir wünsche. Er hebt meinen Schleier, die Nacht fällt wie Eisenplatten auf mein Bett, und Hassan sagt: „Kairo, du bist eine Hure." Er weiß ja nicht, dass ich schwerhörig bin.

Der Arzt kommt und schiebt Hassan zur Seite. An seinen Händen läuft das Blut herunter. Was ist das? Ich wache auf, obwohl ich nicht geschlafen habe, und schreie. Ich würge von all dem Brot. Der Bäcker ist auch ein Teufel. Alles brennt zwischen meinen Beinen. Das Feuer brennt meine ganze Welt weg. Und ich liege in meinem Blut, jetzt merke ich es, Hilfe, ya Hassan. *Meine Schwester kommt und schlägt mir ins Gesicht und sagt: „Hassan, hab ich's doch gewusst!" Dann legt sie für kurze Zeit die Hände auf meine Stirn. Aber ich merke nichts, da ich schon nicht mehr da bin. Meine Schwester sagt, ich habe das auch überlebt.*

Dann bin ich im Meer ertrunken. Im Meer aus Blut. Und aus dem gerufenen Namen. Hassan, Hassan. Nicht wie die älteste Schwester in der Geschichte. Die Dschinnija *kam zu spät.*

Ich habe kein Blut mehr. Der Teufel hilft meiner Schwester, das Blut vom Boden zu wischen. Doch dann kommt die Dschinnija *endlich. Sie sucht mich in der ganzen Stadt. Ich streiche durch die Hinterhöfe der* Talaat Harb.

Sie hat eine Hündin dabei.

„Das ist deine Schwester. Nun wird sie dir auf immer dienen."

Die Hündin ist klein wie eine Katze und schwarz und kurzgeschoren. Gelbe Augen hat sie wie eine Zitrone.

Diesmal ist die Dschinnija *pünktlich. Die neue. Statt eines Feenmantels trägt sie eine Lederhaut. Das muss klappen. Sie liebt eine Frau, was sie aber noch nicht weiß, und sie hat einen Vogel in ihrem Zimmer, dem die Geliebte eine Gespielin gekauft hat. Es sieht so aus, als ob auch diese* Dschinnija *Pech hätte. Viel zu nah ist sie dem Teufel.*

Hala saß in ihrer Wohnung. Sie hatte Mina verlassen müssen, war einfach geflohen, kein Tee mehr am Nil, und das aus unterschiedlichen Gründen. Der Umschlag in ihrer Jeans und Minas Weigerung, sich hinzugeben, was aber Hala nun auch gründlich vergangen war. Zu Hause fand sie ihr Handy, Gott sei Dank!

Ruf zurück, egal wann.

Die Neuigkeiten, die Philemon ihr am Telefon überbrachte, ließen den Verdacht auf jemand ganz anderen fallen. Wie passte nur ihr Fund dazu? Ihr Fund, der ganz eindeutig für den Mord an Anastasia sprach.

Philemon ließ sich zunächst Zeit, um Hala genau zu erklären, warum er ihr bestimmte Informationen so zeitverzögert gab. Hala begriff das ganze Ausmaß seiner Störungen natürlich nicht, ahnte aber, dass Philemons Erinnerungen, die nur langsam und zögerlich zurückkamen, der Schlüssel zu dem Fall sein konnten. Seine damals entstandene, womöglich übertriebene Furcht habe ihn bestimmte Details zurückhalten lassen. Aber er litt auch unter einer Teilamnesie. Stockend erzählte er, was sich damals, nach Mohammads Tod, nach seiner Flucht nach Köln zugetragen hatte. Und diesmal war es wirklich alles, was er wusste.

An einem sommerlichen Tag habe er einen Anruf von seiner Tante erhalten. Sie säße gerade mit netten Bekannten auf dem Rudolfplatz, ob er nicht auch kommen wolle. Bei den Bekannten handelte es sich um ägyptische Nachbarn aus Kairo. Plötzlich habe sie das Telefon weitergereicht. Es sei Mina gewesen. Die Dinge, die sie ihm daraufhin ins Ohr gezischt hätte, hätten ihn verstört, er allein trage die Schuld am Tod Mohammads.

Das alles war Hala nicht neu, und sie bat ihn, zur Sache zu kommen. Philemons Stimme wurde immer geheimnisvoller. Er schien seine Angst davor, abgehört zu werden, für einen Moment vergessen zu haben.

„Zwei Tage nach diesem Anruf war ich auf dem Weg zu meiner Tante. Ich musste sie ja darüber aufklären, warum ich nicht zu dem Treffen gekommen war. Ich hatte mich telefonisch angekündigt, aber das Merkwürdige war, dass ich sie zu Hause nicht angetroffen habe."

„Was ist daran merkwürdig? Verspätungen sind doch allzu normal unter Ägyptern, oder?", fragte Hala.

„Na ja, du hast recht. Im Grunde dachte ich mir nichts dabei, da war nur so ein Gefühl, wegen Mina und dem Besuch. Nun hatten wir natürlich nicht, wie in Deutschland üblich, eine Uhrzeit punktgenau verabredet, wir hatten lediglich die Tageszeit benannt. Ich ging also in das nahegelegene Eiscafé, um auf meine Tante zu warten."

Philemon machte eine Pause und Hala starrte aus dem Fenster auf das aprikosenfarbene Licht der Laternen.

„Nach einer Stunde habe ich es noch einmal versucht. Kurz bevor ich das Haus meiner Tante erreichte, sah ich eine Person durch den Eingang auf die Straße treten, die sich den oberen Hemdknopf zuknöpfte. Ohne mich zu beachten, lief dieser Mann an mir vorbei."

Philemon räusperte sich.

„Du kanntest ihn!"

„Nicht sofort, ich dachte an eine tote Katze im Hausflur, und wusste zunächst nichts mit diesem Gedanken anzufangen. Als ich aber den Summton der Tür meiner Tante beim Öffnen hörte, die Treppen hochlief, noch im Schauder der soeben erschienenen Erinnerung, und danach in das wie zerrissene Gesicht von Anastasia schaute, wusste ich, wen ich da eben gesehen hatte."

Amir kommt nicht in Frage, dachte Hala.

„Meine Tante war in einem aufgelösten Zustand und sah mich ängstlich fragend an. Auf dem Boden lag eine zerrissene Bluse."

„Ist sie …", Hala konnte nicht weiterreden.

„Ich weiß nicht. Entweder war sie von Walid vergewaltigt worden, oder sie hatte sich freiwillig dem Sex mit einem Katzentöter hingegeben. Mit Sicherheit weiß ich aber, dass Anastasia seit diesem Vorfall nie wieder in Kairo gewesen war."

Walid und Anastasia. Was genau war da vorgefallen?

„Und hast du ihn jemals wieder in Köln gesehen?"

„Nein, zum Glück habe ich diesen ewigen Medizinstudenten nie mehr wiedergesehen."

Medizinstudent? Halas Herz pumpte stolpernd. Sie dachte an den unfreundlichen jungen Mann, den sie bei ihrer Ankunft vor Nadjas Haus gesehen hatte. Walid hatte sie keines Blickes gewürdigt, was für einen Ägypter absolut unfreundlich war. Er hatte die Augen von Mina. Hatte er etwas mit dem Mord zu tun?

Sie berichtete Philemon nun von dem Tablettenblister, den sie in der Schublade gefunden hatte, und von dem Zeitungsartikel. Es waren, daran bestand kein Zweifel, die Tabletten, die Anastasia hatte einnehmen müssen, *Clopidogrel,* und die, wenn sie sie vergaß, zu erheblichen Komplikationen, sogar zum Tod führen konnten.

„Wie kommen sie zu Mina?"

Mina. Mohammad. Walid.

Welcher Arzt hatte das Mädchen verstümmelt?

Der eine vergnügte sich gerade mit der Mutter ihres Auftraggebers. Und was machte der andere? Beging er just in diesem Augenblick ein neues Verbrechen? Verstümmelung? Aber wer hatte Anastasia umgebracht? Es kamen drei Personen in Frage. Ohne Zweifel. Steckten alle unter einer Decke? Hala atmete tief aus. Konnte sie sich so täuschen? Die Vorstellung, dass Mina eine Verdächtige war, ließ Hitze in ihr aufsteigen. Minas Duft störte die Detektivin plötzlich in der Nase wie ein Haar im Hals.

Ich verstehe nun die schlimmste Missgunst meiner Schwester. Sie neidet mir die Freundschaft zu meiner Dschinnija. *Meine Schwester fristet jetzt ihr Dasein als magere Hündin, die nie satt wird. Ach, sie ist so schön wie eine Prinzessin. Ja, denn sie trägt Haare bis zu den Füßen so lang. Es dauert Stunden, bis man mit dem Kämmen fertig wird, aber dann glänzen sie wie schwarze Seide. Mein Haar ist mein Kapital. Hat sie deshalb kurz vor meinem Tod die Haare abgeschnitten? Verkauft? Wer kauft die Haare einer verheirateten Frau? Gut so. Denn wer soll ihr nun helfen? Die Haare werden nach dem Kämmen aufgerollt wie Weinblätter und am Kopf festgesteckt. Dann kommt das Kopftuch. In doppelter Lage. Erst schwarz, wie Unterwäsche unter das Haupttuch, dann bunt, wie die Frauen aus Jordanien, pflegt sie zu sagen. Nur so ist eine Frau geschützt und geschmückt zugleich. Ich habe viel von meiner Schwester über diese Dinge gelernt, dennoch glaube ich ihr nicht. Vor dem Bäcker hat mich mein Kopftuch in doppelter Lage nicht geschützt. Deshalb will ich immer eine Jeans, genau so eine, in die das Mädchen gerade einsteigt, frisch gebadet, mit glänzendem Haar und glänzenden Augen, die ungläubig an ihr herabwandern.*

3.

Allahs Lieblings-menschen

Die Dschinnija *hört die ganze Welt klagen, als sie geboren wird. Schon unterscheidet sie sich von ihr, denn in der Kleinen wogt nur Behagen auf und ab wie das Wellenmeer, in dem ihre Mutter fast stirbt. Und in dem sie kurz vorher einen unerklärlichen Horizont erreicht. Ihre Mutter schwimmt immer weit hinaus, in Kleidern auch hochschwanger. Am Strand wartet ihr Mann und ruft sie zurück, doch an jenem Tag, eine Stunde vor der Geburt der Kleinen, reagiert sie überhaupt nicht, und sie schwimmt weiter, geleitet von einem unerklärlichen Impuls. Sie schwimmt und hält kurz inne, um sich die Kleider abzustreifen. Nackt spürt sie das Wasserstreicheln und sie legt sich in seine Arme, gibt sich ihm ganz und gar hin. Von Ferne hört sie die immer wütender werdende Stimme des Ehemannes. Warum hast du deine Frau allein hinausschwimmen lassen?, wird er sich danach wieder und wieder fragen. Immer dann, wenn ihm die Gefahr, die drohte, allzu deutlich bewusst wird. Sie hört das Klatschen, das den Sprung des Mannes in die Wellen begleitet. Die angeschwemmten Kleidungsstücke ziehen ihn hinein, genau in dem Moment, als seine Frau sich in einen Fischschwarm stürzt, die Fische an ihr auf- und abstreichen. Es sind Goldbrassen, die an ihrer Haut zu knabbern beginnen. Sie spürt den Appetit der Fische und ihren eigenen. Sie windet sich fein und leicht wie ein Wind. Immer mehr Fische knabbern an ihr, ich muss verschwinden, denkt sie, als ihr plötzlich ein stechender Schmerz in ihre Gebärmutter fährt, ihr Unterleib zieht sich zusammen und entspannt sich wieder. Das scheint ihre Waghalsigkeit nur noch zu steigern. Sie lässt sich in den Schlund des Wassers und des Himmels sinken.*

Doch da umfassen sie von hinten zwei Arme.

Noch im Bauch sieht die kleine Dschinnija *das Licht, weißes Licht und schneeschwebend schwarz die Engel, die aus dem Himmel treten, um den Geist ihrer Mutter zu holen und den Säugling zu segnen. Doch sie schaffen es nicht; der Vater ist stärker.*

Solche Dinge weiß man, wenn man den Tod geküsst hat.

Mina war beunruhigt durch Halas plötzlichen Aufbruch. Hatte sie es zu weit getrieben? Hätte sie nicht lieber reinen Wein einschenken und von ihren wahren Gefühlen erzählen sollen? Bloß, wo sollte das denn hinführen? Das Telefon klingelte.

Es war Walids Kollege, Sifri mit den gelben Zähnen. Die Geschäfte, auf die Anastasia angespielt hatte, führte Walid, dessen war sie sicher, mit ihm zusammen.

„Wo ist Walid?"

Der Mann war ungewohnt unfreundlich.

„Guten Tag", sagte Mina scharf, „was kann ich für Sie tun?"

„Ich suche Ihren Bruder."

„Ich habe ihn seit zwei Tagen nicht gesehen. Er ist beruflich unterwegs. Vielleicht sollten Sie es auf seinem Handy probieren."

„Ja, sollte ich, aber er hat es abgeschaltet." Sifris Stimme klang nun ungeduldiger. „Wenn er kommt, sagen Sie ihm, dass er sich bei mir melden soll."

Mina machte sich Sorgen. Walid war seit zwei Tagen verschwunden. Er hatte ihr eingeschärft, sich keine Sorgen zu machen, er sei häufiger beruflich unterwegs. Doch diesmal hatte er gar nicht erst Bescheid gesagt.

Sifri war ekelhaft. Als sie ihn kennengelernt hatte, musste sie ihren Magen bezähmen. So einen ungepflegten Ägypter hatte sie noch nie gesehen: Haare, Zähne, Fingernägel. Fast wäre ihr übel geworden. Damals hatte sie wieder begonnen, Walid nachzuspionieren. Bevor sie ihre eigenen Kindern bekommen hatte, hatte sie das schon einmal getan. Als sie Mohammad mit Philemon erwischt hatte. Aus reiner Vorsicht hatte sie auch Walid beschattet und kleine Geheimnisse entdeckt. Sie war es auch, die als Erste erfuhr, dass Walid heiraten wollte. Und war erleichtert gewesen.

Dann kamen die Katastrophen. Mohammad ermordet, Walid geschieden. Sie hatte sich gefragt, in welche Geschäfte er verwickelt gewesen war, nachdem er auch noch das Studium der Medizin geschmissen hatte. Dabei hatte sie die merkwürdige Praxis entdeckt, in der er offenbar nur Mädchen behandelte.

Sie besuchte den Vater und durchwühlte Walids Zimmer. Dabei fand sie sein Notizbuch, in das er Namen und Termine eintrug. Adressen aus ganz Ägypten. Einmal war sie ihm an den Nil gefolgt, in ein kleines Dorf. Doch Mina konnte nicht genau herausfinden, was er dort machte. Sie wollte auf keinen Fall von ihm ertappt werden. Doch sie spürte, dass er etwas Verbotenes tat.

Tief erschüttert schrieb sie sich die Schuld für Walids Entgleisungen zu. Ihre Mutter war nach seiner Geburt gestorben: Doch zuvor hatte sie ihrer Tochter den Jungen in die Arme gelegt. Mina hatte für ihren kleinen Bruder Walid die Verantwortung übernommen. Und hatte keinen guten Menschen aus ihm gemacht.

Tief geschockt von ihrer Entdeckung besann Mina sich auf ihre religiösen Wurzeln, betete, fastete und gab Almosen, um das Schlimmste zu verhüten. Sie legte sehr zum Missfallen ihres Mannes den Schleier wieder an und begann ihre Sehnsucht nach Freiheit und westlichen Werten zu zügeln.

Als Hala in ihr Leben trat, flammte die Sehnsucht an unerwarteter Stelle wieder auf. Entsetzt fragte sie sich, ob auch sie unnormal geworden war oder ob der Hang zum Verbotenen in ihrer Familie lag.

Zuerst hatte sie das Gefühl zu unterdrücken versucht.

Als Hala dann den Unfall hatte, merkte Mina, wie sehr sie bereits an ihr hing. Doch noch immer wagte sie nicht, sich ganz in die Liebe hineinzustürzen. Noch immer stieß sie Hala von sich weg. Lange würde es allerdings nicht mehr dauern und Hala würde sich entscheiden müssen.

Mina hatte sich fertig angezogen und schminkte sich. Danach wischte sie mit den Händen über ihre Bluse, als ob sie die Sorgen um ihren Bruder von sich wegstreichen wollte. Und als ob eine Tür in ihrem Inneren zuklappte, entschied sie, nicht mehr an ihn zu denken. Sie musste nach vorne schauen und ihr eigenes Leben leben. Sie hatte schon zu viel geopfert.

Halas verstörtes Gesicht tauchte wieder vor ihrem geistigen Auge auf. Hatte sie es diesmal übertrieben? Eigentlich hätte sie ja nichts dagegen gehabt, wenn Hala wie ein Fischlein zu ihr in den Teich geglitten wäre. Doch das Gegenteil hatte sie ausgedrückt. Mina schaute in den Spiegel und sah ein entschlossenes Gesicht.

Nein, sie hatte sowieso nichts mehr zu verlieren. Die Schuld hatte sich bereits tief in ihr eingegraben.

Wie geht sterben?, frage ich mich zum ersten Mal, als der Bäcker meine Ehre unter meinem Rock hervorzieht. Wie Schläge auf einer Trommel wiederholt er immer wieder, was er dabei sagt, „gut, Freund, gut". Ich habe keine Ahnung vom Tod. Aber ich habe auch nichts gegen ihn. Als dann das Blut aus mir herausfließt und mein Leben ins Jenseits transportiert, verstehe ich plötzlich. Das Blut wird ein Fluss und darauf schwimmen silberne Schiffchen aus Sternen und Tränen. Das ist Sterben. Niemand hilft mir. Niemand hat Hände. Selbst Hassan nennt mich Hure.

Huren. Das sind die Mädchen in Jeans. Sie laufen ohne Kopftuch auf der Straße auf und ab, und wenn einer klingelt, steigen sie ins Auto und fahren dahin, wo das Jenseits nicht mehr weit entfernt ist. Meine Schwester sagt, dass die Verschwundene aus der Nachbarstraße auch eine Hure ist.

Wenn sie wüsste. Wie war der Teufel auf uns gekommen? Das verschwundene Mädchen hat eine Tante, die den noch schlimmeren Teufel kennt. Den Chef vom Teufel.

Er heißt Sifri und ist nicht mal Ägypter. Man sagt, dass er ein Flüchtling ist, dem man helfen muss. Er hat Zähne wie Eigelb, Haare wie eine Zahnbürste und Hände, rot wie Melonen. Seine Stimme ist ein alter Motor, der in meine Ohren fährt. Und er hat viel Geld. Er schickt jemanden, der die Mädchen schneidet, bevor sie heiraten. Und wenn sie sterben, ruft ihre Großmutter oder ihre Mutter oder ihre Schwester aib, aib, aib *in die Straßen. Damit niemand mehr Fragen stellt. Ich habe den Tod in meinem Mund. Still sitzt er da und wartet. Und dann sagt der Tod doch etwas. „Los geht's, mein Mädchen." Er sagt es mit seidiger Stimme und einem Herz, weich wie eine Wolldecke. Ich schlüpfe in die Arme des Todes, weil ich kein Blut mehr sehen kann, und auch keines mehr aus mir herausläuft. Der Wind ist sandig und es fallen gelbe Tropfen auf das arme, tote Mädchen, das ich bin. Es ist an dem Tag vor Freitag. Niemand betet in der Straße, niemand will auf dem Blut der Schande beten.*

Das Mädchen hat immer noch Angst, auch wenn es jetzt Jeans trägt. Niemand sieht, dass es mit der Jeans ins Bett geht.

Keiner wollte Hala mitnehmen. Die Taxifahrer schüttelten bedauernd den Kopf. *Zamalek*? Nein. Philemon hatte ihr die Adresse des Hotels durchgegeben. Dort musste sie unbedingt ein paar Nachforschungen anstellen. Es war unglaublich, wie belebt die Straßen noch waren. Erst nach einer Ewigkeit hielt dann doch ein Taxi, in dem bereits eine Frau saß. Im Stau fiel Hala in einen betäubten Schlaf, in dem Mina sie zu verführen versuchte.

Wo hast du die Tabletten her?, schrie Hala immer wieder. Dennoch küsste sie Mina. Aus ihrem Mund kam ein modriger Geruch. Hala wurde erst wieder wach, als der Fahrer den Namen des Hotels brüllte.

Auch hier war die Nacht schlaflos. Die Tatsache, dass Mina eine Mörderin sein könnte, löste zwiespältige Gefühle in ihr aus. Ohnmächtige Wut. Fiel sie in Liebesdingen wirklich darauf noch herein? Hatte sie ihren gesamten gesunden Menschenverstand verwirkt?

War es wirklich, wie in all den Jahren, in denen immer wieder ein Geheimnis ihre Hoffnungen zunichte gemacht hatte? So war es immer gewesen. Ihre Geliebten verheimlichten ihr etwas, und wenn sie es herausbekam, war die Beziehung beendet. Aber Mord? *Habibi la'*! Während eine Gruppe junger Mädchen an ihr vorbeikicherte, dachte sie daran, wie alles angefangen hatte.

Philemon. Mord.

Niemals hätte sie diesen Auftrag annehmen sollen. Oder täuschte sie sich? Hala spuckte auf den Boden. Ein Geruch von faulen Eiern wehte herüber. Sie konnte nicht glauben, dass sie sich in eine Mörderin verliebt hatte.

Das Hotel machte trotz des Gestanks einen sauberen Eindruck. An der kleinen Rezeption stand ein Mann von etwa dreißig Jahren mit gepflegtem Äußeren. Vielleicht der Sohn des Hauses. Ein Familienbetrieb, dachte Hala, holte das Foto von Anastasia heraus und legte es auf den Tisch. In der Tasche hatte sie ein paar große Pfundnoten für den Fall, die Informationsbeschaffung unter Umständen etwas beschleunigen zu müssen.

„Meine Tante war kurz vor ihrem Tod hier gewesen."

Der Mann lächelte. „Ja, ich erinnere mich an ihre Tante, sie war verwirrt, hatte vergessen, dass sie eine Schwester in Kairo hat. Die arme Frau. Ich hoffe, dass uns das nicht passiert, *inscha 'allah*! Und sie atmete die ganze Zeit so schwer. Aber sie lehnte es ab, einen Arzt zu rufen."

Der Mann schüttelte bedauernd den Kopf. „Wie kann ich Ihnen helfen?"

„Ich frage mich, ob sie etwas hier vergessen hatte. Zum Beispiel Tabletten."

Die Tabletten lagen in ihrer Wohnung. Minas Schublade. Hala schalt sich selbst.

„Nun, mir ist nichts bekannt. Aber wir können gern den Zimmerjungen holen. Im Zweifelsfall wirft er aber gebrauchte Dinge fort. Oder ...", der Mann näherte sich Halas Ohr, um leiser sprechen zu können, „... er steckt sie ein, wenn sie noch zu gebrauchen sind."

Mit harscher Stimme rief er den Jungen, der die Zimmer sauber macht. Der Junge schwörte stammelnd bei *Allah* und dem Namen seiner Mutter, dass er nichts gefunden habe.

„Denk nach!", drängte der Mann und packte den Jungen grob am Arm. „Ich weiß, dass du manchmal etwas mitgehen lässt."

Dem Jungen schossen Tränen in die Augen. Die freundlich lächelnde Art des Mannes hatte sich in verhörstrategische Härte verwandelt.

„Könntest du dich an Tabletten erinnern?"

„Oder an irgendetwas anderes?", fügte Hala hinzu.

„Tabletten? Nein, wirklich nicht. Da war nichts mehr in dem Zimmer." Der Junge schaute seinen Chef mit erschrockenen Augen an. Hala fragte sich, wovor der Junge Angst hatte.

„Lassen Sie ihn in Ruhe", sagte sie und gab dem Jungen ein Pfund *Bakshish*, „ich danke dir!"

Als der Junge nicht mehr zu sehen war, fragte sie den Mann, ob ihm noch etwas aufgefallen wäre. Irgendetwas im Zusammenhang mit der Tante. Da wurde sein Blick plötzlich misstrauisch und er schaute sich nervös um. Eine Frau betrat das Hotel und näherte sich der Rezeption. Sie hatte lange, goldblonde Haare, war dezent geschminkt und trug einen Minirock, der den Blick des Mannes auffing wie ein Marmeladenglas die Wespen. Sie nannte ihre Zimmernummer und der Schlüssel wurde ihr übergeben.

„Hatten Sie einen schönen Tag?", fragte der Mann höflich und öffnete damit die Redeschleuse der Frau, Amerikanerin, die ganz Kairo und insbesondere das ägyptische Museum *amazing* fand und *beautiful*. Vom Geruch mal ganz abgesehen, dachte Hala und trat sich auf die Füße. Ihre weißen Turnschuhe waren sowieso ruiniert. Sie schaute auf die Uhr, hoffentlich verschwand die Dame bald. Sie hatte Glück, das Handy der Amerikanerin klingelte.

So sorry, sagte sie lächelnd und gab sich dem Gespräch hin. Als sie sich etwas von der Theke entfernt hatte, legte Hala einen Schein auf dieselbe. Erst sah er ihn nicht, gefesselt vom Anblick der amerikanischen Beine.

Erst als Hala auf die Theke klopfte, schien er sich ihrer zu entsinnen.

„Ob Ihnen noch etwas aufgefallen ist?"

„Nur, dass sie einmal Besuch von einem jungen Mann hatte. Ich dachte zuerst, dass es ihr Freund wäre, wissen Sie, diese Araberinnen aus Europa nehmen sich alle Freiheiten heraus. Sie hat ihn auf ihrem Zimmer empfangen und er ist erst nachts gegangen. Doch eine Sache war merkwürdig. Ich weiß nicht, ob ich mich recht erinnere."

Halas Hände zitterten, als sie den zweiten Schein auf den ersten legte.

Langsam zog der Mann die Scheine von der Theke herunter und steckte sie in die Tasche seines Jacketts.

„Ach ja, jetzt fällt es mir wieder ein. Ihre Tante setzte mich vorher davon in Kenntnis, einen Bekannten zu erwarten, Walid Sabri. Dann kam tatsächlich ein Bekannter, es war allerdings nicht der Erwartete. Der Herr gab sich als Munir Abdel Wahab aus. Ich habe mir den Namen genau gemerkt, denn das Kind unserer Nachbarn heißt so."

„Und was passierte dann?" Hala stand auf glühenden Kohlen.

„Ich rief Ihre Tante an, dass ein anderer Mann an der Theke stehen würde. Sie schickte sich an, ihn unten abzuholen. Munir Abdel Wahab setzte sich dorthin", er zeigte auf eine Sitzgruppe am Eingang, „um auf Ihre Tante zu warten."

Der Mann wischte sich nun Schweiß von der Stirn.

„Nun, das, was mir dann aufgefallen war, muss nichts bedeuten. Ihre Tante kam, um den Besuch abzuholen. Sie hatte eine

Stola umgelegt, deren Perlen klingelten. Als sie den Mann sah, begrüßte sie ihn. Sie schien nicht erfreut zu sein. Er im Übrigen auch nicht. Doch das Merkwürdigste war, dass sie ihn mit ya Walid begrüßte. Das war der Name desjenigen, den sie erwartete. Ich war davon sehr verwirrt."

Walid.

Er hatte sich an der Rezeption mit einem anderen Namen ausgegeben. Das, was der Mann kurze Zeit später hinzufügte, erhärtete ihre Theorie. Fast hätte sie es nicht richtig verstanden, denn eine Familie mit drei Kindern betrat das Hotel, mit Kreischen und abgefeuerten Seifenblasenpistolenschüssen. Kleine weiße Lederkamele, Souvenirs vom legendären Basar *Khan Al Khalili*, tummelten sich plötzlich an der Stelle, wo vorher die Geldscheine gelegen hatten.

„Walid Sabri kam den ganzen Abend natürlich nicht mehr. Auch am nächsten Tag nicht."

Walid schloss die Augen und versuchte, ruhig ein- und auszuatmen. Wie viele Taxen gab es in dieser verdammten Stadt? Es kam ihm vor, als ob das gewöhnliche arithmetische Werkzeug nicht ausreichte, um die Frage zu beantworten. Wie so vieles in dieser Stadt waren hier Dunkelziffern möglich. Nichtzählbares. Er überschlug: Hier in der Nähe des *Midan Tahrir* war jedes dritte Auto ein Taxi. Dabei rechnete er jetzt nur die Schwarzweißen ein. Hinzu kamen die gelben, die man vorbestellen musste, was Ägypter selten machten. Woher eine genaue Uhrzeit im Voraus wissen? Gut, wenn man zum Flughafen musste. Oder zum Busbahnhof. Aber ansonsten?

Walid seufzte. Er wollte sich der Zahl im Grunde nicht nähern, denn er hatte seit Stunden ein Taxi nach dem anderen abgeklappert. Niemand hatte das Mädchen befördert. Unmerklich war die Nacht hereingebrochen, bunt und glitzernd. Walid machte eine Pause und bestellte einen Mokka und eine *Shisha* mit Pfirsichgeschmack. Der Busbahnhof war noch genauso belebt wie tagsüber. Über, unter und neben ihm: brüllende, stinkende Motoren. Durch die vielen Brücken an diesem Platz war man ganz vom Verkehr eingesperrt. Die Autos fuhren teilweise nur Schritttempo und hupten pausenlos. Nachts fuhren die Busse in den Sinai von hier los.

Während der Pfirsichgeschmack sich auf seiner Zunge ausbreitete, beobachtete Walid eine Frau, die einen koffergroßen Rucksack trug. Sie hatte dunkelblonde Haare, die wie bei so vielen Touristinnen genau an der Schulter gerade ringsherum abgeschnitten waren, und schaute ihn und andere Männer mit offenem Blick an. Was wollte sie? Aber Walid hatte inzwischen gelernt, dass ein Blick einer dieser Frauen nichts bedeutete. Die Frau stellte den Rucksack ab, setzte sich an den Nebentisch und zündete sich eine Zigarette an. Sie sprach Englisch mit dem Besitzer und bestellte auch einen Mokka. Zwischendurch schaute sie auf ihre Uhr.

Ein Junge mit einem Schuhputzkasten bot Walid seine Dienste an. Walid nickte. Während der Junge sich vor ihn hockte, beobachtete er, wie eine weitere Frau sich mit einem fröhlichen Kreischen an den Nebentisch setzte. Sie sprach Deutsch. Ebenfalls blond, nur viel heller und gelockt wie Marilyn Monroe, küsste sie die Erste ab. Sie schien jünger zu sein. Vielleicht Mitte zwanzig. Er hatte schon gehört, dass Touristinnen den Bus in den Sinai nahmen und dann irgendwo, häufig in irgendeiner der Buchten zwischen *Taaba* und *Nuweiba*, ausstiegen, dort ein Hotelzimmer und einen Araber nahmen und sich tagelang vergnügten. Diese beiden hier hatten genau diesen abenteuerlichen Blick, den man dazu brauchte. Nur saßen sie natürlich an der falschen Haltestelle. Angewidert wandte sich Walid ab und nahm noch einen kräftigen aromatischen Zug.

Es lag nicht an seiner Methode, dass er das Mädchen noch nicht gefunden hatte. Es hatte keinen Sinn, die Suche zu systematisieren. Es gab keine Regeln und Rangfolgen. Jedes Taxi fuhr, wie es wollte und wohin es wollte.

Jeder kannte jeden und doch hatte bisher niemand ein Mädchen mit einer einfachen Galabeya und einer Plastiktüte ohne Begleitung in ein Taxi steigen sehen. Hatte er sich geirrt und sie war doch irgendwo anders? Seine Hoffnung wollte sich mit dem Qualm der Wasserpfeife in Luft auflösen. Da kam der Bus aus dem Sinai. Die beiden Frauen sprangen auf wie Frösche, als befürchteten sie, dass der Bus ohne sie losfahren könnte. Das war lächerlich. Erstens würde er Stunden brauchen, bevor er den Bahnhof verließ. Er war verstopft wie der Abfluss in seiner Wohnung neulich. Ab und zu floss ein Bus hindurch wie ein Tropfen Wasser. Da hätten die beiden Damen mit den Rucksäcken noch im Fahren aufsteigen können. Und zweitens fuhren die Busse nicht von hier ab. Walid beobachtete, wie die Langhaarige einen Schein auf den Tisch legte und sich hektisch mit dem Rucksack belud. Die andere machte es genauso, und wie Kamele liefen sie schaukelnd in Richtung Bus. Der Busfahrer schien ihnen zu erklären, dass sie am falschen Busbahnhof waren. Er wies in Richtung *etturguman*. Kurze Zeit winkten die beiden Frauen mit verärgerten Mienen einem Taxi.

Plötzlich flog eine glühende Zigarette aus dem Nichts neben seinem Bein herab und landete an seinem rechten Fuß. Walid schaute hoch.

„*Assalamuaaleikum*, mein Bruder."

„*Waaleikumassalam*", antwortete Walid. Wie hatte Sifri ihn gefunden?

„Wie geht es dir, mein Freund?"

Sifri präsentierte sein vergilbtes Lächeln wie bei einer Zahnpastawerbung.

„Gut, gut, aber was machst du hier?

„Warum hast du dein Handy ausgestellt?" Sifris Stimme war scharf wie eine Zwiebel. „Ich versuche seit Stunden, dich zu erreichen. Auch deine Schwester macht sich Sorgen um dich."

O nein, nicht Mina. Sie versuchte ihn zu kontrollieren wie eine eifersüchtige Ehefrau, alles unter dem Deckmantel der Fürsorge, die sich durch den Tod des Bruders noch gesteigert hatte.

„Du hast das Mädchen nicht gefunden", stellte er fest und setzte sich. Er bestellte *ahwa masbut* und rauchte eine weitere Zigarette.

„Weißt du, wie viele Taxen es hier gibt?"

„Ich wünsche dir von Herzen, mein Freund, dass sie nicht irgendwo auf der Straße landet, wo sie von karitativen Seelen eingesammelt wird. Verstehst du, was ich meine?"

Walid verstand genau.

Diese ausländischen Hilfsorganisationen hatten sich in den letzten Jahren ausgeweitet. Es gab spezielle Einrichtungen für Mädchen, die auf der Straße lebten. So genannte *social worker* lockten sie in ihre Busse und nahmen sie dann, manchmal sogar gegen ihren Willen, in Mädchenheime mit. Dort konnten sie sich ausschlafen, essen und bleiben. Die Organisation klagte Gewalt gegen Mädchen an. Walid bekam eine Gänsehaut, und das lag nicht an dem Nachtsturm, der plötzlich die Straße durchbrauste. Er schaute in den Himmel. Das Mondlicht schien die Wolken aufzuschäumen. Gespenstisch. Wenn die *social worker* das Mädchen in die Finger bekämen, war er dran. Man sprach davon, dass kürzlich eines der aufgelesenen Mädchen ihren eigenen Vater verraten hatte. Unvorstellbar.

Blieb nur zu hoffen, dass sie noch nicht auf der Straße war, sondern tatsächlich bei jemandem Unterschlupf suchte.

„Ich gebe dir noch vierundzwanzig Stunden Zeit, das Mädchen zu finden. Sollte es dir nicht gelingen, muss ich dich leider bitten, das Land zu verlassen und unterzutauchen."

Er hatte es gewusst.

Ein mageres Mädchen mit einem schmutzigen Kleid verkaufte Postkarten. Fünf im Paket. Sehenswürdigkeiten: Die Pyramiden, die Büste von Nofretete, der *Khan al Khalili*-Basar, der Kairoturm, *Ibn Tullun*. Sifri holte einen Schein aus der Hosentasche und kaufte ein Päckchen. Dann schob er es rüber zu Walid.

„Für Nachrichten aus dem Untergrund", grinste er. Seine Augen schienen nur aus Iris zu bestehen. Ohne das Weiß der Augäpfel. Und trotz des wütenden Flackerns wirkten sie kalt, als läge eine dünne Eisschicht darüber. Sifri beugte sich zu ihm und flüsterte nun.

„Nimm eine Waffe mit zu dem Mädchen."

Walid bezahlte den Kaffee und den Schuhputzer, obwohl er erst mit einem Schuh fertig war, und ließ Sifri allein am Tisch sitzen.

Was meinte er mit einer Waffe? Walid hatte nur sein Messer. Er schaute nicht mehr zurück, denn er wusste, dass um Sifris Mund ein niederträchtiges Lächeln spielen würde.

Er hielt das nächste Taxi an und schaute ins Fenster.

„Ich suche schon seit Tagen meine kleine Schwester. Sie ist mit dem gesamten Haushaltsgeld in einer Plastiktüte abgehauen."

Und dann beschrieb er sie, wie er es in dieser Nacht schon hundertmal getan hatte.

„Ich hör mich um, Bruder", sagte der Taxifahrer und hielt die Hand auf. Da kam ein Mann auf Walid zu, den er irgendwo schon einmal gesehen hatte. Er trug ein Hemd und einen Pullunder, am Arm eine goldene Uhr.

„Sie haben doch vorhin nach einem Mädchen gefragt. Ich glaube, ich weiß jetzt, wer das Mädchen gefahren hat."

Der Teufel kommt näher, Mädchen. Pass auf! Doch sie schaukelt in einem Traum herum wie ein Affe an Lianen. Geschickt und ohne zu stürzen findet sie sich in der Traumwelt zurecht, pflückt dort Schmuckstücke von den Bäumen, mit denen sie anschließend auf makellos weißem Sandboden das Wort Freiheit legt. Dann steht sie wieder auf und setzt sich in Maryams Schoß, die sie lieb gewonnen hat. Maryams Tochter liegt nun in ihrem Schlafzimmer und schläft. Sie hat das Mädchen interessiert angeschaut und ihr die Fernsehsendungen erklärt. Dann hat sie „Schwester" gesagt, weil sie sich so sehr eine wünscht. Oder einen Bruder. In Ägypten fühlt sich das Leben ohne Geschwister wie ein Leben ohne Arme oder ohne Beine an, als wäre an einer Seite nur ein leerer Stumpf, an dem dauernd Zugluft vorbeiweht. Deshalb ist Maryams Tochter heute froh. Sie fragt ihre Mutter, ob das Mädchen bei ihnen bleiben darf. Maryam seufzt und atmet den Kummer wieder ein. Sie weiß, wie traurig ihr Kind ist, wie sehr es den Vater und eine richtige Familie vermisst. Morgen wird sie Mina bitten, das fremde Mädchen in ein Heim mitzunehmen. Doch plötzlich schrickt sie auf. Was ist, wenn sie die Botschaft falsch verstanden hat? Vielleicht sollte sie sich wirklich um das Mädchen kümmern.

Was hätte Mohammad getan?

Sie hat das Gefühl, im Regen zu stehen, und weiß nicht, ob das schön ist oder nicht. Sie betet und hofft, mit Minas Hilfe das Richtige zu tun.

Die Nacht ist ein schönes Kleid für dieses Gebet. Sie wird nicht viel schlafen. Mein Herz tut jeden Tag so weh wie das von Maryam. Ich wache auf und denke: Was ist das, was mich so bedrückt? Genauso geht es Mary-

am. Fast alles hat man ihr genommen. Fast. Das Mädchen ist beinahe in Sicherheit, Maryam. Du hast gut überlegt. Mädchen wie wir kommen in der Welt zurecht, wenn wir nicht vorher sterben. Keine Sorge. Während alle schlafen, eile ich zur Metro, deren Pforten bereits geschlossen haben. Ich spure den einsamen Schienenweg von Maadi *bis zum* Midan Tahrir *nach. Mein Blick schweift hinab, kleine orangefarbene Lichtchen wie aufgenähte Glitzerperlen in den Falten des Erdgewebes. Da ist der Teufel und er hat keine Siegestrunkenheit im Gesicht. Nur Panik.*

Hala Habidi war nicht entgangen, dass Mina versucht hat, sie zu erreichen. Die neue Lage machte es erforderlich, sich bei ihr zu melden. Hala schaute auf ihr Handy. Es war zwei Uhr. Sie entschied sich für eine SMS.

„Komme morgen mit, mir geht's besser, Hala."

Dann stellte sie das Handy aus und begab sich noch einmal in Anastasias Wohnung. Eine Aktion von wenigen Minuten. Hala ging zielstrebig zu der Handtasche, in der die Tablettentüte mit der arabischen Aufschrift lag. Sie steckte die Tüte ein und hörte plötzlich Schritte auf dem Flur. Es war aber nur der alte Türhüter, der nach dem Rechten sah. Minas Vater. Nach einer Weile war es wieder ruhig und Hala konnte in ihre Wohnung zurückschlüpfen. Das Beutelchen mit den Tabletten hatte eine sehr kleine Aufschrift, die allerdings äußerst interessant war. In winzig kleinen Lettern standen da der Name von Nadja Abu Hamra und der Preis. In der Tüte waren 4 Stück. Einzeln verkauft. Auf der Tüte stand die Zahl 5.

Hala begann die Fakten mit Fatima und Nugum zu ordnen.

„Zwei Tage vor ihrem Tod erhält Anastasia Besuch von ihrem ehemaligen Geliebten. Sie konfrontiert ihn und er nimmt die Tabletten mit. Weil er weiß, dass die Nichteinnahme einen weiteren Herzinfarkt auslösen würde. Am nächsten Tag trifft sie ihre Schwester, die sie völlig entsetzt über ihr Aussehen mit nach Hause nimmt und ihr beim Umzug hilft. Anastasia kauft sich neue Tabletten."

„Guten Tag, Philemon", antwortete Fatima, aber sie war längst nicht mehr so redselig, seit Nugum da war und sie pausenlos miteinander schwatzten.

„Der wird mir jetzt auch nicht weiterhelfen", entgegnete Hala und sah, wie die Papageiendame sich schon wieder mit dem anderen Vogel beschäftigte. Der Tablettenklau war doch eigentlich nicht geeignet gewesen, um jemanden zu töten, dachte sie weiter. Also war es vielleicht nur, um sie zu warnen, um ihr einen Denkzettel zu verpassen. Ja, so musste es gewesen sein. Einen Schreck wollte man ihr einjagen, denn es war ja klar, dass sie sich neue Tabletten holen konnte. In der Apotheke der Schwester. Vielleicht hat sie es aber zu spät getan.

Vielleicht war sie deshalb gestorben, letzten Endes doch kein Mord. Und Mina hatte die Tabletten versteckt, um ihren Bruder zu schützen.

Ach, es wäre schön, wenn es kein Mord wäre.

Hala Habidi spürte Erleichterung in sich wachsen. Geschwätzig wie die Stadt vor der Tür war plötzlich die Erinnerung. Sie dachte an die hässlichen Betrügereien ihrer Exfreundinnen. Dass sie es aufgegeben hatte, jemandem zu vertrauen. Erst jetzt erreichte sie mit ganzer Wucht die bisher unterdrückte Enttäuschung, die in ihr aufgekeimt war, als sie die Tabletten gefunden hatte. Nun bestand ja noch Hoffnung, dass Hala doch nicht in einer Mördergrube gelandet war. Sie legte sich auf ihr Bett, sah schräg das Mondlicht einfallen und schaltet das Handy an.

„Liebe Hala, es tut mir sehr leid, was ich gesagt habe. Ich freu mich auf morgen! Kuss, Mina."

Die Schuld zerhackt den Blumengarten, dachte Mina.

Ihr Mann war nicht nach Hause gekommen. Wieder einmal. Seine Affäre mit Nadja war mittlerweile ganz offensichtlich. Er machte sich nicht einmal die Mühe, sie ihr schonend beizubringen. Wie hatte es soweit kommen können? Damals, als sie begonnen hatte, ihrem Bruder nachzuspionieren, hatte ihr Mann sie an die ehelichen Pflichten erinnert. Sie hatte seine Wünsche vom Tisch gewischt.

„Ich muss mich um meinen kleinen Bruder kümmern. Er verkraftet das ganze Unglück nicht."

„Aber er ist ein erwachsener Mann, Mina, du musst dich um deine Ehe kümmern, sonst verdirbt sie. Oder verwelkt wie ein trockenes Blatt. Willst du das?"

Seine Gleichgültigkeit Walid gegenüber und seine Unverständnis hatten sie rasend gemacht. Sie hatte eine Vase genommen und sie zu Boden fallen lassen.

„Die Familie ist doch das Einzige, was im Leben zählt. Verstehst du denn nicht? Versteht ihr Kopten nichts davon?", schrie sie und rannte in der Wohnung herum. Amirs Mundwinkel hatten sich verzogen und seine Augen flackerten ungläubig. Nie zuvor hatte sie ihn wegen seiner Religionszugehörigkeit angegriffen.

„Willst du damit sagen, dass wir Kopten keinen Familiensinn haben?"

Noch einmal hatte es damals geklirrt. Mina schleuderte die Weingläser, Symbol ihrer Unterschiedlichkeit, gegen die Wand. Amir stürzte auf sie zu und hielt sie fest. Nun begann sie zu weinen. Sie hatte ihren Bruder enttäuscht und einen Kopten geheiratet. Sie war schuld, wenn Walid jetzt von der rechten Bahn abwich.

Von diesem Abend an hatte Amir sich von ihr zurückgezogen. Er fragte nicht mehr nach, beschwerte sich nicht mehr, wenn Mina nicht zu Hause war, wünschte sich keine Zuwendung mehr. Doch wann hatte sie begonnen, ihn zu hassen?

Sie dachte zunächst nicht im Traum daran, dass er ein Verhältnis hätte. Viel zu sehr war sie damit beschäftigt, die Geheimnisse ihres Bruders aufzuspüren. Doch nach und nach dämmerte ihr, dass Amir eine Geliebte haben musste. Immer, wenn er Nachtwache hatte, war er nur über Umwege zu erreichen. Er behauptete auch, in seiner Praxis übernachten zu müssen, obwohl sie nur fünf Minuten von ihrer Wohnung entfernt war. Einmal besuchte sie ihren Vater und Walid unangemeldet spät am Abend. Wie gewohnt schaute sie auf der Straße, ob in der elterlichen Wohnung Licht war. Während ihr Blick über die Hausfassade schweifte und sie zufrieden feststellte, dass jemand zu Hause war, hörte sie plötzlich eine bekannte Stimme von oben an der Hauswand herunterschwingen. Sie sah Amir auf dem Balkon von Nadja lachen und eine Zigarette rauchen. Irritiert ging sie in das Haus hinein. Was machte er so spät hier? Fünf Minuten später, nachdem sie den Vater und den Bruder begrüßt hatte und in der Küche Tee machte, schalt sie sich selbst eine Närrin und begriff, was gespielt wurde. Ihr Hass traf sie wie der kalte Wasserstrahl ihre Hände, aber er galt nicht ihm, sondern ihr. Diese verfluchte Familie. Die verdammten Kopten.

Von da an hoffte sie inbrünstig, dass Nadjas Familie eines Tages ein Unglück passieren möge. Sie wünschte Nadja den Tod ihrer Söhne und Schlimmeres. Doch immer noch konnte sie sich auf wenig anderes konzentrieren als auf Walid, der allem Anschein nach auf scheußliche Weise sein Geld verdiente. Nächtelang zerbrach sie sich den Kopf darüber, wie sie ihn von diesem Weg abbringen konnte, doch nichts fiel ihr ein.

Kurz bevor sie den Zeitungsausschnitt und die Tabletten von Anastasia in seinen Unterlagen gefunden hatte, saßen Amir und sie bei einem der seltenen gemeinsamen Mittagessen.

„Du glaubst nicht, was ich gerade erlebt habe. Eine David-Lynch-Szene."

Amir war ein Fan von David Lynch, er besaß alle Filme auf DVD. Rätselhafterweise liebte er diese alptraumartigen Geschichten mit den schauerlichen Frauengestalten.

„Nadja und ich fuhren durch *Zamalek*, um ihr ein neues Handy zu besorgen."

So einfach ging ihm das über die Lippen. Als wäre sie nur eine Arbeitskollegin, dachte Mina und starrte auf ihren Teller.

„Auf der Straße des 26. Juli sahen wir eine sehr langsam gehende Dame mit grell blond gefärbten Haaren. Nadja drehte sich nach ihr um und schrie plötzlich auf. ‚Das ist meine Schwester!', rief sie so laut, dass ich scharf bremsen musste. Sie war es tatsächlich. Komplett entstellt durch ihre scheußliche Haarfarbe und sichtlich verwirrt. Stell dir vor, sie hat ein Hotelzimmer gemietet, anstatt zu ihrer Schwester zu gehen!"

Das war wirklich eine rätselhafte Geschichte. Warum hatte sie sich in ein Hotel eingemietet?

„Weil sie verwirrt und durcheinander ist. Weißt du nicht mehr, damals in Köln? Sie hat sich so merkwürdig benommen."

Das stimmte. Mina hatte auch an Anastasias Verstand gezweifelt.

Sie, Walid und Amir hatten auch endlich einmal Deutschland sehen wollen. Anastasia lud sie in ein Café an einem Stück römischer Stadtmauer ein. Nach einer Weile unverfänglichen Geplauders bemerkte Mina, wie Anastasia ihren Bruder musterte, und sie tat es ihr nach. Seltsam, von ihm ging eine aggressive Sinnlichkeit aus. Er trug ein auffallend gefärbtes Jackett. Eigelbfarben. Anastasia bestellte mehr Eis und wirkte plötzlich unerklärlich und eigentümlich aufgeregt. Walid bot ihr eine Zigarette an, sie rauchte tatsächlich. Dabei kicherte sie und behauptete, dass alles sehr schön sei, vor allem ihr Besuch. Sie fuchtelte mit den Armen in der Luft herum und plötzlich traf die Kaffeetasse nicht am gewohnten Ort auf, sondern drohte auf der Kante der Untertasse zu kentern. Außerdem sprach Anastasia stundenlang von frei fliegenden, grünen Sittichen über Köln. Dann stand sie unvermittelt auf, nahm ihre Handtasche und lief, ohne sich zu verabschieden, wie ferngesteuert fort.

„Die spinnt“, hatte Amir nur festgestellt.

Walid hingegen hatte Anastasia verteidigt. Als würde er sie mögen. Der Tag war bizarr gewesen.

„Und was ist dann passiert?“, nahm Mina das Gespräch am Mittagstisch wieder auf.

„Wir haben ihre Sachen geholt und haben sie nach Hause gebracht. Leider konnten wir nicht mehr erledigen, worum Nadja mich gebeten hatte. Deshalb wollte ich dich um einen Gefallen bitten.“

Das, was er von ihr verlangte, blies ihre Gleichgültigkeit ihm gegenüber endgültig fort und Hass trat an die Stelle.

Morgens ist es genau eine Stunde vor dem Gebetsruf auf den Schienen still. Auf dem Klang der weinenden Moscheen setze ich mich in Bewegung. Viele Menschen gedenken nun Allahs *und bitten ihn um Hilfe. Auch Maryam steht auf, hält auf ihrem Balkon nach dem Morgenlicht Ausschau, findet eine kupferne Himmelskuppel und entsinnt sich ihrer Pflichten.*

Heute wird sie Mina treffen und mit ihr über das zugelaufene Mädchen mit der Visitenkarte sprechen.

Aber was soll sie bis dahin mit ihr machen? Sie muss in den Kindergarten. Ihre Tochter zur Schule. Maryam erhebt sich vom Gebet und sieht, dass der Holzboden brennt vom Sonnenaufgang. Sie beschließt, das Mädchen mit zur Arbeit in den Kindergarten zu nehmen. Erleichtert räumt sie die Gebetsutensilien weg und beginnt, Frühstück zu machen.

Weg von Maryams Gedanken schleiche ich auf den Sternenresten der Nacht zu Hassan, der eine Kerze für mich angezündet hat. Die Werkstatt verlässt er nicht mehr, seit die Dschinnija *ihn besucht hat. Jeden Morgen zündet er eine Kerze an und ruft mich. Dann stelle ich mich zu ihm, eine Braut im Wolkenkostüm, und er merkt nicht, dass die Luft feucht wird wie in einem* Hammam. *Er bittet* Allah *immer wieder um Verzeihung, dass er es nicht gewagt hat, mir das Leben zu retten. Er bittet den Tod, dass ich wieder zurückkommen möge. Und ich? Ich will mit dem Tod gehen. Er ist der einzige Verwandte, der aufrichtig und dessen innerer Glanz noch nicht trüb geworden ist. Ich dränge mich an Hassan, doch er merkt ja nichts. Das ist das Einzige, was mir fehlt.*

Auch die Dschinnija-*Anastasia ist da. Sie kehrt mir immer den Rücken zu. Leicht fühlt sie sich jetzt, und nichts drückt mehr auf ihr Herz. Nicht einmal mehr Rache will sie. Sie denkt, dass Walid genug gestraft ist. Auch sie hat sich in jener Nacht bereits entschieden. Ihr Medikamente vorzuenthalten war nicht nötig.*

Der Tod liegt mit im Bett und Anastasia hat ihre Bluse schon geöffnet. Dennoch greift sie nach ihren Tabletten und erinnert sich, dass sie keine mehr hat. Die eine Hand schlägt auf das Herz, die andere wühlt in der Handtasche herum. „Hol mir die Tabletten", sagt sie später und zeigt auf die Schachtel. Das hätte sie früher tun müssen. Da ist schon der Tod bei ihr und kichert zärtlich. Anastasia begreift und ist erleichtert.

Auch das Mädchen erwacht nun. Die Reise hat sie so erschöpft, dass sie tief schläft, bis Maryam ihr eine Hand auf die Stirn legt. Da ist das Tageslicht schon im Zimmer. Sie sieht sich unruhig um. Ist sie hier wirklich in Sicherheit? Es wird alles gut, sagt Maryam, als könnte sie Gedanken lesen. Doch ist Unruhe in ihrem Herzen. Die kleine Tochter kommt und springt zu dem Mädchen ins das Bett. Kämmst du mir die Haare?, fragt sie.

Und ich muss an meine Schwester denken. Bald wird sie kommen und mich auf immer begleiten.

Das Mädchen bürstet die Haare der Tochter, die glänzen wie Honig, steht auf, noch immer in Jeans, und begleitet Maryam in den Kindergarten, wo sie Töpfe saubermacht und Spielzeug ordnet. Sie macht ihre Sache so gut, dass Maryam das Mädchen gar nicht mehr hergeben will.

Aber nun weiß der Teufel, wo sie ist.

Endlich hatte er den Taxifahrer gefunden. Es hatte fast zwei Tage gedauert. Walid hatte gerade zu Mittag gegessen, als der Mann von seiner Fahrt ans rote Meer zurückgekommen war. Eigentlich wollte er sich gerade schlafen legen; er hatte vier Studenten nach *Nuweiba* hinter sich, einem Ort am Sinai. Aber wenn es sich lohne. Walid fluchte. Wie viel Geld ihn diese Suche schon gekostet hatte, es war zum Heulen. Mit zusammengebissenen Zähnen überschlug er, was er für den Taxifahrer noch übrig hatte, und nickte.

Nach *Maadi* hätte er sie gefahren, hieß es. Mit einer Plastiktüte, die sie an ihren Bauch gepresst hätte.

„Fahr mich genau dorthin", befahl Walid.

Er horchte den Mann aus.

„Was hat das Mädchen gesagt?"

„Sie zeigte mir eine Visitenkarte, den Namen des Mannes habe ich mir nicht gemerkt, auch nicht die Adresse, aber ich werde das Haus wiedererkennen, mein Freund, nicht weit von *Maadi Sakanat* entfernt. Gesagt hat sie nichts. Die ganze Fahrt über schwieg sie, wie sich das für ein ordentliches Mädchen gehört, mein Bruder", sagte der Taxifahrer und schaute Walid scharf an. Von da an schwieg Walid ebenfalls und dachte über das nach, was der Mann gesagt hatte. Das war in der Nähe des Hauses, in dem sein Bruder früher gewohnt hatte.

Seltsam, wie oft ihn in den letzten Tagen die Gedanken an seinen Bruder verfolgten. Als er starb, brach eine Welt für Walid zusammen, was er vor den anderen verbarg. Seine Schwester hatte er abgeschrieben, als sie den Kopten heiratete, aber der Bruder war immer Vorbild gewesen. Allein, wie er sich kleidete. Er schaffte es, mit wenig Geld westlich auszusehen. Nie hatte er ihm verraten, wie er das gemacht hatte. Steckten irgendwelche Europäerinnen dahinter? Nein, das konnte nicht sein.

Walid hatte nie begriffen, warum Mohammad Maryam nicht geheiratet hatte. Als er verhaftet wurde, lag es nahe, zu glauben, dass er homosexuell wäre, doch Walid wusste es besser. Vor seinem Abitur hatte Mohammad ihn eines Nachmittags in seine Geheimnisse eingeweiht und ihm von seinen Freundinnen erzählt. Er sah blendend aus, konnte sich vor Mädchen nicht retten. Mit jeder wollte er zusammen sein. Mit jeder begann er ein kleines, wie er sagte, unschuldiges Verhältnis. Das änderte sich schlagartig, als er Maryam kennenlernte. Sie verlobten sich und wollten heiraten, wenn Mohammad seine Pilotenprüfung absolviert hätte. Doch die Pilotenprüfung kam, und Mohammad sprach immer noch nicht von der Hochzeit. Walid ahnte, dass ihn etwas gehindert hatte, Maryam zu heiraten, aber was?

Er würde es nie mehr erfahren.

Der Weg von der Apotheke zum Taxi nach *Maadi* musste Stunden gedauert haben. Ein abgebrochener Ast lag am Straßenrand, an einem Obststand feilschte eine Frau, die behauptete, dass die Orangen schon faule Stellen hätten. Die Sonne glitzerte auf dem Nil, die Stadt umtriebig wie immer. Das Taxi fuhr langsam durch *Dokki* und dann am Zoo vorbei. Wann war Hala in der Apotheke gewesen? Sie stellte das Handy an, um zu wissen, wie spät es war.

Nachmittag? Vier Uhr? Sie versuchte, den Vormittag zu rekonstruieren.

Bevor sie sich einen *Schawarma* zum Frühstück geholt hatte, hatte Hala die Apotheke von Nadja Abu Hamra betreten. Nadja selbst war nicht zugegen, auch sonst niemand, den sie kannte. Ein junger Mann bediente sie, mit Locken und langen Wimpern und einer wüstenwarmen Stimme. Er schaute sich das Tütchen an und rief dann seinen Kollegen.

„Ja, das ist meine Schrift“, sagte dieser schließlich.

„Anastasia hat dieses Medikament von uns bekommen und ist kurz darauf gestorben.“

„Das weiß ich“, sagte Hala, holte Luft, doch der Mann war schneller.

„Ich bedaure das sehr, aber ich habe die Angelegenheit noch einmal nachgeprüft. Es war der gleiche Wirkstoff, da ist nichts schiefgelaufen, auch in Ägypten funktioniert das Präparat so wie das deutsche. Sie hat es entweder zu spät genommen oder die ganzen Strapazen einfach nicht überlebt. Dieser Lebenswandel, fliegen, hin und her, rauchen …"

Hala musste ihn unterbrechen.

„Ich möchte ja nur wissen, wann sich Anastasia das Mittel geholt hat?"

Der Mann mit den langen Wimpern lächelte sie strahlend an, während der andere sie erstaunt ansah.

„Mina hat das Mittel geholt, nicht sie selbst."

„Mina. Wieso das denn?"

„Das kann ich Ihnen leider nicht sagen", bedauerte der Mann und der andere bot Hala einen Tee an. Ihr Kopf drehte sich an dem Satz, den sie gerade gehört hatte, zu einem Nein. Hin und her und rundherum.

Mina. Tut mir leid, was ich gesagt habe, ich freu mich auf morgen! Kuss, hatte sie geschrieben. Mina, aus deren Traumarmen sie gerade erwacht war. Um sie wurde es schwarz. Mord macht schwach. Ich kann nicht mehr, dachte sie, ich muss endlich hier weg. Heute ist Donnerstag. Morgen geht ein Flieger.

„Ist Ihnen noch etwas aufgefallen?"

Die Männer verneinten.

Dann hatte Hala in der Apotheke eine Tablette genommen, der Mann hatte ihr ein Glas Wasser gereicht. Ja, daran erinnerte sie sich genau.

Im Taxi sitzend fasste Hala in ihre Jackentasche. Dort waren noch die Pillen, die sie eingenommen hatte. Beim Überfliegen der Schrift erinnerte sie sich weiter.

„Was ist mit Ihnen?", hatte der mit den langen Wimpern gefragt. „Sie zittern ja!"

Der Wimpernmann hatte ihr ein Kreislaufmittel angeboten. Ja, so war es gewesen, und dann war die Zeit davon gerannt, mit dem stufenweise Absinken ihres Blutdrucks. Wie lange war sie in der Apotheke gewesen?

Wie waren die Stunden seitdem vergangen?

Sie konnte es nicht sagen und strich über den plastikbezogenen Rücksitz. Dabei merkte sie, dass sie verschwitzte Hände hatte. Nun war es also schon vier Uhr. Sie saß in dem Taxi nach *Maadi*, weil Mina sie eingeladen hatte, ihre Freundin Maryam kennenzulernen. Hala fuhr aber auch aus einem anderen Grund hin. Sie würde Mina konfrontieren. Ihr alles erzählen, was sie wusste, und dann wegfahren, für immer. Mochte Mina die Mörderin sein oder nicht.

Früher war er häufiger nach *Maadi* unterwegs. Die Wohnung seines älteren Bruders war ihm ein zweites Zuhause gewesen, wenn er auch den Stadtteil nicht besonders mochte. In der Nähe der U-Bahn zerrten die Bettler an seiner Jacke und alles war schmutzig und verstaubt. Kaum hatte das Taxi die *Road 9* verlassen, fand man sich in einem Viertel reicher Villen wieder, in dem Schwarzafrikaner einem die Türen der Ausländer öffneten, die sie dafür angestellt hatten. Insbesondere die Deutschen haben sich dort niedergelassen, dachte er finster.

Einmal war er mit seinem Bruder in so eine Villa eingeladen. Das ganze Haus hatten sie bewohnt und überall waren ägyptische Bedienstete gewesen. Kindermädchen, Bügelfrau, Putzfrau, Türhüter. Es war unglaublich gewesen. Im Wohnzimmer der Familie hatte jemand einen Vortrag über *Goha* und die arabische Kultur der Lüge an dieser Figur erklärt. Sein Bruder hatte lauthals gelacht, ihn aber, Walid, hatten die Behauptungen bis ins Mark getroffen.

„Walid, du hast alles falsch verstanden, das war gut gemeint“, hatte Mohammad gesagt.

Wie hatte er das gekonnt? Walid zog den Zigarettenrauch tief ein. Er bemerkte, wie sehr er seinen Bruder vermisste. Er hatte es bisher vermieden, Maryam Besuche abzustatten. Und auf einmal fürchtete er sich davor, in *Maadi* anzukommen.

An Hala vorbei fuhr ein Taxi. Fünf Frauen mit unterschiedlich gefärbten Kopftüchern saßen darin, auf dem Vordersitz ein Mädchen auf einem Schoß, und ein Junge quetschte sich zwischen Fahrersitz und Frauenknie. *Hellua ya baladi*, schön, o mein

Land, sangen sie kreischend mit Amr Diab, der aus dem Lautsprecherradio erklang. Das Mädchen winkte Hala zu, die Mühe hatte, zurückzulächeln.

In der Mitte der Straße am Nil war ein Bordstein, auf dem ein Polizist stand. Es ging nur schleppend voran um diese Uhrzeit. Haarscharf fuhr das Taxi an einer alten, schwarz gekleideten Frau vorbei, die hinter käfigähnlichen Holzkisten saß und darauf gestapelte Lauchzwiebeln und Kartoffeln verkaufte.

„Anhalten", schrie Hala, was unnötig war, weil der Wagen sowieso fast stand. Sie sprang heraus und griff nach einem Bund Lauchzwiebeln, als wäre wieder Leben in ihr.

Wieder im Taxi, streichelte sie die grünen Stängel wie ein Baby und ließ den scharfen Geruch in ihre Nase schneiden, bis sie niesen musste. Zwei Kinder streckten ihre Hände in das geöffnete Fenster, doch Hala schüttelte den Kopf.

Da warfen sie ihr Steinchen hinterher.

Wenn ich mich teilen könnte, würde ich das tun. Mein noch vorhandener Instinkt sagt mir: einen Arm um das Mädchen, einen anderen um die Dschinnija, *deren Seele in einer Tablette gefangen ist. Könnt ihr mich hören? Gleich wird der Teufel dort sein, wo das Mädchen ist.*

Sie spielen arglos Karten und mit Puppen, und dann nimmt Maryams Tochter das zugelaufene Mädchen an die Hand und zeigt ihr ein Bild von der ganzen Familie. Sie ist so froh, dass das Mädchen nicht weiß, dass sie ein Kind ohne Vater ist.

Also zeigt sie ihr das Bild von ihrer Einschulung, auf dem alle abgebildet sind. Onkel Mohammad, Onkel Walid, Opa, Tante Mina und Mama. Kein Papa, keine Oma, keine mütterliche Familie. Die haben Maryam verstoßen, als sie schwanger wurde. Aber am Leben gelassen. Das Mädchen lacht und lässt sich alles erklären.

Plötzlich schlägt sie ihre Hände wie verwundet vor das Gesicht, sie hat den Teufel erkannt. Der Blick verdunkelt sich in ihren Händen. Es ist unerklärlich, wie ein Gesicht ergrauen kann. Immer habe ich mich das bei meiner Schwester gefragt. Von einer Sekunde auf die andere konnte ihr rosiges Gesicht farblos werden, wie eine Wolke. Und so sieht das Mädchen jetzt aus, als sie wieder aufschaut. „Was ist, was ist mit dir?", fragt die Tochter, doch die andere schaut nur starr nach unten.

Es klingelt an der Tür. Tante Mina kommt, das weiß die Tochter. Sie werden gleich Tee trinken und über den toten Vater sprechen, wie immer. Die Augen der Mutter werden durchsichtig wie ein Wasserglas werden, und Mina wird ihr, wie immer, auf die Schulter klopfen. Er ist immer bei uns, wird sie sagen. Das Mädchen ist durch das Klingeln aus ihrer Starre erwacht und spürt einen Schrei, der sich aus ihrem Inneren befreien will. Wie ein gehetztes Tier schaut sie sich um, sieht Maryam an der geöffneten Tür stehen und rennt hinaus. Nein, bleib stehen, du rennst doch dem Teufel in die Arme! Aber das Mädchen weiß ja nicht, dass sie nur bei Maryam sicher ist. Allah *schäumt mit kräftigen Händen ihr Schicksal auf. Er wirbelt sie die Treppe hinunter durch den dunklen Hausflur. Maryam will hinter ihr her, doch da ist das Kind schon verschwunden. Das Mädchen hat die schwere Tür geöffnet und sieht einen Wagen auf der anderen Straßenseite vor einem kleinen Vorgarten stehen, voll mit Melonen, die auf einer löchrigen und schmutzigen Decke geordnet sind. Darunter kriecht sie und macht sich klein wie eine Maus. Schon ist sie nicht mehr zu sehen. Nur wer ihren Weg verfolgt hat, ahnt, dass sie dicht gedrängt zwischen dem schmutzigen Boden und den Holzbrettern des Karrens liegt.*

Maryam schüttelt den Kopf, geht wieder hinein und begrüßt Mina, die sich über das fremde Kind wundert, das sein Kopftuch und seine Kleider bei Maryam vergessen hat. Ohne den gewohnten Schutz liegt das Mädchen unter dem Karren. Sie zittert und Tränen laufen ihr über die Wangen, weil sie alles vergessen hat: ihre Tüte, ihr Kopftuch und ihr Geld. Die Kleine zittert vor Angst, weil sie den Teufel gesehen hat. Sie dreht den Kopf hin und her und sieht zwei Schuhe auf sich zukommen. Weiße Turnschuhe, wie sie selbst sie trägt. Vor lauter Verzweiflung pumpt das Herz Worte aus dem Mund. „Der Teufel ist hinter mir her, Großmutter rette mich!“ Immer näher kommen die Schuhe und zwei Augen blicken unter den Karren. Die Augen einer fremden Frau. Sie hat eine freundliche Stimme und eine glänzende Jacke. Die Stimme schafft es, ein wenig Panik zu vertreiben. Die Frau rollt sich unter den Karren. „Brauchst du Hilfe?“, fragt die Stimme mit komischen Lauten und mit Zucker und Zimt und fremdem Gewürz. Eine Ausländerin. Mädchen, begreif doch, das ist die Dschinnija. *„Der Teufel ist hinter mir her und er ist da oben in der Wohnung“, sagt das Mädchen stockend. Plötzlich hält ein Wagen. Zwei Schuhe fallen neben ihnen aus einem Taxi. Das Mädchen dreht den*

Kopf. Der Mann geht um das Taxi herum und dann Richtung Maryam. Das Mädchen schraubt ihren Kopf vom Hals. Die Schuhe haben Schnürsenkel, an deren Ende goldenen Perlen baumeln. Die Hose, die Hände. Auch sie hat genau hingeschaut und sich alle Einzelheiten eingeprägt. „Gleich wird er da sein mit dem Messer“, sagt sie.

Nein, Mädchen, er geht doch auf das Haus zu. Sieh doch. Da schreit sie aus Verzweiflung: „Dem Teufel kann man nicht entkommen, Großmutter!“ Sie robbt unter dem Karren gegen die Mauer, quetscht sich zwischen Karren und Steinen durch und rennt davon. Die Dschinnija *macht es ihr nach, aber der Spalt ist zu eng für sie. Sie hat Mühe, sich aus der Klemme wieder zu befreien, deshalb verliert sie das Mädchen aus dem Blick. Sie bleibt vor dem Karren hocken wie ein Frosch. Das Mädchen ist verschwunden. Der Teufel, aufmerksam geworden, hat sich umgedreht und läuft in eine kleine Straße hinein, dem Mädchen hinterher. Er kommt der* Dschinnija *bekannt vor, Mädchen, aber so kann sie nichts für dich tun. Niemals hättest du weglaufen dürfen. Der Teufel hat dich geschnappt und hält dir ein kleines Messer in den Rücken. Deshalb läufst du stumm neben ihm her und steigst in sein Auto. Langsam begreift die* Dschinnija, *deren Kopf endlich über den Wagen blickt. Der Sohn des Türhüters. Schnell duckt sie sich wieder.*

Und jetzt bittet sie einen Taxifahrer um Hilfe.

Wo hatte er die Frau schon einmal gesehen? Walid war beunruhigt, obwohl er sich darüber freuen sollte, dass er das Mädchen gefunden hatte. Wie aus dem Nichts war sie plötzlich auf dem kleinen Platz vor dem Haus, in dem Maryam wohnt, aufgetaucht. Mit dem Schrei einer Wahnsinnigen, dem Schrei ihrer Mutter, dieser schreckliche Fluch. Walid war schon fast im Haus gewesen, da drehte er sich um, sah das Mädchen in die kleine Straße voller Menschen und Händler laufen. Es gelang ihm dennoch, das Mädchen einzufangen.

„Keinen Mucks, sonst tut es hier hinten weh. Siehst du da vorn das Taxi?“

Niemand kümmerte sich darum. Das Leben der Straße tickte wie eine Uhr weiter, unbeeindruckt von der kleinen Verfolgungsjagd. Problemlos hatte er das Mädchen in den wartenden Wagen bugsiert. Beim Anfahren hatte er die Frau dann gesehen.

Während der Fahrt fiel es ihm ein. Der Wagen fuhr über eine Brücke, von der Walid eine gute Sicht auf einen Markt hatte, der so voll war, dass man nur ab und zu ein kleines Stück grauen Asphalt sehen konnte. Sonst nur Männer und Wäschestände. Was hatte die neue Studentin von Mina hier zu suchen? Er war sicher, dass sie es war, selten sah man eine Frau mit einem Kurzhaarschnitt. Die Lederjacke war ihm auch gleich aufgefallen, sehr sportlich, die Dame. Walid drehte sich um, um zu überprüfen, ob er verfolgt wurde. Hinter ihnen fuhr ein Taxi, in dem zwei Kinder saßen. Beruhigt schaute er nach vorn. Das Mädchen war in sich zusammengesunken. Warum hatte er ihr überhaupt das Messer in den Rücken gedrückt? Das war unnötig gewesen. Er hatte die Seele des Mädchens bereits zerschnitten. Wie weit war es nur mit ihm gekommen? Plötzlich hielt das Taxi an.

Hala versuchte sich so klein wie möglich zu machen und jetzt nicht daran zu denken, ob Mina sie in eine Falle gelockt hatte. Das Mädchen vor ihr im Auto war ein Opfer Walids. Er hatte sie in ein Taxi geschubst.

Konnte sie an einen Verbrecherring geraten sein? Nicht auszudenken! Das verzweifelte und ausgelieferte Mädchen hatte Hala wieder auferstehen lassen. Langsam klang die Wirkung des Beruhigungsmittels ab und sie sah wieder klar. Wo würde Walid das Mädchen hinbringen? Für den Moment ging es nicht mehr weiter, denn ein seltsames Gefährt überquerte die Fahrbahn, gezogen von einem flinken Jungen. Eine Art Riesendreirad, auf dessen Lenker ein hoher schwankender Turm aus Paketen befestigt war. Hala erkannte die Chipskartons, und in einer anderen Situation hätte sie grinsen müssen. Als der Junge vorbeigelaufen war, rollte der Verkehr weiter. Hinter dem Fahrersitz neben den beiden Jungen konnte sie versteckt nach draußen spähen und das Auto beobachten, in dem Walid und das Mädchen saßen.

„Sie müssen mir helfen", hatte sie gesagt. „Er darf mich nicht sehen."

Der Taxifahrer hatte sofort genickt und zwei Jungen gerufen, die zu ihrer Tarnung mitfahren sollten. Hala wunderte sich über die List; sie kam so prompt, das musste er schon häufiger so arrangiert haben. Die Jungen waren alles andere als schüchtern und fragten als Erstes nach Kaugummi. In Halas Jeansjacke steckten immer noch die Erdbeerkaugummis vom Flieger, die sie den Jungen gab, die nun vergnügt kauten und die Verfolgungsjagd genossen. Mit Hupen und Entschlossenheit blieb der Fahrer an Walids Taxi dran.

Der Himmel war mittlerweile eine kitschige Melange aus lila und orange geworden; der Taxifahrer schaltete mit dem Sonnenuntergangsruf das Radio an. Die Jungen sagte *Allahuakbar* und kauten weiter. Am *Midan Tahrir* hielt der Wagen vor ihnen an, und Hala konnten sehen …

Hala konnte sehen, dass eine zweite Person einstieg. Dann fuhr das Taxi weiter.

Der Teufel hat sich verdoppelt. Jener Teufel von der anderen Straßenseite meines Viertels ist zu uns ins Auto gestiegen. Sie haben das Mädchen in ein Haus gebracht und in eine Wohnung eingeschlossen. Dort kauert das Mädchen neben der Tür zum Balkon. Eben noch hat sie auf die Straße geschaut. „Rühr dich nicht, sonst bist du ein totes Kind“, hat Teufel Nummer zwei gesagt. Der mit den Zähnen wie Eigelb. Auf der Straße hat sie die beiden wegfahren sehen. Teufel Nummer zwei hat noch einmal den tomatenroten Zeigefinger geschwenkt. Kurze Zeit später kommt die Dschinnija *und winkt hoch zu ihr. Doch wie soll sie das Mädchen da herausholen?*

*Die Gefangene beginnt sich umzuschauen. Vor ihr steht ein braunes Sofa mit einem Tisch. Dahinter ist ein Fenster, dessen Läden zugesperrt sind. Das Mädchen beginnt leise zu beten. Aber die Verzweiflung überrollt den Glauben. „*Allah *wird dir nicht helfen“, hatte die Mutter gesagt und sie mit Vogelaugen angeschaut. „*Allah *wird dir nicht helfen.“ Sie hat Recht behalten. Das Mädchen beginnt leise zu wimmern. Selbst ihre Großmutter kann sie nicht beruhigen, die auf Schwebefüßen vorbeikommt. Sie bemerkt nicht einmal, dass die Großmutter da ist, nichts bemerkt sie, außer dem dunklen Raum in sich, der immer größer und auf den der Tod allmählich aufmerksam wird. Er ist vorsichtig. Sicher ist es noch nicht, dass hier in dieser verlassenen Wohnung Arbeit für ihn ist.*

Das Mädchen lässt ihre Hände über den Boden streichen und merkt, wie staubig er ist. Gekratzt an den Händen zwinkert sie plötzlich nervös.

In ihrem Kopf breitet sich das Sonnenlicht aus, das den Nil in Streifen schneidet. Das warme Murmeln des Flusses in ihrem Ohr wandelt sie am Ufer entlang, die Großmutter wartet dort immer bis Orange-, Gelb- und Rottöne einander auf dem Wasser jagen. Das Mädchen öffnet den Kopf, um das Licht und das Wasser in sich hineinzulassen, ja, es ist hier in dem Zimmer, auch wenn es sich allmählich schwarz färbt. Sie legt die schmutzigen Hände auf ihre unbedeckten Haare und streicht den Staub und den Dreck hinein, wieder und wieder greift sie in den Boden, schöpft Staub und benetzt ihr Haar damit. Jedes einzelne Staubkorn leuchtet wie ein Stern und plötzlich glitzert das Mädchen und steht auf. Langsam geht sie der Großmutter hinterher auf den Balkon. Wie einen Schrank öffnet sie die Tür und greift in einen herrlichen Abend hinein, mit beiden Armen aus dem Vollen schöpft sie den nächtlichen Überfluss. Sie sieht die Dschinnija *nicht, die von unten winkt und ihr etwas zuruft.*

„Ich hole Hilfe, nicht verzagen, ich komme wieder."

Den Abend am Nil im Ohr und im Auge, schaut das Mädchen an der Dschinnija *vorbei. Es hört das Flüstern des Bambus am Wasser. Sieht die Großmutter beschützend-beschwörende Gesten machen und jetzt spricht sie mit dem Fluss, als wäre nicht* Allah *ihr Gott, sondern der reißende Wasserkörper. Das kann die Großmutter, den Fluss bezwingen und sogar Schlangen. Und dann schaut das Mädchen nach unten. Den Fluss bezwingen, wie die Großmutter, dieser Gedanke bestärkt sie nun, so weit hat sie es doch geschafft, das Herz ist auch wieder am rechten Platz. Die Augen messen den Abstand von ihr zur Straße ab, kaum höher als der Baum, von dem sie als Kind gesprungen ist, eine Katze klettert auf dem Müll herum, Hunde umstreifen einen Wagen voll mit Eiern. Auf dem Fluss hinter den Häusern liegt jetzt Stadtgold. Ihr Herzgewicht nimmt ab, als sie die Hand auf die Brüstung legt, um den kühlen Stein zu fühlen, die Füße nur darauf stellen. Ah, gut, der Großmutter Ziegengeruch unter den Füßen und die Helligkeit des Schreckens, als sie zu fliegen beginnt.*

Zerschlagen fuhr Walid nach Hause, nachdem er Sifri wieder in die Stadt gebracht hatte. Was hatte Sifri mit dem Mädchen vor und wem gehörte die Wohnung?

Es ist besser, wenn du nicht zu viel weißt, schien sein Gesichtsausdruck zu sagen. Nun lag die ganze Last auf Walid. Bisher war alles glatt gegangen, aber jetzt? Bald hatte er zwei Mädchen auf dem Gewissen. Die eine umgebracht, wenn auch nicht mit Absicht. Die andere litt in einer dunklen Wohnung und fürchtete sich vor dem, was noch nicht einmal Walid wusste. Gleich, nachdem er sie gefunden hatte, rief Sifri an und zitierte ihn in die Innenstadt. Er hatte während der Fahrt nicht ein Wort mit ihm geredet. Am *Midan Lubnan* sollte der Taxifahrer ihn mit dem Mädchen herauslassen.

„Und jetzt verschwinde“, hatte Sifri nur gezischt. „Morgen bekommt sie Arbeit.“

Er hatte das Mädchen, das ein Wassersack geworden war, aus dem Auto gezogen und war in das Haus mit dem Spielwarengeschäft hineingegangen.

Walid lief zur Moschee in der Nähe seines Zuhauses. Er betete inbrünstig, dass *Allah* diese Schuld von ihm nehmen würde. Den ganzen Abend hätte er in der Moschee verbringen können. Die Stimme des Imams war so tröstend, so zuversichtlich, und spendete ihm Sicherheit. Als er mit dem Gebet fertig war, fühlte er sich leichter. Er war sich plötzlich sicher, dass *Allah* ihn mit dieser Sache nicht allein lassen würde. Ein Rollstuhlfahrer mit nur einem Bein versuchte gerade die Straße zu überqueren. Walid sprang hin und hielt den Verkehr auf. Anschließend gab er dem Mann ein üppiges Almosen. Dann machte er sich auf den Weg nach Hause. Und als ob seine beginnende Läuterung einen weiteren Hausputz in seinem Gedächtnis in Gang setzen könnte, erinnerte sich Walid an ein weiteres Verbrechen, das er begangen hatte. Seine Füße betraten die väterliche Wohnung. Es roch nach gebratenen Eiern und *Koscheri* vom Imbiss um die Ecke. Tomatensoße, Linsen, Nudeln und Reis. Walid dachte an Anastasia und an das, was er ihr angetan hatte. Er ging zu seinem Schreibtisch und öffnete die obere Schublade. Seine Hand griff nach etwas, von dem er nicht mehr genau sagen konnte, wie es in seinen Besitz gekommen war. An jenem Abend, als Anastasia ihm den Zeitungsausschnitt über den Tisch geschoben und ihm mit voller Wucht seine Schuld ins Gesicht gekippt hatte wie eine ätzende Säure, fanden sie den Weg in seine Hand. Später hatte er sie zusammen mit dem Zeitungsausschnitt in seinem Jackett gefunden. Anastasia hatte sich ein Glas Wasser geholt und ihm den Rücken zugedreht. In dem Moment muss es gewesen sein. Es waren noch zwei Blister in der Schachtel gewesen, den vollen hatte er genommen. In dem verbliebenen steckte nur noch eine einzige Tablette.

Walids Hände scharrten ungeduldig auf dem Holz. Er stellte fest, dass die Tabletten, die in der Schublade gelegen hatten, nicht mehr dort waren. Und auch der Zeitungsausschnitt nicht. Sofort fiel ihm seine Schwester ein. Er hatte natürlich gemerkt, dass sie ihm hinterherspionierte. Angeblich aus Fürsorge, aber Walid diagnostizierte eine krankhafte Neugier. Das war doch nicht normal. Seit wann ging Fürsorge so weit, dass Schubladen geöffnet und Dinge entwendet wurden? Ärgerlich verschloss er den Schreibtisch wieder. Konnte sie denn überhaupt etwas mit den Informationen anfangen? Sie wird sich gewundert haben, dass er deutsche Herztabletten besaß. Sie musste nicht zwangsläufig an Anastasia gedacht haben. Auf einmal wurde ihm kalt. Und was wäre, wenn es gar nicht Mina war, die die Tabletten entwendet hatte? Wenn stattdessen die Polizei schon hinter ihm her wäre? Unsinn. Ohne dass er es erklären konnte, fiel ihm die Frau mit der Lederjacke und den kurzen Haaren ein.

Sie war vor Maryams Haus gewesen. Was hatte sie dort zu tun? Zufall, beruhigte er sich. Dennoch schwitzte er und vor seinen Augen flimmerte Müdigkeit. Er nahm sich vor, mit Mina wegen der Tabletten ein Wörtchen zu reden, bevor er sich erschöpft auf sein Bett legte und aus dem Fenster schaute. Von der gegenüber liegenden Seite der Straße sah er seine Schwester kommen. Seltsam genug, ihr Anblick beruhigt mich, dachte er, legte sich auf sein Bett und hörte nicht mehr, dass sie ins Zimmer kam.

Midan Lubnan, der Libanonplatz, ist ein großes, unübersichtliches, von Brücken überbautes Platzgebilde, dachte Hala, die vor dem Haus stand, in dem das Mädchen eingesperrt war. In das Haus zu kommen, war kein Problem gewesen, die Tür stand offen, aber die Wohnungstür, eine alte Jugendstiltür, war stabil und undurchdringlich. Ihr erster Gedanke: Polizei. Hala, du bist nicht in Deutschland, schalt sie sich. Wer weiß, wie die Polizei reagierte. Würden die Beamten ihr einfach so helfen? Sie hatte keine Ahnung, geschweige denn, dass sie wusste, wo die nächste Polizeistation war. Sie schaute sich um, der Verkehr floss langsam um und über den Platz. Kein Polizeiwagen zu sehen. Was sollte sie tun? Wann würden die Verbrecher wiederkommen? Sie wünschte sich jemanden, der ihr helfen würde, die Prozedur auf einer Polizeistation zu überstehen. Sie dachte an Mina, die wahrscheinlich eine Mörderin war. Sie hatte eine Mörderin geküsst, geherzt und umarmt.

Geh nie wieder in ein arabisches Land!

Jetzt wusste Hala, was das bedeutete. Die Todestante, die Verrückte. Als hätte sie es vorausgesehen. Das würde das letzte Mal sein, das schwor sie sich, als sie sich in Bewegung setzte. Es gab keine Mina mehr. Die Straßen waren dunkel und laut, aber das war immer noch besser als die Straße in ihr drinnen, sie war die dunkelste. Dieser Mord war ein gefährlicher Auftrag, an dem sie kläglich scheitern würde. Beruflich und persönlich. Hala fühlte sich einsam. Nicht einmal mein Herz ist da, wo es sein soll, dachte sie. In ihr war das Gegenteil vom *Midan Luban*: Leere und Stille.

Wie viel Zeit hatte sie noch? Sich in Kairo zu beeilen, war zwecklos. Nicht einmal ein Krankenwagen oder die Feuerwehr kamen mit Blaulicht schnell durch die stinkenden Automassen. Während Hala Tränen über das Gesicht liefen, ohne dass sie es beachtete, dachte sie nach. Sie musste jemanden einweihen. Aber wer kam in Frage. Nadja? Sie konnte eine Komplizin sein, aber das glaubte Hala nicht so recht. Die Botschaft? Plötzlich stieß eine alte Frau sie an und hielt ihr ein Taschentuch hin. Hala nahm es irritiert an, die Frau tätschelte ihr auf mütterliche Weise den Arm und ging dann weiter. Jetzt spürte sie, wie feucht ihr Gesicht war, sie seufzte und wischte es sich ab. Als sie damit über die Augen fuhr, dachte sie an die langen Wimpern des interessierten Apothekers. Und während das Taschentuch sich von allen nur erdenklichen Partikeln in der Luft vermischt und mit ihren Tränen dunkelgrau färbte, wusste Hala auf einmal, wen sie um Hilfe bitten konnte.

Nicht zögern, Dschinnija, *nicht zögern. Durch das Zögern bin ich gestorben. Ich beklag mich ja nicht, ich habe nun alles, was ich brauche, nur bin ich von den Menschen durch Zeit und Körper getrennt. Die* Dschinnija-*Anastasia hat das bitter bereut. Als sie von dem Tod erfährt, lebe ich noch, Blut zischt durch meine Bahnen, der Bäcker hat längst begonnen, meine untere Welt zu zerstören, und ich verschenke mein Herz an Hassan. Auch auf dich wartet der Tod, wenn du jetzt zögerst. Was ist nur los mit den* Dschinnijas *der heutigen Zeit? Immer kommen sie zu spät. Das Mädchen weiß das, deshalb nimmt es sein Schicksal selbst in die Hand. Es wartet nicht, bis die Teufel zurückkommen und es entzweischneiden.*

Sie hatte genau zwanzig Minuten bis zu ihrem Haus mit der Apotheke nebenan gebraucht, als sie feststellte, dass ihr Herz doch noch in ihrer Brust war, das heißt, genau gesagt, begann es sich von da in Richtung Hals zu bewegen. Von der Apotheke hatte man einen guten Blick auf den Eingang von Nadjas Haus. Hala wollte sich gerade ducken, doch es war zu spät. Mina saß auf dem Stuhl des Türhüters und hatte sie gesehen. Nun lief sie Hala mit einem Fragenansturm entgegen. Hala dachte an die Traumumarmung, und dass alles, was sie vorhatte, gerade dabei war zu misslingen.

„Wo warst du? Du wolltest doch nach *Maadi* kommen? Ich habe dauernd versucht, dich zu erreichen. Ich hatte schon befürchtet, dass du nach Deutschland zurückgeflogen sein könntest."

Minas Augen waren groß, dunkel und warm. Sie legte einen Arm um Hala. „Dich lasse ich jetzt nicht mehr los."

Halas Herz weitete sich durch Hoffnung. Vielleicht war sie doch nicht …?

„Sag doch was? Vielleicht war es ja auch ganz gut, dass du nicht da warst", sagte Mina.

„Wieso?"

„Ach, das war turbulent bei Maryam. Sie hatte Besuch von einem Mädchen, das meinen toten Bruder kannte. Sie kam zu Maryam gestern Nacht und heute ist sie schon wieder weggelaufen."

Mina hat keine Ahnung, wer das Mädchen ist, dachte Hala.

„Ich weiß es“, sagte sie, um Zeit zu gewinnen.

„Was?“ Mina ließ die Arme sinken. „Was weißt du?“

„Ich weiß, wo das Mädchen ist.“ Hala schaute Mina genau an und versuchte ihre Reaktion zu entschlüsseln. Mina wirkte ehrlich irritiert, als hätte sie keine Ahnung, wovon Hala sprach. Sie hat keine Ahnung, dachte Hala. Und dachte plötzlich an Zigaretten. Das Rauchen hatte sie vor zwei Jahren aufgegeben, aber in Situationen, in denen die Spannungen unerträglich zu werden schienen, dachte sie immer noch daran.

„Komm“, sagte sie zu Mina, fasste sie an der Hand und zog sie hinter sich her. Mina leistete keinen Widerstand. Sie gingen die Treppen hoch in Halas Wohnung, sie musste nach den Papageien sehen und außerdem lag in der Besteckschublade eine angebrochene Packung *Nofretete*.

Hala setzte sich auf das Sofa und rauchte und konzentrierte sich. Jetzt durfte nichts mehr schieflaufen.

Mina musste ihr helfen.

Als sich Mina zu ihr setzte, war ihr leicht schwindlig und übel, als läge eine Hand in ihrem Magen. Das kommt davon, wenn man unbedingt rauchen muss, dachte sie und sagte: „Dein Bruder wickelt scheußliche Geschäfte ab. Er ist ein Verbrecher.“

Mina drehte hektisch ihren Kopf.

„Er ist wieder da, und das Mädchen aus *Maadi* hat Todesangst vor ihm, weißt du das?“

Hala sah, dass es in Mina arbeitete. Sie zwinkerte nervös mit den Augen und nahm sich ebenfalls eine Zigarette. Zwei Dinge werden sie jetzt beschäftigen, dachte Hala, ich und das Mädchen.

„Er verstümmelt Mädchen“, sagte Hala mit einer Stimme, so scharf wie der aufgeschnittene Rand einer Konservendose.

„Das Foto, deshalb ist sie weggerannt“, sagte Mina wie zu sich selbst und schaute die verglühende Zigarette an, ohne daran zu ziehen.

„Bitte?“

„Meine Nichte hat gesagt, sie sei komisch geworden, nachdem sie das Foto gesehen hat. Sie muss Walid erkannt haben.“

„Ja, und dann ist sie weggelaufen. Ich weiß nicht, was sie mit ihr vorhaben. Ich weiß nur, dass dein Bruder ein Dreckskerl ist und in den Knast gehört."

Minas Zigarette fiel auf den Teppich unter dem Couchtisch. Hala hob die Zigarette auf und zerdrückte sie auf dem Teller.

Wenn man jemandem sagt, wer man ist, wenn man sein Inneres buchstabiert, blinde Flecken beschriftet und sich dem anderen entäußert, entsteht Nähe, ob man will oder nicht. Hala wollte nicht. Aber mit jedem Wort, das sie über die Zunge rollen und in der Luft schweben ließ, rückte sie etwas näher an Mina heran. Das, was Mina erzählte, bestätigte schlimme Befürchtungen, aber nicht die schlimmsten. Beinahe hätten sie das Mädchen vergessen. Mina war es, die sich am Ende daran erinnerte und sie aufspringen ließ.

Sie liefen durch starken Regen. Für einen kurzen Moment erinnerte sich Hala an ihre Mutter.

„Ich liebe starken Regen, denn nur er schafft es, in staubtrockener Umgebung Sterne aufgehen zu lassen. Zum Beispiel auf der Straße, Wassersterne. Kurz gehen sie auf und dann ertrinken sie lustvoll, wieder und immer wieder. Als Kind war ich oft in der Wüste Ägyptens und habe dort die Regenwunder erlebt. Es gehen nicht nur Sterne auf, sondern ein Paradies aus Farben, Formen und Gesang entsteht und vernichtet die Leere und Trockenheit. Meine kleinen Kamele werden lebendig und spielen mit den Tropfen wie junge Hunde. Auch als ich mit deinem Vater nach Deutschland kam, habe ich den Regen fasziniert beobachtet, denn es gab hier so viele Arten. Manchmal war er bestäubend, manchmal nur ein feuchter Hauch, fast unsichtbar, hinterließ aber dennoch auf geheimnisvolle Weise überall Tropfen, manchmal unbedeutend in seiner Menge, jedoch von Dauer. Oft kam der Regen aber auch als Wassermasse, von *Allah* tüchtig gemolkene Wolken, und setzte in kürzester Zeit alle Straßen unter Wasser, das dort nicht versickern wollte."

Auch hier versickerte der Regen nicht so ohne Weiteres. In Windeseile entstanden unappetitliche Bassins in den Straßen, an denen Mina Hala nun sicher vorbeiführte.

Die nächste Polizeistation war in *Dokki*.

Walid schlief selig und erwachte erst wieder, als die Polizei mitten in der Nacht mit Hilfe seiner Schwester die Wohnung betrat, um ihn festzunehmen.

Es ist kein trüber Himmel, der über dem Schicksal des Mädchens steht. Trotz der vielen Wolken nicht. Nein, er glitzert in immer der gleichen Sternenfarbe wie Badeschaum. Die Dschinnija *kommt nicht rechtzeitig, aber das Mädchen kümmerte sich selbst um ihr Leben. Was wird nun aus dem Teufel? Ich sitze an dem Bett und sehe das Mädchen lächeln, dessen Knochen nun gebrochen sind. Viele Knochen sind gebrochen und es wird lange dauern, bis sie wieder gehen kann, aber sie ist dort, wo sie hinwill. Die* Dschinnija *kommt mit ihrer Gefährtin und zwei Polizisten an den* Midan Lubnan, *wo sie erfahren, dass das Mädchen aus dem Fenster gesprungen ist. Die Polizisten warten, bis das Mädchen wieder aus der Narkose erwacht. Dann erkennt sie den Teufel auf einem Bild. Die Polizei freut sich, denn sie hat nun den gesuchten Arzt aufgespürt. Der andere Teufel mit den Haaren wie eine Zahnbürste hat seinen Weg über die Grenze gefunden. Nach Somalia will er, sich in Kriegsdinge einmischen. Das, was ein Teufel eben so tut. Der ganze Kontinent ist voll von Möglichkeiten für einen Barbaren mit Arztkoffer. Die magere Hündin wartet vor dem Krankenhaus, an dem Tor, über dem wie eine Riesenperücke ein Feigenbaum hängt und duftet, Herberge für die kleinen braunen Stadtvögel. Sie rührt sich nicht. Wenn ich wieder herauskomme, wird sie mir folgen.*

„Und Mina?", fragte Philemon. „Die Mörderin meiner Tante? Was ist mit ihr geschehen?"

Vier Tage waren vergangen, nachdem das Mädchen ins Krankenhaus eingeliefert und Walid verhaftet wurde. Hala hatte zwei Tage später einen Flug nach Köln bekommen und war unendlich erleichtert, wieder in Deutschland zu sein. Mit zwei neuen Erkenntnissen in der Tasche.

Sie seufzte. Ja, was war mit Mina?

„Nicht sie ist die Mörderin deiner Tante."

Die Liebe ist großzügig genug, um in Rattennester fallen zu können, sagte Mina zu Hala in jener Nacht.

Später hatte sie sich wieder und wieder gefragt, warum sie ihrem Mann diesen Gefallen überhaupt getan hatte. Warum war sie zu Anastasia gegangen? Warum hatte sie nicht einfach gesagt: Ihr spinnt wohl, während ihr euch amüsiert, kümmere ich mich doch nicht um die kranke Schwester?

Ach, das hatte sie ja getan. Doch als sie dann im Haus ihres Vaters war, ihr Bruder irgendwohin unterwegs, fiel ihr wieder der Zeitungsausschnitt ein, die Tabletten. Unruhig geworden trat sie den Weg nach oben an.

Anastasia schien nicht erfreut, sie zu sehen, sprach wirres Zeug von einem Japaner, den sie liebte. Tama.

„Weißt du, dass ich hellsehen kann?", hatte sie gesagt. Und dass sie, Mina, ihr nun zuhören müsse.

„Ich werde dir alles erzählen. Vom Tod und von der Liebe. Und die unsägliche Schuld deines Bruders werde ich dir diktieren, dass sie dir aus den Ohren kommt."

Sie hustete oft beim Reden, deshalb hatte Mina nicht alles verstehen können. Das Sprechen fiel ihr schwer. Mehrmals griff sie nach einem Spray.

„Mit meiner ersten Liebe habe ich gelernt, dass ich hellsichtig war. Damals in Berlin. In meinen ersten deutschen Jahren. Wir trafen uns in der Mensa. Zwei schwarze Augen, in denen Sekt glitzerte. An jenem Nachmittag blieb ich mit ihm zusammen und lernte das Verlieben. Er wohnte in einer Wohngemeinschaft. Verflucht waren diese neuen Ansichten."

Wieder hatte Anastasia gehustet. Nach einer Weile fuhr sie fort.

„Er war so schön, dass ich ihn am liebsten als Skulptur aus Stein gehauen hätte. Tama und seine Genossen propagierten neben der Revolution auch die sexuelle Befreiung. Ich hielt das, was ich mit Tama praktizierte, für das Optimum an sexueller Befreiung – stundenlanger Sex mit offener Tür zu seiner Wohngemeinschaft, Sex in verschiedenen Stellungen, Küsse auf der Straße. Verstehst du?"

Ihr Blick schien Mina zu durchdringen.

„Aber dann sah ich es eines Morgens. Er saß auf seinem Bett, den Rücken an die Wand gelehnt mit lustverzerrtem Blick.

Vor ihm eine andere Frau in seltsam gebückter Haltung. Sofort war mir klar: Das war keine Einbildung und auch kein Traum. Er tat genau das in diesem Augenblick. Ich konnte dorthin sehen. Genau in diesem Augenblick. Gleichzeitig erinnerte ich mich an alle vorhergesehenen Ereignisse meines Lebens, viele waren es ja nicht, aber schlagartig begriff ich. Die Erkenntnis über diese übernatürliche Begabung überfiel mich wie ein kalter harter Wasserfall. Nicht die Tatsache, dass er mich betrogen hatte. Meine Hellsichtigkeit belastete mich. Ich bin nicht normal. Und nun werde ich sterben genau wie das Mädchen, das Walid, dessen Körper ich geliebt habe, umgebracht hat. Auch ich trage die Schuld an ihrem Tod, denn ich habe ihn vorhergesehen und nichts unternommen. Verblutet ist das Mädchen auf offener Straße, weil dein Bruder ein Schlächter ist."

Mina hatte den Kopf geschüttelt. „Was redest du alles? Nimm dein Spray."

Aber mit einem Schlag hatte sie die Zusammenhänge begriffen: Walids Tätigkeit, der Zeitungsausschnitt.

„Die Packung ist leer, mein Leben ist an seinem Ende angekommen."

Mina war wie betäubt gewesen. Fassungslos hatte sie Anastasia angeschaut, vielleicht einen Moment zu lang? Oder war der Tod von Anastasia schon besiegelt gewesen? Hatte Walid sie umgebracht, indem er ihr die Tabletten stahl?

Mina war nach der Starre, von der sie nicht mehr weiß, wie lange sie angehalten hatte, zur Apotheke gejagt.

Zurück an Anastasias Bett, hatte sie versucht, ihr eine der Tabletten zu verabreichen, doch Anastasia hatte sich geweigert. Ausgespuckt hatte sie die Pille wieder und die Lippen zusammengepresst.

„Versteh doch", hatte sie gekeucht, „es ist zu spät. Ich hätte mich früher um die Tabletten kümmern müssen."

„Hier, nimm wenigstens dein Spray."

Anastasia legte die Hand auf ihre Brust. Sie schien Schmerzen zu haben. Da spürte Mina all ihren Hass auf die Frau wie ein flüssiges giftiges Metall in sich brodeln. Was tat sie hier? Warum versuchte sie diese Frau, deren Familie ihr Leben zerstört hatte, vor dem Tod zu retten?

Warum, warum, warum? Mohammad, Walid, beide hatte diese Familie auf dem Gewissen.

Anastasias Gesichtsfarbe war schon verronnen. Sie atmete laut röchelnd. „Ruf einen Notarzt!"

Irgendetwas lief der Sterbenden an den Mundwinkeln herunter.

Nein!, dachte Mina und verließ die Wohnung.

„Also doch Mord?"

Philemon war ratlos.

Hala zuckte mit den Augenbrauen und hob die Schultern. Mit Mord wollte sie nichts zu tun haben. Mit der Liebe auch nicht. Aber damit, dass sie eines Tages im Doppelpack daherkommen würden, hatte sie nicht gerechnet.

„Wenn Walid die Tabletten nicht entwendet hätte, wäre sie vielleicht nicht gestorben."

„Totschlag!"

Als Mina am nächsten Tag gehört hatte, dass Anastasia gestorben war, gab sie sich die Schuld. Sie war eine Mörderin. Unterlassene Hilfeleistung. Doch schon kurze Zeit später war seltsamerweise ihr Hass verraucht. Sie fühlte sich ruhig wie ein See nach einem Gewitter. Geheilt. Auf dem Weg zur Sprachschule fühlte sie sich sogar großartig. Ihre Schritte auf dem Asphalt schienen sie in ein neues Leben zu tragen. Sie würde sich bald von ihrem Mann trennen.

Kurz darauf hatte sie Hala getroffen

Die verweigerte Pille war unter das Bett gerollt.

Die, die nichts mehr ausgerichtet hätte.

Mina denkt nicht mehr oft an ihre Schuld. Sie weiß nun, dass Walid der Schuldige ist. Sie allein kann das beweisen. Sie wird vor Gericht gegen ihn aussagen.

Hala erzählte Philemon nicht alles.

Nur Fatima weiß, was in jener Nacht noch passiert war. In jenen Stunden, in denen ihr zerrissenes Herz eins wurde. In denen es nicht ein Schrank voller kalter Straßen war. In denen es vom Hals an die richtige Stelle gerutscht ist.

Die seltsamen Vögel flattern neugierig um die Menschen in der Wohnung herum, nachdem die *Dschinnija* von der Polizei nach Hause geschickt wird. Nur der Vogel Fatima hört den Vater von Walid schluchzen und Mina, wie sie versucht, ihn zu trösten. Doch dafür gibt es keinen Trost. Nicht einmal die Rache tröstet.

Die ganze Nacht wacht Mina bei ihrem Vater, dessen Knochen um sein verwundetes Herz zusammengefaltet sind. Dennoch rappelt er sich auf, als die Sonne erste Strahlen in den Sternenschaum dieser besonderen Nacht webt, und bereitet sein Morgengebet vor.

Mina schlüpft nun hoch in den zweiten Stock, auf ein Zwiegespräch mit Gott verzichtend. Hala öffnet ihr nicht. Sie weiß: Mina verschafft sich überall Zugang.

Mina ist entschlossen, sich zu verloben.

Erst durch das erneute Flattern des Vogels bemerkt Hala ihre Anwesenheit und die des Tages, durch den sie gemeinsam schreiten, dessen Stunden sie wie Perlen einer Kette auffädeln, staunend über deren Schönheit. Noch trennen sie die Stunden wie ein *Higab* von dem, was unvereinbar ist. Von dem Hass, der sich langsam verflüssigt hat. Von Schuld und Unschuld, von der Frage, auf die es keine Antwort gibt, von Vertrauen, das einfach zu erklären ist.

Vierundzwanzig Stunden später nimmt Hala den *Higab* ab, um zum Flughafen zu fahren. Wieder wirft der Nil den kostbaren Glanz auf die Nacht. Selbst das Fell der mageren Hündin, meiner Gefährtin, spiegelt etwas davon. Ich lege die Hand auf ihre nun stolzen Knochen.

Ich danke Cornelia Fricke, Angelika Hensgen, Gala Gabriele Hummel, Moritz Kammeyer, Susanne Schulz und Christoph Schuster für Rat, Tat und Kritik.

Corinna Waffender, die den Stein ins Rollen brachte, danke ich herzlich für das engagierte Lektorat.

Renate Karimé-Theibach und Mahmoud Karimé, meinen Eltern, danke ich für ihre Beherztheit und natürlich für das großartige Geschenk der zwei Welten.